作品／籽月

夏有乔木 雅望天堂

SWEET SIXTEEN

1

河北出版传媒集团

花山文艺出版社

插图绘制： MORNCOLOUR

我想，下辈子我们一定会遇到的。
那时候，我一定会等你。
那时候，你不来我不老。

我写的每一个少年都绝望敏感。凄美却深情，愿意为爱跌入万劫不复的绝境。

——籽月

目　录

夏　有　乔　木　雅　望　天　堂

XIAYOUQIAOMUYAWANGTIANTANG

目　录

目 录

夏有乔木
雅望天堂 *1*

■ XIA YOU QIAO MU   YA WANG TIAN TANG ■

T H E   7 T H   A N N I V E R S A R Y

楔子

夏有乔木 雅望天堂

南有乔木，不可休思。

我写这句话的时候最想的就是你。

你说我的名字有最美好的愿望。

你不知道，我最轻浅的念想，

不过是和你一起仰望天堂，

有你在的地方，就是天堂。

我为你唱的歌你是否能听到？

一个人背起行囊。

灯火阑珊，如同坠落的星光，

那是我遗落的忧伤。

我想，下辈子我们一定会遇到，

那时候，我一定等你，

那时候，你不来，我不老。

那时候，你一定不要再把我丢掉。

　　晚上十一点四十，舒雅望还在钱柜和一帮人K着歌。说是K歌，其实舒雅望也就是一个听众，整个晚上她一首歌也没唱，不是因为她不会唱，而是因为麦霸太多。

　　地化园林公司的程总拿着麦克风唱着《你的柔情我永远不懂》，正在兴头上，一副自我陶醉的样子，光滑的秃顶在昏暗的包厢的彩灯下泛着七色光芒。

林经理坐在点歌台上一连点了三首歌，点歌屏幕满满排了三页，他面不改色地将自己刚点的三首挪到了最前。

坐在舒雅望旁边的会计张茹嘴角抽了抽，对着她抱怨："可恶，他又插歌。"

舒雅望晃着酒杯里的酒，无所谓地笑笑："算了，就让他先唱好了。"

"不行！我都等半个小时了，才到我的歌。"张茹忍不住还是叫了一句，"林经理，刚才不是说好了，不许插歌吗！"

林经理回头朝着她无赖地笑笑："最后一次！"

张茹不服气地跑过去，挤开林经理，想将自己的歌换回来，林经理不让。两个人闹了半天，最后张茹一跺脚，一撒娇，林经理满面笑容地妥协了，将她的两首歌调了上来。

像张茹这种漂亮的二十二岁的女人，总是有这种权利，在男人面前娇嗔着，轻声撒着娇就能达到自己的目的，而男人们也很享受这种退让。

舒雅望端着酒杯，淡然地小口小口地抿着啤酒，苦苦的口感刺激着她麻木的味蕾。今天公司投标投中了政府2009年的新工程，是市中心杏花公园的设计施工权，这个工程接下来，对地化这样的小公司来说，意味着明年一整年接不到工程也不会倒闭。

身为地化的老板，程总今天格外兴奋，唱完最后一句，忽然拿了一杯酒走到舞台中间，拿着麦克风说："今天，我们能拿下杏花公园这个工程，主要是靠大家齐心协力，艰苦奋斗！等工程开工了，大家都会很忙，会很辛苦。我希望大家能继续发扬我们吃苦耐劳的精神，坚持到底，奋斗到底！来，我们干一杯！"

"好，干杯！"包厢里的人都举起酒杯，一饮而尽。

程总开心地将酒杯一放，拿着麦克风叫道："老林，给我点一首《同桌的你》。"

林经理点头哈腰一脸笑容地快速地将歌点好，程总又开始陶醉地唱起来。等程总唱完，包厢的服务员敲门，告诉他们时间到了。

舒雅望看了一眼林经理和张茹郁闷的表情，扑哧一笑。

旁边的实习生有些不敢相信地看了她一眼。

"怎么？"舒雅望拿起包包，转头望着盯着她看的实习生林雨辰。

"没事，没事。"林雨晨慌忙摆摆手，掩饰着眼里的惊讶，"只是，我第一次见到舒姐笑呢。"

舒雅望愣了一下，有些诧异，林雨辰来公司已经三个月了，这是第一次见她笑吗？

"不会吧？我记得我经常笑啊。"

"不是，不是，那种感觉不一样，就是觉得你刚才笑得很可爱。"

可爱？舒雅望回转过头，望着包厢镜子中的女人，黑色的大衣，长发简单地扎起来，脸色有些阴沉，表情死板又麻木。

快二十八岁的她，已经算不上年轻了吧，居然用可爱来形容她？瞟了他一眼，她将包挎在肩上，勉强地对他笑笑："走吧。"

到了楼下，大家寒暄了一阵，然后打车的打车，开车的开车，走得又快又干净。

舒雅望将大衣领口竖了起来，并不急着打车。今晚喝得有些多，肚子里翻滚着一些想吐又吐不出来的欲望，她想走一走，吹一吹风。虽然冬天的风总是刺骨的寒冷，但是有些事情，总是要在这刺骨的寒风中才能理得清楚。

即使是繁华的T市，在午夜十二点以后，也没有了车水马龙的景象。马路上偶尔有车子呼啸而过，她将双手插进大衣口袋里，慢慢地走着，高跟长靴在清冷的夜里，发出清脆又有些寂寞的响声。

"舒姐。"身后一个声音叫住她。

舒雅望立在原地等他，他跑过来，帅气青春的脸上满是灿烂的笑容。她有些恍惚地望着他，脑海中那不可触碰的记忆，又一次像海啸一般凶猛地扑面而来。她紧紧地攥着双手，咬着嘴唇，等着那阵揪心的疼痛过去。

"舒姐，你也走这条路啊？"林雨辰笑得有些腼腆，"我家就住前面。"

舒雅望点点头，刚想转身，可脚下忽然一崴，整个人便向前跌去。林雨辰慌忙伸手拉住她，用力地往回一带，因为惯性她被甩进他怀里，还好他穿着厚厚的羽绒服，舒雅望笔直地撞进去，一点也不疼。感觉他的怀抱软软的，有淡淡的烟味，和记忆中的味道，有一点点像。

舒雅望站稳身子，刚想推开他，只见马路上一道刺眼的车灯直直地向他们打来。她眯着眼睛，转头向车子看去，从银白色捷豹XF上走下来一个并不陌生的男人。他望着她，带着她熟悉的笑容。

她推开林雨辰，退开一步，抬眼望着他。他还和以前一样，俊朗的眉眼，淡雅的笑容，一副温柔斯文的模样，可他现在的眼神里有一种说不出来的轻蔑。

"雅望啊。"他轻声叫着她的名字。

他总是在她的名字后面加一个"啊"字。

结婚的时候，他说："雅望啊，你可以给我一个家吗？我们的家。"

离婚的时候，他说："雅望啊，我给不了你幸福，你也给不了我。"

舒雅望习惯性地捏紧插在口袋里的手，默然又有些麻木地看着他，有种恍如隔世的感觉。很久，没见到他了。

他弯起嘴角，看了一眼林雨辰，然后望着舒雅望笑："雅望啊，又换了新的小鬼了？你忘了你今年多大了？"

她看着他俊美如昔的脸上带着以前从未有过的嘲弄，点头道：

"好久不见。"

男人伸手，挑起她的下巴，残忍一笑："雅望，你老了很多啊。"

她挑挑眉，抿抿嘴，无所谓地耸肩："没办法，女人总是老得快啊。"

他低头问："夏木今年二十三了吧？"他摊摊手，上下打量了她一番，一副受不了她的样子，继续说，"还没厌倦你这副老女人的模样吗？"

"喂！你这人，怎么说话呢！"林雨辰皱着眉，瞪着眼前的男人。

舒雅望长叹一口气，不想和他计较，转身要走，却被他快步走过来一把拉住。

他有些愤怒地瞪着舒雅望："生气了？我只是说几句你就生气了？哈哈——"

"曲蔚然。"舒雅望轻声叫他的名字，皱着眉头瞅他，"我没有生气，生气的是你。"

"哈哈，是啊，生气的人是我，一直是我。"他狠狠地瞪着她，脸上的笑容消失得无影无踪，深邃的眼里满满的都是被背叛的愤怒，他一字一句地问，"那么，是谁惹我生气？是谁，在五年前，和一个不满十八岁的男人私奔了？现在，我只想知道，五年前，我的诅咒生效了没有！你和他，不会幸福吧？"

舒雅望叹了一口气，抬眼，平淡地望着他："曲先生，我们的婚姻本来就是一个笑话，我和谁在一起，不需要你的祝福。"说完，她不再看他，对林雨辰点点头，说了句"我先走了"，便伸手拦了一辆的士，坐了进去，关上车门，报了地址。

车子缓缓地开动，她没有转头看他，但是，她知道他在看她，用很犀利的眼神，紧紧地盯着她。

舒雅望将头靠在车窗上，感觉有些疲惫。真想不到，会在T市遇到他。她忽然觉得，以前的那些事，好像是上辈子发生的一样。

"小姐，到了。"

她扔下钱，要了发票，拿好包包，打开车门走出去。

上了二楼，打开房门，将客厅的灯打开，把包包扔在沙发上，自己也跟着躺进去，闭上眼，全身跟散了架一样。在外面奔波了一天，回到家，她已经累得连动都不想动一下。

里屋的门被人打开，她知道是谁，却没有睁开眼睛。

"这么晚啊？"

"嗯。"

"别在客厅睡，不然该感冒了。"

"嗯。"

"别光嗯，你也动动啊。"

"嗯。"

袁竹郁走过来，一把将她从沙发上拉起来，气愤地道："非逼我动手！"

舒雅望闷声笑了笑，撩了撩头发，睁开眼看她，棉质睡衣，散乱的长发，鼻梁上架着一副眼镜，将她漂亮的眼睛遮挡起来。

"看着我干吗？快去洗洗睡。"她又推了她一把。

舒雅望坐在沙发上不动，然后叫她："竹子。"

"嗯？"

"我今天，遇到我前夫了。"

"哦？然后呢？"袁竹郁一脸兴奋地坐在她边上。

"你不是一直想知道我为什么离婚吗？"

"嗯。"

"因为我心里有一个……"舒雅望想了想，接着说道，"没有办法忘记的人。"

今天，她想说一个故事，一个怎么忘也忘不掉，怎么说也说不清的故事……

夏有乔木
雅望天堂 *1*

■ XIA YOU QIAO MU   YA WANG TIAN TANG ■

THE 7TH ANNIVERSARY

第一章

我在回忆里等你

如果你问，夏木，你最讨厌谁？
他一定会毫不犹豫地告诉你，舒雅望。

记得高一那年暑假，舒雅望刚满十六岁。有天中午舒爸忽然让舒雅望去给他长官的孙子当家教老师。她吃惊不已，要知道她爸的长官，那可是S市驻军军区的总司令。她就见过几次总司令，他是一个非常严苛的老人，每次见到他她都会情不自禁地立正站好。

舒雅望对着舒爸哈哈大笑："老爸，你女儿我自己的成绩都是满江红，你还指望我去教人家？别开玩笑了。"

舒爸斜了她一眼："你门门红灯还得意得很啊？我叫你去你就去，小学课本你都搞不定，你就别姓舒了。"

舒雅望鼓着腮帮瞅他。其实她很想说，老爸，别小看现在的小学课本，有些数学题目我还真的搞不定。

舒雅望很认真地看着他推托道："老爸，我很忙，我有好多暑假作业要做。"

舒爸瞪她一眼，忽然站直身体，对着她命令道："立正！"

她条件反射地立正站好："报告长官，舒雅望报到。"

"舒雅望同志，现在交给你一个光荣而艰巨的任务！从今天开始，每天早上八点，去夏司令家报到，认真授课，为家争光！执行命令去吧！"

"是，长官！"立正！敬礼！标准的中国士兵姿势，转身，起步——走！一二一，一二一，走到大门外，气愤地回头，臭老爸，每次都来这套！

在这一刻，舒雅望深深地为从小就被逼接受军人训练的自己感到悲哀，为自己的条件反射感到悲哀。

第二天早上吃完早饭，她就哼着小曲儿往夏司令家走。本来她是不愿意去的，后来想一想，不就是陪"太子"读书嘛，也没什么难的。虽然老爸说会给她增加零用钱，不过，她可不是为了钱，嘿嘿。

舒雅望家住在部队家属区最外面的套房，夏司令家在后面的别墅区，步行只要二十分钟就到了。

舒雅望站在别墅门口，敲了敲门。出来开门的是一个年轻的男人，个子不高却很结实，穿军装。舒雅望瞟了一眼他的肩花，一杠三星，营长，上尉级别。

"叔叔好，我是舒雅望，是我爸爸叫我来的。"

"进来吧。"

男人领着舒雅望走进别墅。别墅正厅里，夏司令正坐在红木沙发上，看她来了，严苛的脸上露出一丝和气："雅望来了。"

"夏爷爷好。"舒雅望有礼貌地望着他笑。也不知道为什么，对任何人都嬉皮笑脸的舒雅望，唯独面对这位老将军的时候，总是连大气也不敢出。

夏司令叫了一声："小郑，去叫夏木下来。"

"是，司令。"刚才为她开门的男人转身上了楼，没一会儿楼梯上响起两个脚步声，一轻，一重。

她抬头望去。那是舒雅望第一次见到夏木。

即使现在，舒雅望还能想起当时的那一幕。他扶着古木栏杆，一步一步地走下来，精致的脸上带着十岁大的孩子绝对不应该有的表情，麻木、呆板、毫无生气。琉璃一样的眼珠里，暗淡得连一丝光彩也没有，当他看向你的时候，总让你有一种阴森森的感觉。

他走到最后一级台阶的时候，停住，面无表情地望着夏司令。

夏司令对他招招手："夏木，这是爷爷给你找的小老师，来打声招呼。"

夏木瞟了她一眼，不说、不动、不笑，就像一个精致的玩偶，那种感觉，很奇怪。

"夏木！"夏司令沉声叫道。

眼见气氛有些紧张，舒雅望忙对夏木摆摆手，超具亲和力地笑道："你好，小夏木，我叫舒雅望，你可以叫我雅望姐姐。"

夏木望着舒雅望，眼里看不出喜恶。舒雅望抓抓脸颊，有些无措地望着夏司令。夏司令紧紧地皱着眉，神色中有一丝她看不懂的疲惫。他转头望着她嘱咐道："雅望，夏木就交给你了，爷爷还要去上班。你带着他好好学习。"

"好。"舒雅望甜甜地笑着答应。在外人面前，舒雅望总是很会装乖。

夏司令和郑叔叔走后，别墅里就剩下舒雅望和夏木两个人。当她再转头时，他早就不在楼梯上了。她顺着楼梯扶手上到二楼，在最右边的房间里找到了他，他正坐在地毯上，认真地组装着一个虎式坦克的模型。

"夏木小朋友，你在玩什么？"她凑过去，用很轻松的语气问。

他低着头，认真地将坦克的主力炮装上。她望着他，看到他那明显的黑眼圈。哇！这么小就有黑眼圈啊，晚上去做贼了？

"夏木小朋友，没人跟你说，不理人，是很不礼貌的行为吗？"

"喂！你到底会不会说话啊？"

"你别逼我哦！我会打人的！"

"我真的会打你哦！"

"我真的打了哦。"

舒雅望将手高高扬起，然后轻轻放下，为了她的零用钱，她忍！她堆起笑容上前道："小夏木，和姐姐说句话，姐姐请你吃雪糕好不好？"

话音刚落，他终于抬头看她，不紧不慢不高不低地说了一句："你很烦。"

"……"

舒雅望捏紧拳头看他，所以说她讨厌小孩，特别是嚣张的小屁孩！

接下来的日子，每天早上八点她还是会准时到他家报到，每天都想尽办法惹他、逗他，想让他理睬自己。可是没用，他好像只对他手上的模型感兴趣，对其他的事物没有任何反应，不管舒雅望说什么、做什么，他都不理她。不，应该说，他谁都不理。

舒雅望怀疑他有严重的自闭症。

舒雅望将这一情况向舒爸汇报过，结果舒爸斜她一眼："废话，他要是没自闭症，我让你去干吗！我就是想让你把你的小儿多动症传染给他。"

舒雅望抽了抽嘴角："得，到时候我的多动症没传染过去，反倒被他传染了自闭症怎么办？"

舒爸一副谢天谢地的表情道："那就更好了。"

既然此路不通，只有另寻他法，而这显然不是舒雅望的处事风格。

于是，舒雅望放弃了和他交谈，每天就像是完成任务一样，去他家，进他的房间，霸占他的床，躺在上面看她的漫画，吃她的零食，睡她的大头觉。

他玩他的，她玩她的，互不侵犯，互不干扰。

直到有一天，夏木他拿着一把九二式五十八毫米口径的战斗手枪仿真模型在房间玩的时候，吸引了舒雅望的注意。

这款手枪，在中国只有团级以上的军官才能配备。

舒雅望记得老爸也有一把一模一样的。小时候，她曾经从家里的保险柜中偷偷地拿出去玩过。别看那把手枪小小的，却非常重，玩了没一会儿就被巡逻的军官叔叔发现，把她连人带枪交给了老爸，然后不用说，她被老爸狠狠地罚了一顿，后来就再也没在家里见过那把枪。

只见夏木熟练地将手枪拆开，然后拿着棉质手帕，细心地擦拭着每一个部件。

她凑过去看着地上的零件，套筒、枪管、枪口帽、复进簧及导杆、连接座、击发机构及底把、弹匣、挂机柄，八个部件一个不少，每一个都标准得和军事杂志上的分解图一样。

舒雅望忍不住惊叹道："哇！现在的模型玩具做得可真精致，简直和真的一样。"

他没理她，将擦好的部件又一一组装起来，动作麻利熟练得和电视上玩魔方的高手一样。

她看着他手上的枪，纯黑的颜色，有种沉甸甸的感觉，枪口在阳光的照射下泛着乌青的光芒，敢情这模型是铁做的。

"哇，给姐姐看看。"

她忍不住抢过模型枪，哇，好重！连手感都和真正的枪一样。

一直安静的夏木忽然跳起来，扑上来就抢。

舒雅望举高手，哈哈，这个小鬼终于有反应了。她举着枪左右闪躲，笑道："给姐姐玩一下。"

夏木瞪大眼睛，死命地争抢着，眼神凶恶得可怕，就像一只被惹恼的小兽。

舒雅望转着圈子躲开他的手，举着枪，继续逗弄道："叫声姐姐我就还你。"

夏木瞪着舒雅望，退开一步，忽然扑上来。他的个子只到她的胸口，这一扑却扑得很用力，她被撞得向后退了一大步。他拉下她的手，用力地扳着她的手指。舒雅望就是不给他，紧紧地握着枪，他的力气没有她大，抢了半天也没抢下来。忽然他猛地张大嘴，狠狠地咬在她的右手腕上。

"啊——好疼！"舒雅望疼得眼泪都出来了，手一松，枪掉在地上，可是他却没有松口，一直咬着。她使劲地推他，可他就像是一只小狼狗，咬住了就不松口，疼得舒雅望哭叫了起来。

她的哭声引来了家里的帮佣梅阿姨，梅阿姨推开房门，先是一愣，然后急忙跑上来："哎哟，这是在干什么！夏木快松口。"

可夏木根本不听她的，越咬越用力，疼得舒雅望大哭。梅阿姨帮她将夏木的下颚捏开，舒雅望立刻将手缩了回来，手腕上两排深深的牙印，鲜红的血还在汩汩地往外流。她抬起手就想揍他，却被梅阿姨拦住："打不得。"

她抽抽搭搭地瞪着夏木。只见夏木弯下腰，捡起地上的枪，抬起脸，五官精致得出奇，红艳的嘴角边还有她的血。他黑着脸，终于开口说话："不要碰我的东西。"

梅阿姨走上前来，用手帕捂住舒雅望的伤口，着急地道："雅望，快跟阿姨去医院。"

舒雅望捂着手帕，被梅阿姨拉到军区医院打了一针。医生说没什么事，就是伤口太深了，也许会留下疤痕。她看着手上白色的绷带，心里气愤地想：可恶，我居然被一个十岁的小屁孩欺负了！

回到家，舒雅望将手上的伤口给妈妈看，舒妈心疼地在她的伤口上摸了半天，瞪着舒爸道："我说别让雅望去夏家吧，你还不信，你看雅望被咬成什么样了，那孩子脑子不好你不知道啊？"

"胡说？夏木怎么脑子不好了？他聪明着呢。"

舒妈不屑地道："聪明什么？聪明会动嘴咬人？简直就是一只小狗。"

舒雅望点头附和："还是小狼狗！"

"什么狗！什么狼狗！"舒爸生气地拍了一下桌子，瞪着她，"你夏叔叔当年为我挨了一颗子弹都没叫疼，你被他儿子咬了一口怎么了？"

舒雅望郁闷地摸着伤口，满肚子委屈，废话，咬的不是你，你当然不疼。

舒妈不乐意地拍了舒爸一掌："你怎么说话的啊，你没看雅望疼得小脸都白了？"

"唉——"舒爸叹了一口气，望着她道，"雅望，夏木是个可怜孩子，你让让他。"接着，舒爸又叹了一口气，缓缓地说起夏木的身世。

"其实，夏木原来也是一个可爱的小男孩，也爱笑，爱闹，特别聪明，特别招人喜欢。他六岁的时候就熟知世界各国的武器装备，老夏总是说，看，他的夏木，他的儿子，他最大的骄傲！

"老夏是云南海口镇的边防武警军官，半年前在一次缉毒任务中牺牲了。他去世后，夏木的妈妈就将自己和夏木关在家里，锁上门不让任何人进去。大家都以为她只是太过伤心，可是四天后，当夏司令派人强行冲开房门时，才发现主卧室里，那个漂亮的女子抱着她和老夏的结婚照，自尽了。

"而小夏木就蹲在墙角，离母亲不远的地方，默默地睁着又红又肿的眼睛。

"大家都猜，夏木的妈妈当时是想带着夏木一起死的，可最后终究舍不得。谁也不知道夏木是怎么和一具尸体生活了三天。

"只是，那之后，原来那个爱笑的夏木就变了，大家都说，夏木的灵魂早就随着父母离开了，留下的，只是一具漂亮的躯壳。"

舒爸说完，望着她道："雅望，爸爸欠你夏叔叔一条命啊，就算他不在了，我也希望他的儿子能变成他的骄傲，你懂吗？"

那天晚上，舒雅望听完夏木的事，就一直在想，要是让她遭遇到和夏木一样的事……不，她连想都不敢想。

可这样的事在夏木身上发生了，那么漂亮的孩子，在满是鲜血和尸臭味的房间里……

她一直想着这个画面，又一直逼着自己不要去想，却又忍不住地去想，就这么辗转反侧，一个晚上都没睡着。

　　第二天，舒雅望迟到了，她顶着两个大大的黑眼圈去了夏木家。然后她发现，他的黑眼圈也更深了。夏木一直有黑眼圈，以前舒雅望不知道为什么这么小的孩子会有这么严重的黑眼圈，现在，她想她有些明白了。

　　舒雅望去的时候，夏木正坐在房间的地板上组装着一款歼—12战斗机模型。听见她开门的声音，他的动作稍稍停顿了一下，然后又继续摆弄他的模型。舒雅望走到他旁边坐下，她不知道说什么才能引起他的反应。面对夏木，舒雅望总有些无力。

　　她就这样静静地看着他组装模型。他的手很漂亮却很苍白，很灵活却很纤瘦。

　　舒雅望凑近他，认真地盯着他的眼睛问："夏木，我听说，你和一具尸体待了三天？"

　　夏木手里的动作停了下来，漂亮得像是黑曜石的眼珠，缓缓转动了一下。

　　终于有反应了。

　　舒雅望继续问道："听说，那具尸体是你母亲？"

　　夏木的手紧紧紧地握住，手臂因为太过用力而开始微微颤抖。

　　"你能告诉我，那三天，你是怎么过的吗？"

　　夏木的眼睛瞪得大大的，忽然向舒雅望扑了过来，她被他扑倒在地。舒雅望用手抵着他的下巴："你又想咬我了？"舒雅望猛地翻过身，将他压在身下，直直地望着他喷火的眼睛道，"夏木，你每天晚上都梦到你母亲死时的场景对不对？每天每天，像是在地狱里一样，没有一天能睡得着？"

　　夏木在她身下挣扎着，使劲地挣扎着。

　　舒雅望摁住他，不让他逃避："夏木，其实你很怕吧？每天晚上都很怕吧，对不对？"

夏木忽然不再挣扎，他漂亮的眼睛里慢慢地蓄满泪水，然后像是决堤了一般，汹涌地冲出眼眶。他哭了，却咬着嘴唇，闷闷地哭着，可眼神依然很倔强，像不愿意承认他在哭一样。

舒雅望放开压制他的手，撑起身子，轻声道："笨蛋，早就该哭出来了。"老爸说，夏木被救出来以后，就变成现在这样了，从没有人见他哭过。也许，她做错了。可舒雅望总觉得，让他哭出来会好一些，将他看似已经愈合其实早已腐烂的伤口狠狠地扒开，让它再次鲜血淋漓，会痛，才会好。

舒雅望翻身坐到一边，直直地望着前方说："夏木，我爸爸说，让我让着你。可是，我想了一晚上，还是觉得不能让你，不能可怜你，因为我真的想和你做朋友，陪在你旁边，陪你一起难过一起快乐。"

"谁要你陪啊！"他吼着拒绝。

舒雅望不理他，自顾自地说着："虽然，我也可以假装不知道，然后温柔地感化你，但是我觉得你是一个自尊心很强的孩子，一定不会要这种像是怜悯一样的友情……所以呢，我决定还是先坦白，我啊，是知道你一切过往，知道你的痛苦的人……"

"闭嘴！"他举着手向舒雅望打来。

舒雅望一把抓住他的手，用力地握住："啧啧，会叫，会哭，会生气，会打人，真好！终于不像个假人了！"

随后的日子里，舒雅望终于找到和他相处的方法了，那就是不停地惹怒他，让他发火，让他咬她。当然，她被咬过一次以后，再也不会笨到被他咬到第二次了。所以他们俩几乎每隔两三天就会打一次架。他年纪小，力气没她大，总是被她反扭着双手，逼得动弹不得。

舒雅望不会让他，她说了不让他。

每次看到他阴森森地瞪着她的样子，她就会莫名其妙地心情愉快。

所以，那时候你问夏木任何问题他都不会搭理你。

但是，如果你问，夏木，你最讨厌谁？

他一定会毫不犹豫地告诉你，舒雅望。

夏家的人为了和夏木说上一句话，总是不厌其烦地问："夏木啊，你最讨厌谁？"

当听到夏木用少年特有的声音说出舒雅望的名字时，他们总是很满意很欣慰地点头。

然后郑重地拍拍舒雅望的肩膀。

就连夏司令也不例外。

每次夏司令拍舒雅望肩膀的时候，她就觉得好像整个民族的繁荣昌盛都在她肩上担着一样。

舒雅望还挺得意的，毕竟能让一个孩子这么讨厌自己，也不是一件容易的事。

夏有乔木
雅望天堂 *1*

■ XIA YOU QIAO MU   YA WANG TIAN TANG ■

THE 7TH ANNIVERSARY

第二章

青梅竹马唐小天

舒雅望抿着嘴唇看他，非常非常贱地说了一句：
"我只对你好。"

舒雅望抿着嘴唇看他，非常非常贱地说了一句："我只对你好。"

这天，天气很不错。舒雅望打开窗户，将上身从四楼的窗台上探出去，望着前方熟悉的景色。清晨刚下过雨，柏油路面有一些湿，空气中带着一丝清爽的凉意。

舒雅望随便吃了些早饭，便准备到夏木家去。妈妈在身后叫她带一些暑假作业过去做，她懒懒地点头答应，随便拿了一个作业本就走了出去。

路过大院操场的时候，就见唐小天正在做俯卧撑。他的正下方铺着一张报纸，报纸上滴满了他的汗水。只见他咬着牙一个一个地做着，他爸爸正双臂环胸地在一边监督着。

看这状况，舒雅望就知道唐小天一定又做错事了。她刚想悄悄地转身离开，就被唐叔叔看见了，他望着她用洪亮的声音叫道："雅望。"

舒雅望扬起嘴角笑笑，走过去打招呼："唐叔叔好。"

唐叔叔的表情一下子柔和下来，亲切地望着她笑："你来得正好，上去。"

"爸！"唐小天一个俯卧撑起来，一脸求饶地望着自己的爸爸，"你知道雅望现在有多重吗？"

唐叔叔踢了他一脚，怒道："多重你都得扛！你不是力气大吗？不是喜欢打架吗？你今天不把这张报纸全部弄湿，你就别起来！雅望，上去！"

"呵呵，叔叔，我还有事呢。"

"嗯？"唐叔叔一脸严肃地看着她。

舒雅望摸摸鼻子，走上前去，在唐小天的背上坐下。她刚坐上去，他就闷哼一声趴了下来，唐叔叔又踹了他一脚："起来。"

唐小天驮着舒雅望，颤颤巍巍地撑了起来，挺了一下，又趴了下去，舒雅望双脚撑着地面，尽量给他减轻重量。他又撑了起来，汗水滑过他年轻帅气的脸庞，滑过他光洁的下巴，滴落在报纸上。

"雅望，脚离地。"唐叔叔一眼就看出了她的用意，走过来用脚把她的双脚挑起来，这下她全身的重量都压在唐小天身上了。唐小天用力地吸了一口气，痛苦地吼了一声，继续吃力地做着俯卧撑。

"我看你今天还有没有力气出去打架。"唐叔叔满意地点点头，转头望着舒雅望道，"雅望，帮叔叔看着，要一直等到他的汗把那张报纸滴湿了，才能让他起来。"

舒雅望双手撑着唐小天的背，仰头望着唐叔叔点头："嗯，知道。"

唐叔叔摸了摸她的脑袋，笑笑："雅望真乖，叔叔上班去了。"

舒雅望挥着手和他说再见。唐叔叔和爸爸是战友，两人感情好得不得了。她小的时候天天和唐小天一起玩，他们俩都皮，凑在一起，简直就是这个军区大院最皮的组合。每次他们闯了祸，唐叔叔就会罚唐小天做俯卧撑。他不好意思罚舒雅望，就叫她坐在唐小天的身上，让他驮着做。

小时候的唐小天哪里驮得动她，每次都是两个人跌成一团，痛得龇牙咧嘴的。不过被罚的次数多了，唐小天便能很轻松地驮着她做上二十多个俯卧撑。

"我爸走了没？"唐小天在舒雅望身下吃力地问着。

舒雅望望了一眼钻进军车的唐叔叔，点头道："走了。"

唐小天唰地就瘫在了地上，舒雅望从他身上跌下去，也坐在地上。他趴在一边喘了半天气以后翻过身来，不满地看着她说："唉，你看见我爸罚我，怎么不走远点啊？"

"我不是没来得及跑吗？"舒雅望笑了笑，捡起地上的报纸瞧了瞧，报纸已经被汗滴湿了一大块，她好奇地转头问他，"刚才做了多少个啊？"

唐小天抹了一把额上的汗，喘着气说："记不清了，两百多个吧。"他坐起身来，甩着手臂问她，"你最近干什么去了？怎么都没见你出来玩？"

她将报纸揉成一团，丢进一边的垃圾桶："我在给小朋友当家教呢。"

唐小天扑哧一声，打量着她，不信地问："就你？"

"就我。"

"别把人家小朋友教坏了。"

舒雅望瞪他一眼，抬手打他："打你哦。"

他乐呵呵地笑着，也不躲，任舒雅望在他肩膀上拍了一下。

她和他肩靠肩坐着，他的呼吸很重，胸口上下起伏着，额头上还有汗水顺着脸颊滑落，他低着头用肩上的衣服蹭着脸上的汗水。

"和小狗一样。"舒雅望笑着从口袋里掏出一包面巾纸，从里面抽出一张，很自然地凑过去帮他擦汗。也许是汗水太多的缘故，面巾纸被汗水浸湿，在他的脸上留下了白色的纸屑。那些纸屑一点一点地黏在他的额角、鬓发之中。

舒雅望眨眨眼，将纸巾握在手心，伸出手指，将他脸上白色的纸屑轻轻地拍掉。

当看见他英俊的脸庞又变得干净清爽的时候，她开心地朝他笑了笑。

他动也不动地看着她，眼睛亮晶晶的，面带漂亮的笑容，凑近她，轻声说："雅望，你真好。"

舒雅望抿着嘴唇看他，非常非常贱地说了一句："我只对你好。"

唐小天听了这句话，揉着鼻子闷声看着她笑，面颊上带着运动过后特有的红晕，看上去特别腼腆。

　　舒雅望被他看得也有些不好意思了，转过头骂了他一句："傻瓜。"

　　别看这家伙有一米八的个头，长得也英气十足，平时打架闹事从不含糊，可却纯情得让人吃不消。只要有女生稍微亲近点或者对他说点暧昧的话，他能立刻就脸红，离他三步远都能听到他怦怦的心跳声。

　　也因为这样，学校里经常有女生向他告白。每次看到他面红耳赤地摆着双手拒绝女生的时候，舒雅望就想上去踹他。

　　好吧，实际上舒雅望也上去踹了他。仅仅高一那一年她就踹了他二十多次，这还没算她没看到的。

　　后来，舒雅望听唐小天的死党张靖宇说，唐小天除了第一次被女生告白时是因为被告白而脸红，其他的，都是因为怕舒雅望，怕她忽然冒出来给他一记无影脚。可每次不管他怎么小心提防，她都能突破防线，一脚踹中他的小腿。每次他越提防就越紧张，越紧张就越脸红，越脸红她就越生气，越生气她踹得就越狠……如此循环，真叫人窘到不行。

　　一想到这里，舒雅望就乐得笑了出来。

　　唐小天好笑地望着她问："笑什么呢？"

　　舒雅望站起来拍拍衣服上的泥土说："没笑什么。"

　　唐小天也不追问，跟着她站起来问："你一会儿去哪儿？"

　　"去当家教啊。"

　　"别去了吧，市中心新开了一家网吧，免费三天，张靖宇给我们占好机子了，一起去玩吧？"

　　她有些犹豫，那时他们都喜欢上网玩一款叫"传奇"的网络武侠游戏。但是玩"传奇"要充点卡，上网又要钱，舒雅望的零用钱根本不够，老爸平时除了给她早饭钱，其他的钱，想都别想。现在有免费的网上，她的心都开始痒痒的了。

"可是，我还得做家教。"舒雅望微薄的责任心轻轻地挣扎着。

"你不来机子就让给别人了啊。"

"喂，别啊。"她拉住他笑笑，"你先去，我一会儿就来。"

"好，我去网吧等你。"唐小天说完就跑了。他最近网瘾很重，一有机会就往网吧里钻。

当舒雅望到夏木家的时候，他正坐在木地板上擦着他的模型枪。她咧嘴笑道："夏木，我们出去玩玩吧，天天在屋子里不闷吗？"

意料之中，没有回答。

她挑眉笑了一下，抬脚向他走去，夏木像是知道她要干什么一样，用极快的速度将那只92式手枪组装好，插在背后的裤腰上，警惕地望着舒雅望。

"别紧张嘛，我又不抢你的。"舒雅望走到他面前，蹲下身来，平视他，"夏木，你很喜欢军械武器吧？"

夏木疑惑地看着她。

"我带你出去上网好不好？"

"网上有很多最新的军械报道哦，你不想看吗？"她继续"诱拐"他。

他的眼珠转了一下，像是在考虑她的提议，过了好一会儿才点了一下头。

舒雅望望着他灿烂地一笑，一把抓住他的手就往外拖。他的手有些凉，很瘦，握在手中有些单薄的感觉。

他有好几次想甩开舒雅望的手，她却不让他如愿，这家伙太别扭了，要是她放开的话，说不定他又不去了。

舒雅望拉着他一路跑回她家楼下，推出自行车，指着后座让他上去。

他站在一边，看着她自行车前面的横梁，沉默着，像是在想着什么。

"怎么了？"舒雅望奇怪地凑近他问，"难道你想坐前面？"

他摇摇头安静地侧坐在后座上，舒雅望扶住龙头，载着他往市中心骑去。夏天的风总是带着微微的热度，炙热的阳光明晃晃地照着大地。她挑有树荫的地方骑，阳光透过树叶斑驳地洒在他们身上。夏木安静地坐在舒雅望身后，刹车的时候，她能感受到他的身体会因为惯性而靠在她的背上。

半个小时后，舒雅望和夏木就到了网吧。网吧里座无虚席，有的一个位子上还坐了两个人，大部分都是高中生。她一眼就看见了坐在最里面的唐小天和张靖宇，于是拉着夏木走过去拍拍两人的肩膀。唐小天正在网上砍野猪砍得聚精会神，她拍了他一下，他没反应。

张靖宇倒是一下子就反应过来了，一脸解脱地看着舒雅望："你终于来了，等死我了。"他站起身来，把舒雅望按在座位上说，"交给你了，我晚上七点过来接班。"

舒雅望看了看时间，已经是中午十二点半了，她点头道："行，你回去睡吧。"

张靖宇和他朋友为了保住这两台电脑不被人家占去，在开业的第一天就来了。四个人轮流上，晚上他们在这儿通宵包夜，白天唐小天来接班，到晚上他们再来，一直到免费期结束，彻底占够网吧的便宜。

张靖宇眯着眼睛跟她说："你就拿我的号玩吧，帮我练练级。"

舒雅望摇头道："我打不来魔法师，回来挂了爆装备。"

"笨死了！小天，我走了。"张靖宇打了一个哈欠，嘴巴长得很大，舒雅望看见他至少有四颗虫牙。

唐小天这才反应过来："你来了，这个小孩是谁啊？"

舒雅望看着站在一边的夏木，连忙站起来，把他拉到座位上，她站到一边，说："就是我做家教的那家的孩子。"

唐小天朝他笑笑："你好，我叫唐小天。"

夏木盯着电脑屏幕，并不搭理他。

唐小天摸摸鼻子，有些受打击地小声道："他好像不喜欢我。"

"他就是这样，不爱说话。"

舒雅望转头从网吧里找来一张小凳子，坐到夏木和唐小天的中间。她凑过去问夏木："上过网吗？"

夏木摇摇头，她笑："我教你吧，好歹我也是你的老师，哈哈。"

然后舒雅望拿着鼠标，侧着身子，开始一点点地教他。一开始她还是很认真地教他怎么打字怎么上网，后来就直接给他申请了一个"传奇"账号，教他打起游戏来。

夏木很聪明，一学就会，唐小天的四十级的武士号带着他的法师号去练级，没到两个小时就升上了七级。

七级以后就要充点卡才能玩了，她看夏木玩得不错，就开了张靖宇四十二级的法师号给他继续玩。

唐小天上了一会儿就把位子让出来让舒雅望玩一下。武士号玩起来很简单，直接冲上去砍怪就可以了，但是她总是忘记加血，搞得唐小天很紧张地在旁边叫唤："加血，加血了。"等她手忙脚乱地加完血之后，他才放下心来。

夏木让舒雅望玩的时候，就更难操作了。魔法师的操作键从F1到F8都有，她老是搞不清楚，就只会放闪电。每到危急时刻夏木就冷冷地伸出小手，帮她加血，加魔法，上魔法盾。

然后舒雅望就会吐吐舌头说："晕，我又忘记了。"

而夏木只是淡淡地瞥她一眼，然后继续盯着屏幕。

上网的时候，时间总是过得很快，没玩一会儿天就黑了。舒雅望坐在中间看夏木和唐小天组队在祖玛打怪兽，唐小天正打得过瘾的时候，从他身后伸出一只手，狠狠地拍在他的肩膀上。

"唐小天！"

舒雅望和唐小天同时转过头去，拍他的人鼻青脸肿看不出相貌。她看了好几眼，才认出原来是学校高三年级的程维。他父亲是个包工头，在学校里，谁敢惹他，他就指着谁的鼻子说："信不信我找民工弄死你！"

而现在，他的身后就跟着七八个身材高壮、皮肤黝黑的男人。

程维转着眼珠，阴狠地看着她："啧，女朋友也在啊？"

唐小天站起来，将舒雅望挡在身后："程维，你带这么多人来算什么本事啊？"

"哼，怕了吧？昨天动手打我的时候怎么就不怕呢？"程维伸出手指着唐小天和舒雅望道，"把他们俩拉出去。"

几个男人伸手就想把舒雅望和唐小天往外拖，舒雅望退后一步，将夏木护在她身后，希望那些人别发现他。

唐小天拍开那些向舒雅望伸过来的手，狠狠地瞪着他们道："程维，你要报复就冲我来，拉女生干什么？"

"拉她不就是报复你吗？"程维邪恶地环视网吧里的人一周道，"谁要是敢报警，我让你们所有人都出不了这个门。"

说完，那几个男人拽着唐小天和舒雅望就往外拖。舒雅望一边挣扎一边偷偷地对夏木使眼色，让他快跑。

那几个男人力气特别大，没一会儿她和唐小天就被他们拉到网吧后面的巷子里。她抵着墙壁，腿脚发软地躲在唐小天后面，唐小天护住她，瞪着程维道："程维，我今天晚上随便你打，绝不还手，你不许碰雅望。"

"我就要碰她，我还要使劲地碰她。唐小天，我今天要把你教训够，不然以后我都没办法在学校混下去了！"

唐小天把手伸到后面，紧紧地握住舒雅望的手。她的手微微地颤抖着，他用力地握了她的手一下，她懂他的意思，他叫她找机会先跑。她回握了他一下，他放开手，猛地冲上去，一拳将程维打飞了出去。旁边的人慌忙上前"护驾"，场面一片混乱。舒雅望贴着墙壁慢慢地往外逃，程维从地上爬起来，抹了一把嘴角的血，凶狠地望着唐小天吼道："给我往死里打！"

舒雅望咬着唇，一步一步地往外挪。她转头望了一眼，唐小天踹倒了一个男人后，被人按倒在了地上。她握紧双手，转身，猛地向外冲，可恶，她要赶快出去，小天会被打死的！

"抓住她！"程维一边叫一边向舒雅望扑过来，她向左一躲，一脚踹在他的侧腰上。

程维向前冲了两步，她急忙转身跑，可没跑两步就被他一把抓住了。他的右手对着她的脸高高扬起来，她低下头，用双手护住脸部，耳边传来唐小天的叫骂声："程维你敢打她试试！我杀了你！"

"老子就打给你看！"说完，程维的手落下来，打在她的手臂上。

"你还敢挡？"程维凶狠地抓起舒雅望的手，抬手又要打她。她紧紧地闭着眼睛，心里想，妈的，他死定了！回家我一定要把伤口给老爸看，让老爸开一个团来灭了他家！

"住手。"一个清冷的声音从右边传入耳中。

感觉身边瞬间安静了下来，舒雅望睁开眼睛，向右一看，只见夏木单手拿着他的92式手枪指着程维，他的脸上还是没有任何表情，眼神还是暗淡到有些空洞。

夏木沉声道："放开她。"

程维哈哈大笑道："小鬼！你拿着模型手枪想吓唬谁啊！哈哈哈哈！"

"是真的。"夏木的语气还是很淡然。

"真的？你以为我会相信，哈哈哈哈！你当我是白痴啊？"程维蹲下身来，拍拍夏木的脑袋，"小弟弟，别胡闹，你妈妈叫你回家吃饭了。"

"哈哈哈哈——"那群人像是听到了这个世纪最好笑的笑话一样，笑得前俯后仰。

舒雅望绝望地看着夏木，这个笨蛋，刚才叫他躲起来，他跑出来干什么？他以为那把模型手枪真能骗得了他们吗？

可夏木举着枪的手并没有放下，他的眼睛微微眯了起来，眼神变得更加深沉，歪着头，他淡定地拉开保险，将枪口轻轻地抵着程维的脑袋说："92式5.8mm手枪，中国制造，口径5.8mm，使用DAP5.8mm普通弹，全枪长188mm，弹匣容弹量20发，杀伤威力堪称世界第一。"

夏木说完，歪着头，轻声问："真的还是假的，你要不要试试看？"

夏有乔木
雅望天堂 *1*

第三章

父亲的骄傲

唐小天，你要是个男子汉，
就不能让女孩子跟着你受苦、受伤、被人打！

所有人都被眼前的一幕镇住，那个精致漂亮的男孩单手举着枪，像是和夜色融为一体了一样，黑暗阴冷的气势震得没有人敢乱动一下，就连舒雅望也不敢肯定这把枪只是模型枪了。

舒雅望记得，那枪拿在手里的感和小时候握的那把真枪的手感一样冰冷沉重。

"我……我才不相信这是真枪。"程维的语气中有一丝不确定，他的额头上有冷汗滴落。

"所以，你选择试试，对吗？"夏木的冷静和程维的慌张形成了鲜明的对比。

夏木的嘴角居然弯出一个轻蔑的弧度，舒雅望咽了一口口水，忽然笃定了，夏木手上拿着的是一把真枪。

"搞得和真的一样，我就不信……"

"你知道他爷爷是谁吗？"程维的话还没说完就被舒雅望厉声打断，"别说是一把手枪，他就是掏出一把机关枪，那都有可能是真的！"

"就、就算是真的，他、他也不敢开枪。"程维全身僵硬，连说话的语调都开始不稳。

"是吗？"夏木冷笑着说道。

"喂，喂，夏木！"舒雅望紧张地叫他的名字。

夏木这孩子，平时就挺阴沉，望着你不说话的时候，都能让你有种毛骨悚然的感觉，何况他现在手里还拿着一把枪……夏木阴着脸，手里的枪一抖，轻唤了一声："砰！"

程维"啊"地大叫一声，腿一软跌倒在地，向后倒退着爬了几步，大口大口地喘着气，瞪大眼睛望着夏木。

夏木咧嘴阴冷地一笑："胆小鬼。"

程维伸出手，颤抖着指着夏木，不知道想要说什么，就在这时，两道强光照了进来，随着发动机的声音，一辆军用越野车开了进来，所有人都被刺目的灯光照得睁不开眼。

车开到巷口停了下来，从车里走下来一个身穿军装的男人。夏木回头望了一眼，将枪收起来，男人过来，望着舒雅望和夏木沉声命令道："上车去。"

舒雅望点点头，一把拉过站在一边的夏木，跑到车边，张靖宇从车窗里伸头出来："雅望，你们没事吧？"

原来，他们被那群人带出去的时候，刚好被来"接班"的张靖宇看见，他本来是想报警的，可是网吧的老板不让他报警，怕警察来了程维这票人会找他们店的麻烦，无奈之下，张靖宇只有打电话向唐小天的爸爸求救。

他以为，唐小天的爸爸好歹是个团长，儿子被人围殴肯定会带很多人来，结果他在路口就等到一辆车，车里还就只有一个人！

"唐叔叔会不会打不过他们呀？"张靖宇有些不放心地往巷子里面看。

舒雅望倒是一点也不担心："别傻了，唐叔叔可是特种兵出身，就这几个人根本不够看。"

"怪不得唐小天这么能打。"

"能打个屁！害我刚才被甩了一巴掌，回来得让他好好补偿我。"舒雅望揉了揉被打到的地方，转头望着一直很安静的夏木说，"夏木，刚才谢谢你啊。"

夏木看了她一眼，继续保持沉默。

舒雅望凑过去，小声问："你那把枪哪里来的？这么危险的东西，别总是带在身上……"

"是假的。"夏木轻声说。

"呃？"她有些不敢相信，"怎么可能是假的？你刚才……"

夏木瞥她一眼，淡定地回答："骗你们的。"

舒雅望愣了好一会儿，忽然很激动地用力抱住夏木大叫道："夏木，你刚才真是太帅了！你怎么能这么帅呢！好帅好可爱啊！"

夏木使劲在她怀里挣扎着，舒雅望抱着他就是不放手，她那时真的觉得夏木帅呆了。

"放开我啦！"夏木终于用力挣开她的怀抱，别过头去，脸上有一丝微微的红晕。

舒雅望伸手捏了捏他的脸，吃吃地笑道："真可爱！居然脸红了。"

夏木一脸正经地否认："没有脸红。"

舒雅望偷笑着捂着嘴，贱贱地反问："是吗？那再试试！"说完不顾夏木的反对，又扑上去，将他抱了个满怀，用下巴使劲地蹭着他头顶上柔软的头发，哈哈，看夏木慌张脸红的样子真好玩呢！

夏木精致漂亮的脸被舒雅望蹭得都变形了，他伸出手使劲地抵着她大叫："放开我啦！"

这个女人，真讨厌！早知道，就不帮她了！

就在两人打打闹闹的时候，唐叔叔带着唐小天走了过来，唐小天的眼睛被打得肿了起来，脸上满是青紫的伤痕，走起路来一瘸一拐的。

舒雅望一看到这样的唐小天，立刻跑下车去扶他："小天……"

唐小天看着一脸担心的舒雅望咧嘴笑笑："没事，没事，不疼。倒是你，疼不疼？"

唐小天拉过舒雅望刚才被打中的手臂，手臂上一个红红的巴掌印。唐小天伸出手，轻轻地搓揉着，心疼又内疚地说："对不起，雅望。"

被他这一搓，舒雅望整个心都软了，哪里还感觉得到什么疼啊，她笑了笑，有些不好意思地抽回手说："没事，我也不疼。"

"雅望，上车。"唐叔叔在车上冷声叫着。

"哦。"舒雅望扶着一脸害怕的唐小天走上车，两人刚坐下，就听唐叔叔冷声道："滚下去。"

"呃？"两人一愣，对看一眼。

"唐小天，滚下去！"唐叔叔僵着脸说，"自己走回去！"

"叔叔，小天受伤了。"雅望笑着求情，唐叔叔对小天真的是太严厉了。

"快滚下去！"唐叔叔回头一瞪，唐小天咬着唇，眼睛红了一圈，用力地坐起来，打开车门，走了下去。

舒雅望担心地望着车外的唐小天，也站起身来说："那我也走回去好了。"

说完，舒雅望也走下车子，和唐小天站在一起。

唐叔叔不为所动，望着唐小天说："唐小天，你要是个男子汉，就不能让女孩子跟着你受苦、受伤、被人打！今天要不是雅望在这里，你看我会不会来救你！"

唐小天低着头，伸手推了推舒雅望："雅望，你坐车回去吧。"

"不。"

"去吧。"唐小天的声音很轻，有一种平时难以感觉到的温柔，他抬头看着她笑，可眼里的泪水一圈圈滚动着，他的眼睛本来就很亮，含着泪水的时候，更是亮得犹如天上的星辰。

舒雅望鼻子一酸，转身走回车上，关上车门。车窗外的唐小天轻轻地望着她。唐叔叔毫不留情地发动车子，唐小天的脸慢慢变小，没一会儿就完全消失在夜色之中。

"唐叔叔，你对小天太严厉了。"舒雅望埋怨地望着正在开车的男人，"这么凶，小天都哭了，你太坏了！"

舒雅望说着说着就哭了。

唐叔叔看着了一眼倒视镜里女孩哭泣的样子，忍不住笑道："你这丫头，这么多年了，怎么还是一看见小天受罚就哭啊！"

"谁让你罚得这么厉害，你不心疼……"我还心疼呢。最后一句话，雅望没好意思说出来。

但唐叔叔不用听她说，也能知道她在想什么："雅望啊。"唐叔叔笑着说，"现在软绵绵又不男不女的男生太多了，我看着就讨厌！我希望我的儿子能成为真正的男子汉，刚毅坚强正直果敢的男子汉。我希望，他能成为我的骄傲。"

唐叔叔轻笑着问："难道，你不希望吗？"

舒雅望愣了愣，轻轻地点点头："希望。"

车子很快就开到了军区大院门口，舒雅望和夏木一起下了车，唐叔叔继续开着车，送张靖宇回家。

舒雅望站在大院门口，并不急着回家，她想在这里等唐小天回来，这里离夏木家也不远，他应该能自己回去。转头，舒雅望望着一直低着头的夏木问："夏木，你……你怎么……了？"

夏木紧握的双手微微颤抖着，他哑着声音说："我爸爸，也经常说，希望我能成为他的骄傲……我做错事，他也经常处罚我……罚得重了，妈妈也会哭的……妈妈也会心疼地看着我的伤口，很轻很轻地给我揉揉。"夏木抬起头，望着舒雅望，漂亮的眼睛里有什么在闪闪地转动，他咬着唇，没有让它落下。可就是这样的夏木，这样忍着悲伤的夏木，让雅望感到一种沉沉的痛，她多么希望这个漂亮孩子，能够得到幸福。

"夏木。"舒雅望上前一步，很认真地望着他说，"你成为我的骄傲，好吗？你受伤了，我也给你轻轻地揉好吗？"

夏木咬着嘴唇，没有点头，也没有摇头。

舒雅望试探地伸出手，轻轻地牵起他冰冷的右手，轻笑着柔声说："我送你回去吧。"

她向前走了几步，夏木却一直没有动。

舒雅望回头望去，夏木僵硬地站了一会儿，然后动了起来，跟着她的步伐，缓缓往前走着。

两人的影子，在月光下无声地重叠在了一起。

那天晚上之后，夏木似乎有些接受了舒雅望，舒雅望去他家的时候，他不再时刻防备地盯着她看，除了那把手枪之外，其他的军械模型，舒雅望都可以拿来摆弄两下。

虽然他还是不喜欢和她说话，也没有过多的表情，但舒雅望和他说话的时候，他偶尔也会抬头看她一眼。

暑假的最后一天，舒雅望准时去了夏木家，郑阿姨给她开门的时候笑得一脸亲切，舒雅望礼貌地对她打了一声招呼以后，就兴冲冲地跑上楼去。走到夏木的房间，她没有敲门就直接推门进去了，夏木正坐在桌子前，埋着头认真地画着什么。舒雅望悄悄地走过去，低头一看，他正拿一张透明的白纸，印着一本军事杂志上面的虎式坦克。舒雅望笑笑，轻轻地凑过去，对着他的耳朵大声叫了一下。

夏木手一抖，画笔唰地滑过纸面，在画好的坦克上画出一条横线。

"啊，抱歉。"

夏木望着已经被毁掉的画，轻轻抬眼，默默地望了一眼毫无歉意的舒雅望。

舒雅望笑着问："你这眼神是在谴责我吗？"

夏木转回头去，将画坦克的薄纸拿下来，揉成一团，丢进垃圾桶。

"哇，生气了。"她笑眯眯地凑过去，用手戳着他的脑袋，贱贱地问，"生气啦？生气了就来咬我啊，你最近怎么不咬我了？"

　　夏木微微地眯了眯眼，忽然转头，张口就要咬舒雅望的手指，舒雅望快速地缩回手来，握着手指怕怕地看着他："你真咬啊？"

　　夏木瞥了她一眼，眼神挑衅地看着她。

　　舒雅望扑哧一下笑了："哈哈，叫你咬你就咬，好乖好乖。"说着，眯着眼睛在他头顶上摸摸，一副你好可爱的样子。

　　夏木躲开她的魔手，转过头去，不再理她，又找出一张透明的白纸，开始印起杂志上的坦克来。舒雅望在一边看了一会儿，摇摇头，小孩子就是小孩子，连印都印得这么难看。

　　"从明天开始我不过来了。"舒雅望坐到床上，将双腿盘起，望着低头认真画画的男孩说。

　　夏木的画笔停住，头抬了起来，眼神微微地波动了一下。舒雅望一边从书包里拿出速写本和铅笔一边说："给你当了两个月家教，可惜什么都没能教到你。"

　　她直起身来，拿过床头柜上的坦克模型，侧放在书桌上，然后点点头，望着夏木笑道："最后一天，我就来教你画坦克吧。"

　　夏木低着头，没说话，舒雅望拍拍床边的空位，叫他过来坐，可是叫了两声夏木也没动，冷着脸，不知道在想什么。

　　舒雅望皱了皱眉，搞什么？怎么又变得死气沉沉的了？无奈之下，她只有下床将他一把扯上床，两个人背靠着墙壁，将腿弯起来，画本放在腿上，舒雅望一边画一边教他。她自己学了七年的画，画起来又快又好，但是让她教别人她还真不会，她总是在自己的本子上画几笔，然后转头望一眼夏木的本子，看他有地方画得不对了，就侧过身去，低下头来，在他的本子上又画两笔。夏木显得有些心不在焉的，舒雅望侧身过来的时候，他们靠得很近，他能闻到她身上淡淡的香味，她顺滑的长发会轻柔地散在他手上，有一种柔柔凉凉的感觉。

　　不知道为什么，他有些喜欢和她如此贴近的感觉。

　　两张纸上的坦克几乎都是舒雅望一个人画的，两张纸上的坦克都画得栩栩如生，画面干净，画风流畅，只用一支2B铅笔就将明暗关系处理得非常完美，透视效果也很到位，舒雅望望着手中可以作为教学范本的两幅画，摸着鼻子得意地问："怎么样，画得不赖吧。"

夏木点点头，确实很不错。

"哈哈！我以后啊，就靠这点手艺吃饭了。"舒雅望看他点头，开心得要死，简直比被老师表扬了还开心，她在自己的那幅画上面签了一个名，她的签名很潦草，龙飞凤舞地挂在上面。

签完以后，她将画撕下来递给夏木："送你了，好好收着，以后等我出名了，这画就值钱了。"

夏木拿着画，低头看着，舒雅望抬起手腕看了看，已经到了中午吃饭的时间，她从床上下去，将本子和笔丢进书包里，将头发理了理，望着夏木说："好啦，我回家啦。"

夏木低着头，没说话。

舒雅望弯下腰来，有些无奈地说："夏木啊，你这么不爱说话，到学校里会被人欺负的。"

夏木还是没说话，只是默默地望着手上的两幅画。

舒雅望抬手，想去摸摸他的脑袋，却被他歪头躲过，她皱着眉头，强硬地抓住他的脑袋，在他头上揉揉揉，将他的头发揉得一团乱。

夏木冷着脸，抬起头来狠狠地瞪她一眼。

雅望被他瞪习惯了，不痛不痒地回他一个鬼脸，笑嘻嘻地转身走了，走到房间门口的时候，忽然转过头问："哦，对了，明天上学你是想坐大院里的接送车，还是和我一起骑自行车啊？"

"上学？"夏木抬起头来，疑惑地望着她。

"呃，你不知道啊？明天开学了耶！"舒雅望忽然恍然大悟，"哦，你爷爷忘记告诉你了吧，他把你安排到了L市第一中学，和我一个学校哦，我告诉你，我们学校可漂亮了，就是食堂的饭太难吃！明天你就知道了……"

夏木望着喋喋不休的舒雅望，忽然轻轻地抿了一下嘴唇，然后说："和你一起。"

"嗯？什么？"舒雅望愣了一下，忽然又反应过来，"哦！骑车去是吧。好啊，那我明天早上来叫你。"

"嗯。"夏木点点头，漂亮的眼睛里有一些亮亮的东西。

舒雅望笑着摆摆手："那我走了，拜拜。"

夏木望着关起来的房门，又看了看手中的两幅画，站起身来，将两幅画整齐地贴在房间的墙壁上，看了一会儿又小心地把它们撕下来，打开柜子，将画放进去。又过了一会儿，他又将画拿出来，小心地卷起来，打开床头带锁的抽屉，将画放进去。抽屉的最里面，放着他的92式5.8mm手枪。

第四章

年少时光匆匆去

舒雅望以为，她和唐小天会一辈子在一起。

一辈子，从出生，到死亡，一秒不多，一秒不少。

第二天早上六点半的时候，唐小天就骑着自行车在舒雅望家楼下等她。

舒雅望一边低着头整理衣服一边走下楼来，舒雅望今天穿着校服。一中的校服真的很难看，其实全中国的中学校服都很难看，远没有韩国、日本校服的百分之一漂亮，舒雅望总是在想，教育部总是在学习国外先进的教学方法，什么时候也能学学人家发一些时尚的校服给学生呢？让自己国家的孩子穿得漂漂亮亮的，有什么不好？干吗老是让学生穿这么丑的校服？春秋冬都是运动服，夏天就是这套白色的套头T恤和长过膝盖的墨蓝色百褶裙。

土死了！舒雅望不爽地扯了扯校服，要不是开学第一天规定一定穿校服，她才不穿这么丑的衣服呢。

"怎么了？一脸不爽的样子？"唐小天笑着问。

"我讨厌穿校服。"舒雅望嘟着嘴巴抱怨着。

唐小天忍不住伸手在她鼓鼓的脸上捏了一下："穿着很好看啊。"

舒雅望看着他笑："在你眼里，我穿什么衣服不好看？"

唐小天低着头笑笑，很腼腆地抓抓头说："都好看，雅望穿什么都好看。"

舒雅望脸一红，心里乐开了花，抬眼望着眼前的男孩唐小天清俊的脸上带着一抹红晕，他也穿着校服，白色的T恤罩在他身上，高挑的个子显得有些瘦，舒雅望发现，唐小天也很好看，从小到大一直觉得他穿什么都很帅。

可是，当舒雅望看见夏木的时候，彻底惊艳了，这么难看的校服，穿在夏木身上，他却还是那么漂亮精致。

夏木走过来，淡然地望着舒雅望，舒雅望看着他空空的两手问："你的自行车呢？"

　　"没车。"

　　"那你还说和我一起骑车上学。"

　　夏木的表情没变，瞟了她一眼："我说和你一起。"

　　舒雅望愣住，好像是哦，他说和她一起，但是没和她一起骑车去啊，算了算了，舒雅望转头望着唐小天说："小天，你带他吧。"

　　唐小天爽快地点头答应，拍拍后座对夏木说："上来吧。"

　　夏木站着没动，像是没听见一样，还是盯着舒雅望。

　　唐小天有些郁闷地摸摸鼻子："他不要我带。"

　　舒雅望叹气："好，知道了，我带你，我带你还不行吗！"

　　夏木抿抿嘴唇，走了过去，侧坐在她的后座上。

　　舒雅望用力一踩，车子歪歪扭扭地前行，夏木伸手抓住舒雅望的衣服，骑了几米舒雅望才稳住车子，可夏木的手却没有放开，唐小天跟在后面，亲切地望着夏木说："夏木，这一路可远了，哥哥带你吧，雅望骑不动的。"

　　夏木瞟他一眼，扭过头不理他。

　　被冷落的唐小天有些纳闷地抓抓头，他真没见过这么别扭的小孩，舒雅望看唐小天吃了瘪，连忙叫他上前来，笑着说："小天，你来带我嘛。"

　　"好。"唐小天加快速度骑上前去，舒雅望一只手握住唐小天的肩膀，一只手扶着龙头，唐小天用力骑着，就这么带着舒雅望的车子快速地向前去。

　　"快点，快点！"

　　"已经很快了！"

　　"比以前慢了许多。"

　　"废话，你今天多带了一个人好不好！"

"呵呵呵，小天加油，小天无敌的！"

结果到最后，累的也只是唐小天一个人。

市一中是百年名校，学校历史悠久，初中部的教学楼还保留着老式建筑的风貌，干净的道路两边，每隔几米就种着一棵高大的松树，校园的花圃里种满了各种植物，每种植物前面还挂着小小的木牌，上面写着植物的名称和特征。

学校里有初中部和高中部，高中部从高一至高三，每个年级十二个班，一个年级共用一幢四层的教学楼，每层楼三个班。每个年级的一班都是由上学期期末考试的前三十名学生组成，被称为重点班。其余十一个班均为普通班。

舒雅望和唐小天同在高二（七）班，七班的教室是在三楼走廊的最尽头。

从三楼的走廊朝外望，右边是学校操场，操场边上种满了梧桐树，盛夏时节，绿树成荫，满枝翡翠。

"小天，雅望。这边这边。"刚一进教室，就听见张靖宇这个大嗓门在教室里面叫。

舒雅望向他的方向一看，只见这家伙占了最后一排的位子，对着他们招手。教室里的同学还不是很多，有一半是从原高一班升上来的，还有一些是别的班分过来的，雅望和唐小天一起向教室里走去，唐小天半路上就被其他男同学抓住，嘻嘻哈哈地聊着什么，舒雅望没等他，直接走到张靖宇前面的空位子坐下，打开水壶喝了一口水。张靖宇捅捅她的背得瑟地望着她笑："雅望，你知道吗，你现在是我们班的班花了。"

舒雅望一口水没含住，差点喷出来："你说谁？我？"

"震撼吧！我也很震撼！"张靖宇一脸郁闷地说，"我们班居然就八个女生，八个，最漂亮就是你！天，简直就是悲剧啊！"

原来到了高二就开始分文理科，学校一大半的女生都选了文科，文科班只有四个，剩下的女生就被八个理科班平分了，每个理科班最多的有十几个女生，最少的就高二（七）班，只有八个女生。

舒雅望抓抓头，笑得很贼："有什么悲的，我觉得挺好。"

"废话，你当然觉得好了，我要是在八个男生三十个女生的班，我也觉得好！我还会觉得非常好。"张靖宇捶着桌子吼道。

唐小天走过来，坐到舒雅望旁边的位子，看着抓狂的张靖宇问："他怎么了？"

"没怎么。"舒雅望摇着头，眯着眼睛左看看右看看，果然一个班都是男生，呵呵，长得不错的占了一半，长得帅的占了一小半，长得非常帅的占了一小半的一小半。咦嘻嘻，幸福啊！

"雅望，雅望。"唐小天的手在她面前晃了两下，她却没有反应，只是笑眯眯地盯着前面。

"她怎么了？"唐小天摸不着头脑地转头问。

张靖宇冷哼一声："她在享福！"

"享福？"唐小天

"齐人之福！"

"啪"的一声，一本书敲在张靖宇的头上，舒雅望一脸警告地瞪着他："别乱说，你当我是你啊！"

张靖宇不痛不痒地瞄她一眼："是吗，先把你的口水擦一擦吧。"

"雅望，你！"唐小天终于反应过来了，气鼓鼓地瞪着她，忽然拉过她一把捂住她的眼睛道，"不许看。"

舒雅望眼前一黑，心里倒是一阵甜蜜，不看就不看，反正不用看也知道，我们班最帅的不就是唐小天嘛。

张靖宇深深地叹了一口气，看吧，班上唯一一个漂亮的女生身边还带着一只忠犬，这日子没法过了，他要换班。

没一会儿，上课了，新来的班主任是一个三十多岁的男人，他进来的第一句话就是："班上的女生全部坐前面来。最漂亮的那个，叫什么？"

舒雅望指指自己，最漂亮的那个？说的是我吗？看老师点点头，她站起来说："我叫舒雅望。"

"好，就你当班长。"

老师这句话一出，所有男生都捶着桌子起哄："老师偏心啊！重女轻男！"

舒雅望有些脸红，她第一次觉得原来自己长得还真不丑。

班主任姓曹，是教英语的，上课的时候从来不说中文，满嘴的英语说得非常好，也不管学生有没有听懂，只顾着自己说，上课的时候特别爱找人起来回答问题，而且还特别喜欢找舒雅望起来回答问题，就像是看上了她似的，每节课必点。

舒雅望简直被他搞到崩溃。她的英语成绩并不好，每次被他叫起来都支支吾吾地答不上来，曹老师也不急，就这么等着，一直到她说不下去，才让她坐下。

舒雅望为了应付他的提问，每天晚上回家都将第二天他要教的内容看个三四遍，再把所有课后练习都做一遍，这样到他下节课提问，她都能回答出来。

曹老师非常欣慰，觉得这孩子在他的指导下终于进步了，便更加卖力地叫她起来回答问题。

一学期过后，舒雅望的英语成绩居然跃上了及格线，突破了九十大关，偶尔居然会考个一百分。

可喜可贺！

张靖宇私底下对班主任非常不满，总是说他是个色狼，专点女生回答问题，连考试的时候改作文都多给女生几分。

唐小天斜他一眼说他扯淡，张靖宇却一脸坚定地说："舒雅望都能考一百分了，这还有什么淡可扯！这就是事实。"

"事实你个头，我那是实力！"舒雅望毫不客气地拿着尺子敲他的脑袋。

"哼。"张靖宇不爽地将自己的卷子揉成一团丢进垃圾堆，恨恨地说，"臭老曹，五十九分还不给我及格！"

"你下次考六十不就得了。"舒雅望站在板凳上拿着蓝色的粉笔在墙上画着一个正在看书的女孩。

"呸！我下次还五十九，我就喜欢五十九。"

"你考吧，考吧，没人拦着你。"舒雅望丢了手上的蓝色粉笔，对着唐小天伸出手说，"黄色的。"

唐小天在粉笔盒里翻出一根黄色的粉笔给她，张靖宇已经等得不耐烦了，将书包往肩膀上一背，催促着唐小天，"小天，走了，还去不去打球啊？"

"再等一下，雅望还没画好呢。"

"她还有一半黑板没画呢。"

"那你先去吧。"唐小天倒是没犹豫，在他心里，只要雅望需要他，那他是绝对不会离开的，哪怕只是递递粉笔这么简单的事。

舒雅望回头，望着唐小天笑："你去玩吧，不用陪我了，我搞得定。"

"可是……"

"别可是了，你家夫人叫你走，你就走吧。"张靖宇拉着唐小天就往外走，唐小天一边被拖着走一边回头道："雅望，你出完黑板报到操场找我，我要是先打完就来找你。"

"知道啦。"舒雅望笑着对他挥手。

张靖宇一边走一边摇头道："真受不了你们俩，一天到晚在一起，腻味不腻味啊？"

唐小天浅浅一笑，脸颊上露出两个浅浅的酒窝，这是舒雅望最喜欢的笑容，带着一丝腼腆和少年的青涩。他轻声说："不腻啊，一点也不腻。"

张靖宇看着他的笑容，愣了一下，心里生出一丝羡慕，受不了地给他一拳："你这小子，真得瑟！"

两人笑闹着下楼，迎面走上来一个男孩，那男孩的周身散发着冷冷的气息，他抬起眼向上望，眼神和张靖宇的对上，张靖宇居然生出一阵寒意，他不由自主地搓手道："雅望她弟。"

"啊，夏木啊。"唐小天亲切地望着他笑，"来找雅望吧，她在班上。"

夏木走上来，淡淡地说："知道。"

楼梯很窄，唐小天和张靖宇并排站在一起，已经将楼梯堵了起来，夏木走上来的时候，唐小天侧身让他通过。

夏木面无表情地走了过去，张靖宇捣了捣唐小天说："喂，这孩子怎么这么阴沉？"

唐小天笑道："他就是这样的。除了雅望，谁也不理。"

"啧！以后可别变成你情敌。"张靖宇转着篮球随口说道。

"切，"唐小天笑出声来，不敢相信地望着他，"你啊，脑子用来学习不好吗，就想一些奇怪的事。"

"我这叫未雨绸缪，防患于未然！"

教室里，舒雅望一手拿着一把彩色粉笔，一手在黑板上认真画着。开学以来，她一直受到曹老师的重用，班里的活动和大小事情，几乎都交给她管理，这是从小到大没有过的事情。这些事虽然有些麻烦，但是却也让舒雅望觉得自己是有用的，是被需要的，这种感觉，让她的成绩日渐提高，也越来越自信起来。

以前班上的黑板报求她她都不愿意出，现在不用老师说，她自己就主动一个月换一次。

听到身后传来脚步声，她回头望去，眉眼一抬，便露出笑容：

"你怎么来了，不是让你今天晚上别等我吗？"

夏木一步一步地走过来，眼神淡淡地望着她，抿抿嘴唇道："嗯。"

"嗯？"舒雅望奇怪地歪头问，"嗯是什么意思？夏木啊，你再不说话，就要失去表达能力了哦。"

夏木走到舒雅望边上，轻声道："我想等。"

舒雅望笑笑，这个小鬼真是越来越可爱了："那你等吧，还要好久呢，你可以先做一下作业。"

"嗯。"夏木点点头，望了一眼教室，教室里的桌子上都干干净净的，只有最前面的位子上还放着课本。他走过去，站在边上，翻开课本第一页，只见上面龙飞凤舞地写着"舒雅望"三个字。

他抿抿嘴唇，在位子上坐了下来，打开铅笔盒，在她的名字下面一笔一画地画着什么。

舒雅望一边拿着尺子打线一边说："夏木，一会儿我们去吃刨冰吧。"

身后的人没有回话，但是她知道他不会拒绝，便继续笑着说："听说草莓味的最好吃，菠萝的也不错，等下我点草莓，你点菠萝，然后我们换着吃吧。"

"嗯。"

舒雅望眯着眼睛笑，夏木偶尔也会搭理她一下呢，真好。

教室里只剩下粉笔滑过黑板的声音，坐在最前面的少年和站在凳子上的少女，同样认真地画着手中的画。

高二这年的冬天来得特别早，孩子们早早就穿上了厚厚的棉衣。冬天骑车上学非常冷，冷风透过衣领一直往脖子里灌。舒雅望是很怕冷的人，坚持了几天就放弃了，改坐部队专门给大院军人子女配的送学车。雅望可以偷懒，可唐小天不行，他父亲绝不允许他这么娇生惯养，坐车？不让他跑步去就很厚道了。

唐小天依旧早上六点半起床，六点五十独自骑车上学，七点二十的时候他就会看见大院的送学车从他身边开过，车上的舒雅望总是在这时候拉开车窗，笑着对他挥手，然后他就会骑得更加卖力，追在车子后面，想多看一会儿她的笑颜。

七点三十的时候，他准时到达学校，拎着书包和顺路买的早点，欢快地跑进教室，一进教室就感觉到暖气扑面而来，他一边摘着手套和帽子，一边向第一排的舒雅望走去，将手里的东西一股脑地全放在她桌上，然后将早点推到她面前，双手搓着被寒风吹到有些僵硬的脸说："快吃吧，要冷了。"

舒雅望笑笑，拿起装着韭菜饼和豆浆的塑料袋，一层一层地拨开。白色的热气缭绕，香味瞬间飘了出来。舒雅望用管子戳开豆浆盖，吸了一口问："你的呢？"

"我都吃过了，一边骑车一边吃的。"唐小天很满足地看着舒雅望，一脸笑意，好像豆浆都喝进他肚子里了一样。

"喝不？"舒雅望抬手，将豆浆杯的管子对着他的嘴唇，他低下头来吸了一小口，暖暖的豆浆直流进心里，他的眉眼都带着甜甜的笑容。

舒雅望缩回手来，将管子重新咬进嘴里，没怎么在意地问："数学作业写完了吗？"

"嗯。"唐小天看着舒雅望，她正轻轻地咬着他刚才用过的吸管。不知道为什么，唐小天有些着迷地盯着她的嘴唇，心里怦怦直跳，雅望的嘴唇真漂亮。他握了一下手，使劲地压抑住想上去触碰的欲望。

"借我抄。"

"哦，好。"唐小天从书包里掏出数学作业本放到她手上说，"雅望，你应该自己做。"

"做不来。"舒雅望皱眉，她最讨厌数学了，完全看不懂。

"我教你啊，其实数学很容易的。"

"不用了不用了，我是艺术生，高考数学又不算分，我才不学呢。做作业那都是给老师面子。"舒雅望低着头在自己的书包里翻找着什么，光是翻出一本英语书放在桌上，然后又低下头去翻找。舒雅望的书包很乱，她似乎在找什么小东西。唐小天随手翻开桌上的那本英语书，书的第一页有他熟悉的字体，舒雅望的字写得非常草，一点也看不出来是女孩写的字，但是却非常漂亮，字体中透出一种潇洒与飘逸。

唐小天非常喜欢她写的字，每学期发了新书，他都会把书本全部给舒雅望，舒雅望便将两套一样的书并排摆在一起，一边写上"舒雅望"，一边写上"唐小天"。

而他就坐在一边，看着她低着头，认真地在书上写着：

舒雅望，舒雅望，舒雅望……

唐小天，唐小天，唐小天……

每当这个时候，他就会觉得天地很安静，好像整个世界只剩下他们俩一样，那种无比贴近的感觉，真的让他满心欢喜。

低头，轻轻笑了一下，唐小天的目光又回到书页上用铅笔画的坦克上："雅望，你干吗在书上画个坦克？"

"不是我画的，是夏木画的。"

"他干吗画坦克？"

"呵呵，我教他画的嘛，怎么样，画得不错吧。"舒雅望看了一眼坦克，又笑了笑，"我就教了一遍，没想到他能默画得这么好。"

"他干吗在你书上写名字？"唐小天指着坦克下面的名字，语气里有些隐隐的不快，夏木的名字居然写在雅望的旁边，字写得很好，和电脑里打出的楷体字差不多。

"签名呗，画完画都得签个名啊。"舒雅望理所当然地说。

唐小天翻着书页，不知道为什么，看见夏木的名字和雅望的排在一起，他就是不快活，有一种非常想把他名字涂掉的冲动。

"找到了。"舒雅望惊喜的叫声将他的思绪拉了回来，他低头望她，只见她拿出一个白色的圆柱形的塑料小药盒，打开盖子对着他说，"手伸出来。"

唐小天茫然地将手伸出来，手心向上，舒雅望拉过他的手，将它翻过来，手指上红红肿肿的冻疮赫然跃入眼前，舒雅望用手指沾了点药膏对着他的冻疮一个个地涂过去，药膏上在冻疮上冰凉的感觉让唐小天的手指微微一颤，舒雅望抓紧他的手，嘴里念叨着："真是的，我要是不管你，你今年又得把手冻烂掉……"

舒雅望将他手上长了冻疮的地方全部涂上药膏后，用自己小巧的双手将他大大的手掌包起来，放在手心里来回地搓着。

唐小天咬了咬嘴唇，手心的热度传到心上，烫得他难受，有什么感情快要压抑不住了，他低声叫她："雅望，雅望……"

舒雅望抬头，手里的动作停了下来，明亮的眼睛茫然地望着他："怎么了？"

唐小天抿着嘴唇，心脏怦怦直跳，他望向舒雅望，像着了魔一样说："雅望，雅望，我好……"

"丁零——"

上课铃声响了，唐小天一震，清醒了过来，脸唰地红了，他慌忙将手抽了回来，拿起书包，跌跌撞撞地跑回座位。

舒雅望看着他的背影，摸了摸鼻子，贼兮兮地笑了，即使他没说完，她也知道，他想说什么。

早读课的时候，天空忽然飘起了小雪，雪对于孩子们来说，是冬天的惊喜，是冬天送出的最好的礼物，孩子们会原谅冬天的寒冷，原谅冬天的荒凉，也只是因为，只有冬天会下雪。

高二（七）班的同学们在课堂上将稚嫩的脸庞贴在蒙着水汽的窗

玻璃上，连连惊呼"下雪了，下雪了"。

舒雅望撑着头向外看，是啊，下雪了，好美。

日子就是这般平静祥和地过去，偶尔掀起一点波澜，不痛不痒。

高二的寒假没放几天就被大量的补习课占了去，上午语数外，下午理化生，晚上专业课，舒雅望上课已经上到麻木，各科老师的语气也在不知不觉间变得凝重，对学生的要求也越来越高，作业量越来越大，班级里的气氛也越来越沉重。懵懵懂懂的学生们也开始感觉到，人生中最大的转折点，将要来临。

舒雅望转头，望向右边的那幢高三教学楼，等楼里的高三学生毕业了，就轮到他们了。

舒雅望的成绩在高二有了很大的进步，虽然达不到一鸣惊人的效果，但至少除了数学以外，每门都能及格，英语尤其好，基本稳定在90分以上。唐小天的成绩更不用说，高二期末考的时候便以年级第三的身份轻松地考进了重点班。

可惜高三一开学，他才在重点班上了两天课，就自己搬着桌子板凳回到了普通七班，七班的班主任曹老师奇怪地问他："唐小天你怎么又回来了？一班不好吗？还是被欺负了？"

唐小天坐在位子上抓着脑袋笑得很腼腆："不是的老师，我喜欢在七班上课，喜欢七班的同学，喜欢七班的老师，我舍不得走，呵呵。"

张靖宇哼了一声，大声地告状："老师，他说谎，他明明就是舍不得七班的班花。"

班上的同学拍着桌子哈哈大笑，唐小天在笑声中红了脸，而舒雅望则捂着嘴巴偷偷地笑。

那时的舒雅望以为，她和唐小天会一辈子在一起。

一辈子，从出生，到死亡，一秒不多，一秒不少。

夏有乔木
雅望天堂 1

■ XIA YOU QIAO MU　YA WANG TIAN TANG ■

T H E　7 T H　A N N I V E R S A R Y

第五章

唐小天当兵

年少的他们，在星空下许下诺言，
一个说愿意等，一个说一定回来。

高三快毕业的时候，唐小天告诉舒雅望，他要去当兵。

舒雅望搞不明白，成绩这么好的唐小天为什么要去当兵呢？直接去考军校不是更好？

唐叔叔说："从军校毕业的那叫学生，从部队毕业的那才叫军人，要成为真正的军人必须从部队历练出来。"

舒雅望抿了下嘴唇，简直有些不能理解唐叔叔的想法，为什么他总是这样，人家的孩子疼都疼不过来，而他却哪里累哪里苦就把唐小天往哪里送。

舒雅望问唐小天："那你自己想去吗？"

唐小天望着她点头，用少有的深沉语调说："想去。男人当兵后悔两年，不当兵后悔一辈子。"

先当兵再考军校，然后成为一名像父亲一样出色的军人，这就是唐小天为自己选择的未来，他的眼神坚定，目标明确，像是从小就定下了志愿，到了实现目标的年纪，他便毫不犹豫地冲了过去。

舒雅望有些羡慕唐小天，羡慕他活得这么明白，羡慕他知道自己想要什么，想过什么样的人生，在为实现什么样的理想而奋斗。

舒雅望沉默地看着窗外急速后退的风景，轻轻地握紧书包带子，夏木静静地坐在舒雅望旁边，看着车窗外不时闪过的路灯忽明忽暗地照在她的脸上。夏木垂下眼睛叫她："喂。"

"嗯？"她转过头看他，十三岁的夏木还是那样精致漂亮，面无表情的样子像极了橱窗里的人偶娃娃。

"……"

"怎么了？"

夏木转过脸问："今天怎么不说话？"

她平时话不是很多吗？可以从上车说到下车。

"我在想事情。"舒雅望往座椅里靠了靠，歪着头看他，一脸疲倦的样子。

夏木转头看她，脸上的表情未变。

舒雅望有些不满地看他："夏木，你不想知道我在想什么吗？"

夏木"嗯"了一声，表示了他淡淡的好奇。

"想知道？"舒雅望好笑地看着他，手指不停地戳着他的脸颊。她就是喜欢这样戳他的脸，因为这样做他漂亮的脸才会有些变形，眼里才会有些神采。

"别戳我。"夏木歪着头，躲着她的攻击。

"想知道的话，就给我抱一个吧！"舒雅望说完也不等夏木反应，伸手就将他抱住，使劲地用下巴在他头上蹭着，嘴里开心地叫，"呀呀，小夏木抱着可真暖和。"

"你……放开我。"夏木使劲挣扎，脸被她紧紧地埋在胳膊上，头发被她蹭得乱糟糟。

"放开啦。"夏木用尽全身力气终于把舒雅望推开，然后退后一些，防备地瞪着她。

"再给姐姐抱抱嘛。"舒雅望很失望地伸着手要抱抱，夏木抱起来软软的、香香的，好舒服。

"不要。"夏木一边用手将头发理好一边逃到车子另一边的位子，转过头不理她。

舒雅望诱惑地问："难道你不想知道我在想什么吗？"

夏木丢给她一个小小的背影，明显不想理她。

舒雅望并没追上去骚扰他，只是轻轻地笑，笑着笑着忽然低下头，一脸落寞。她身边的窗开着，乌黑的发丝在风中微微拂动，窗外一排排路灯不停地在她身边倒退着。

她低着头发呆，过了好一会儿，身边的皮椅又陷了下去，衣袖被扯了扯，她转过头去，只见夏木一脸酷酷地坐在边上说："给你抱好了，不要把我的头发弄乱。"

舒雅望吃惊地挑挑眉，扑哧一下笑了。

夏木听见她的笑声，唰地站起来，抬腿就想走。

舒雅望比他快一步，一手抓住他的胳膊，将他按下来，然后靠过去揽住他小小的肩膀，头轻轻地靠了上去，闭上眼睛，用手摸了摸他柔软的头发："夏木真可爱。"

夏木将背挺得笔直，嘴唇轻轻地抿了抿。等了好一会儿，舒雅望都没有再说话，夏木忍不住提醒她："你说要告诉我你在想什么的。"

舒雅望睁开眼，扬唇一笑，轻声道："我在想我的人生目标。"

"人生目标？"

"是啊。"

夏木没回答，舒雅望也没继续说话。舒雅望觉得她和夏木在一起的时候，如果她不主动说话，他们俩的对话是很难进行下去的。

今天却不一样，夏木居然感兴趣地问她："然后呢？"

"嗯？"

"你想到了什么样的人生目标？"

舒雅望低着头，一下一下地掰着手指，轻声答道："不知道，还没想好，也许我就是那种终其一生也随波逐流，碌碌无为，浑浑噩噩不知道自己到底想干什么的人吧。"

夏木垂下眼沉默了很久，抬头说："这样很好。"

"嗯？"

"那些目标坚定的人，才是最自私最冷酷的。"夏木说这句话的时候，成熟得不像是一个十三岁的少年。

舒雅望不能理解他的意思，转头问他为什么这么说，可夏木却不愿意再回答，只是面目表情地望向远方，眼神越发阴郁。

为什么这么说？因为父亲是一个目标坚定的人，所以，不管母亲如何担心，如何劝说，他还是坚定地从事最危险的工作，最终在任务中失去性命。

因为母亲也是一个目标坚定的人，所以，不管他如何哀求，如何哭闹，她还是在他面前举枪自尽。

目标坚定的人啊……夏木的双手紧紧握住，握到指甲将肉掐得生疼也不曾放开。

一直到一只温暖的手覆在他的右手上，他才回过神来。

只见舒雅望一手背着书包，一手牵着他，温柔地望着他笑："夏木，到家了。"

夏木握紧的双手这才缓缓松开，血液加速循环让他的手有一种触电般的酥麻感，他转头望向车外，昏暗的路灯下，已是熟悉的军区大院。

晚上九点左右，舒雅望认真地画着画板上的图画，门外舒妈妈大声叫："雅望，电话。"

"哦，来了。"舒雅望答应了一声，放下画笔，站起身来，快速地走出去，接过话筒。

唐小天在电话那头笑："雅望，是我。"

"哦。干吗？"舒雅望不客气地问。

"嗯，没事。"唐小天被她一凶，有些无措地摸摸鼻子。

"……"

"……"

两个人都陷入了沉默，舒雅望咬了咬嘴唇，然后说："没事我挂了。"

"雅望！"唐小天害怕她真的挂电话，急忙说，"雅望，你出来吧，我现在去操场等你，你一定要来。"

"我不去。"

"你不来我不走。"

"骗人，明天天一亮你还是会走。"明天就是唐小天参军的日子。

"雅望，我下去了。"唐小天说完这句话，就挂了电话。

"喂！喂！"舒雅望对着发出嘟嘟声的电话喂了好几下，然后有些生气地挂上电话。

臭小子，现在敢先挂电话了，她得下去教训他！

转身拿了外套，穿了鞋子，舒雅望就往大院操场奔去。结果……说不去的人，居然先到了。

在舒雅望对着天空闪烁的星星瞪眼睛的时候，唐小天才慌慌忙忙地跑过来，舒雅望远远地望着他，他的头发剪成很短很短的板寸，英俊的脸庞更显阳刚之气。他跑到她面前站定，有些轻喘。

他家离大院操场比她家远五分钟的路程，看样子他也是一口气跑来的。

唐小天将手中抱着的一堆参考书递到舒雅望面前说："这些书和笔记给你复习的时候用。"

"不要，我自己家还有一大撂没看呢。"舒雅望别过头不接。

唐小天一如既往地有耐性："雅望，你别生气了好不好？我明天就要走了，别生我的气了好不好？"

"我没生气。"她轻声否认。

"那你这几天都不理我。"唐小天有些急了，低着头看她。

舒雅望咬咬嘴唇，眼眶有些红了，她低下头，小声地说："我没有生气，我只是，舍不得你走。"

唐小天一愣，目光直直地盯着舒雅望，他的眼眶微微地红了，心脏突然被揪紧。

"雅望。"

舒雅望没抬头，乌黑的长发遮住脸颊，眼角的泪水轻易地就落了下来。

　　唐小天伸出双手，很想抱抱这样的舒雅望，可他的手伸到一半却放了下来。忽然他蹲下身来，将手里的书放在地上，做出了俯卧撑的姿势，对舒雅望说："雅望，你上来。"

　　舒雅望站着不动，好笑地看着他道："干吗，你爸爸又没罚你。"

　　"我自己罚我自己。"唐小天撑着草地说，"我惹你哭了，当然要罚。"

　　"不用了啦。"

　　"快上来。"

　　舒雅望笑着咳了一声，走过去，坐在他背上，装着严肃地说："好啊，那就做二十个好了。"

　　"好。"唐小天沉下身去，开始一下一下地做着俯卧撑，舒雅望坐在他的背上抬头望着眼前晃动的星星，轻轻地笑了。从小到大，这样的景色到底看过多少遍，她已经不记得了，从一开始经常跌倒到后来他能稳稳地托住她，已经有十八年了，在往后的两年里，她将看不见这样的景色了吧，轻轻地叹了口气，虽然自己确实不想让他去，可是……

　　唐小天没做到二十个的时候，舒雅望就站了起来，她弯下腰将唐小天拉起来，红着眼睛认真地望着他说："你去吧，我等你回来。"

　　唐小天再也忍不住，一把拉过舒雅望，紧紧地将她抱在怀里。

　　年少的他们，在星空下许下诺言，一个说愿意等，一个说一定回来。

　　唐小天走的那天正好是星期天，早上八点的火车。舒雅望早早地就在楼下等他，当看到他穿着一身绿色的军装，戴着大盖帽，胸前戴着红彤彤的大红花走出来的时候，她扑哧一声就笑了，忽然想起一句军队的宣传语：一人当兵，全家光荣。

唐小天直直地朝她走过去。舒雅望理了一下长发，微笑着抬头看他。

"嘿嘿。"唐小天有些局促地理了理上衣的下摆，这不是他第一次穿军装，小的时候，他经常偷拿父亲的军装穿在身上，对着镜子走来走去，大大的军装罩在他小小的身上，过大的帽子几乎能将他的整张小脸都遮住，虽然穿着很奇怪，但镜子里的他还是笑得一脸灿烂。

终于有一套属于自己的军装了，他正了正军帽，忍不住心中的欢喜，对着舒雅望立正站好，行了一个很标准的军礼。

舒雅望笑着拍拍他的肩膀："不错不错，挺像样的。"

唐叔叔从后面走出来，一脚踹在唐小天的小腿上："臭小子，显摆什么？"

"啊，爸！"唐小天摸着被踹疼的小腿，有些不满地叫了一声，真是的，他都要走了也不给点面子。

唐叔叔瞪他一眼，然后对舒雅望亲切地说："叔叔去取车，你们在这儿等等。"

"好。"舒雅望乖巧地点点头。

唐小天上前一步，抿了下嘴唇，拉住舒雅望的手，小声说："你别送我去了。"

"为什么？"

唐小天抬眼，很温柔地望着她说："我不想看着你哭。"

舒雅望心里又是感动又是好笑，勉强扯出一抹笑容道："可我想看着你走。"

唐小天拉住舒雅望的手轻轻地握紧，他不知道说什么。眼前这个女孩，自己从出生就认识了，从懂事起就喜欢了，对她，他有太多的不舍，有太多说不清道不明的感情，光是喜欢根本不够表达这种感情。

这是什么呢？满心暖暖的甜蜜，又带着浓浓的不舍，却不觉得悲伤，因为他知道，她会等他回来，因为他知道，她对他有相同的感情，那种深到骨髓、到血液的感情。

唐小天的手臂猛地往回一拉，舒雅望被他带进怀里，他将手臂慢慢地收紧，她安静地待在他怀里，没有说一句话，她纤细的手臂环住他的背，她秀丽的脸庞轻轻地靠在他的胸前。他闻到她的发香，她听到他的心跳。

那个夏天，他们十八岁；那个夏天，他们分离；那个夏天，那个拥抱，那个最初相爱的人，在今后多年，总是反反复复地出现在他们的梦里。

那天，舒雅望没有再坚持送唐小天，因为，她也不想看他哭。她站在军区大院的门口，看着唐小天钻入唐叔叔的车里，车窗缓缓降下，他在车里紧紧地望着她，她对他微笑，双眼通红，强忍泪水，他同样微笑，同样红着双眼，同样强忍泪水。车子的发动声让他们意识到，真的要分开了，他们对未来感到迷茫，却又忍不住去坚信，会再见的。

那时，他们将永远在一起。

汽车缓缓开动，舒雅望不由自主地向前走了两步，唐小天从车窗里探出上身，猛地将胸前的大红花扯下，丢出窗外，鲜艳的红花在空中翻飞着，丝绸在空中划出美丽的弧线，精准地飞入舒雅望的怀里。舒雅望愣了一下，伸手接住红花，抬眼望着唐小天，车子已经开出几米，唐小天在远处对着她大声喊："雅望！你要等我回来！你一定要等我！"

她望着手里的红花，鲜艳的颜色，简单的做工，平滑而厚实的质地，这最廉价的礼物，却比千万朵盛开的玫瑰更令她心动。

她低着头，把玩着手里的红花，轻轻地笑："只是两年而已……"

再抬眼，脸上已经没有了悲伤，眼神坚定而又倔强地望向已经消失在远方的车子。

唐小天走后，舒雅望参加了一所省外重点大学和一所本市重点大学的美术专业考试，并以优异的成绩通过录取线，接下来的，就只剩下文化课考试。

六月中旬的天气已经热到让人难以忍受，教室里的风扇呼呼地扇着，书页被吹得哗哗作响。

曹老师走进教室望着讲台下已经被考试压得喘不过气来的学生说："大家先休息一下，马上就轮到我们班拍毕业照了，大家一起到教学楼前面的空地上集合。"

"哦。"台下的学生有气无力地应了一声，对他们来说，现在什么也激不起他们的兴趣，他们只是在等待最后那决定命运的一刻，是死是活就看那一场考试。

舒雅望从文海题山中抬起头来，忍不住想，时间过得真快啊，仿佛昨天还看人家站成几排笑着拍毕业照，一回神，就已经轮到自己了。

站在最前面一排，身后站着二十九个帅哥，舒雅望望着镜头展开笑颜，在照片中留下一个最甜美的笑容。

多年后，高三（七）班的男生们拿出高中毕业照，总会指着舒雅望说："看，这就是我们班的班花，漂亮吧？"

舒雅望多要了一张照片，寄给了在部队服役的唐小天。唐小天将照片放在了自己最宝贝的笔记本里，每次看见都会觉得遗憾，要是能照完毕业照再走该多好啊。

高考的最后一门是理科综合考试，出了考场，撕碎的复习资料撒了一地，整整三年的压抑在瞬间爆发，学生们一边大叫着"解放了"一边向学校门口奔去。舒雅望走在教学楼下面，天空洋洋洒洒地飘着写满字迹的纸片，她理了理头发，松了一口气，将书包里的复习资料一股脑地拿出来，顺手扔进了垃圾桶。

这辈子再也不要看见它们了。

出了校门，就见到老爸的车停在门口，看见她出来，老爸老妈立刻从车里奔下来，冰冻饮料、毛巾，手忙脚乱地招呼过来。

"怎么样？怎么样？累不累？饿了吧？考得怎么样？题目难吗？"老妈关切地问着。

舒雅望"啧"了一声，摇摇头，没太大把握，英语和语文都考得不错，但是理科综合就有些玄，看见父母焦急期盼的眼神，她只能摸摸鼻子，硬着头皮说："嗯，还不错，蛮有把握的。"

"好好，没事，考完就算了，走，回去休息，爸爸给你买好吃的。"舒爸揽过舒雅望的肩膀，欣慰地拍拍，他这个女儿能在高中最后两年好好学习，对他来说已经是个奇迹了。

舒雅望半靠在舒爸的怀里，舒妈给她拉开车门，她弯腰往里一看，居然发现夏木也在里面，她吃惊地挑挑眉："夏木，你也来了。"

夏木别扭地转过头说："是叔叔叫我来的。"

"哦。"舒雅望喝了一口水，幽幽地道，"原来你是被强迫的。"

夏木气恼地瞪她一眼，舒雅望扑哧一笑，揉揉他的脑袋："我知道，你是关心姐姐才来的，对不对？"

夏木哼了一声，不理她，舒妈从副驾驶座回过头来，望着舒雅望说："妈妈给你炖了你最爱吃的海带排骨汤，还有蘑菇烧肉、黄瓜炒肉片，回家好好吃一顿。"

舒雅望开心地点头："好，我都饿死了。"

舒妈又开心地转头望着夏木："夏木，你也来啊，尝尝阿姨的手艺。"

夏木愣了一下，没点头也没摇头。

舒妈有些尴尬地看着舒雅望，舒雅望伸手偷偷扯了扯夏木的衣袖，夏木回过神来，点点头道："好。"

舒妈开心地转过身去，和舒爸商量着晚上买些烟花放放，庆祝一下。

舒雅望靠近夏木，小声说："夏木啊，以后大人和你说话你可不能不理不睬的，那样很没礼貌的，知道吗？"

夏木垂下眼，僵硬地扭过头，什么也没说。

舒雅望无奈地摇头，唉，这孩子，要是性格能直率点就好了。

舒雅望一回家就瘫软在沙发上，打开电视，拿起桌子上的葡萄吃了一颗，舒爸舒妈走进厨房开始忙了起来，夏木走在最后面，在门口犹豫了一下，跟着舒雅望走了进去，在她的身边坐下，舒雅望将手里的葡萄递给他，他摇摇头。

"不吃吗？很甜的。"

夏木伸手接过，拿着葡萄在手里捏了捏，然后他忽然转头问："你会去外地上大学吗？"

舒雅望将嘴里的葡萄皮吐在手中，丢进垃圾篓，想了想说："不知道，考得好的话，应该会去T市的中X美院。"

夏木转了转手里的葡萄，垂下头问："那你考得好吗？"

舒雅望撇撇嘴，对他钩钩手指，夏木靠了过去，舒雅望小声在他耳边说："估计没戏。"

"哦。"夏木直起身来，抿了抿嘴唇，将葡萄丢进嘴巴里吃掉，唔——好酸！

夏木酸得皱起脸瞪她，舒雅望捶着沙发使劲地笑："哈哈，笨蛋，被骗了吧。"

夏木瞪着瞪着忽然扭过头，嘀咕了一句："真讨厌。"

舒雅望看着他那别扭的样子，真的觉得这样的夏木好可爱哦，忍不住又扑上去抱抱："夏木，给姐姐抱抱！"

"不要。"夏木一听她这么说，立刻站起身来逃跑，舒雅望追着他满房间跑。吵闹声引得舒爸从厨房探出头来，他笑呵呵地点点头，不错不错，夏木变活泼了不少，雅望果然是孩子王。呵呵。

高考前，舒雅望曾经发誓，考完以后一定要睡个三天三夜，可考完后她居然睡不着了，就那么半躺在床上拿着老师发的高考正确答案对着自己的答案，先对的是最不拿手的理科综合，选择题错了一堆，她越对越没信心，咬着大拇指将答案丢开，心里有些慌乱。

在床上躺了一会儿，她坐起身来，打开床头柜最上面的抽屉。抽屉里什么也没放，就放着一摞信件，舒雅望将信件全部拿出来，一封封整齐地排在床铺上。信件的邮票栏都盖着部队免邮的红色钢印，信封上是她熟悉的字体，她抬手数了数，一共六十八封，几乎每天都能收到一封他的来信。

舒雅望拿出最新的信件拆开来看，虽然她已经看了好几遍了，但是还是忍不住再看一遍。

"雅望，现在是晚上九点三十一分，我在部队操场上，刚打完篮球，想你了，所以又开始给你写信。"

舒雅望看到这里，笑了笑，唐小天总是喜欢这样，写信的时候在一开头就把身边的环境写出来，告诉她，他在什么地方，看着什么样的风景。

每次看完开头的第一句，她就能想象出他写信时的风景，轻轻的晚风，火红的夕阳，不远处有人在操场上跑步，有人在踢球，他时而用带笑的眼睛注视着前方，时而低下头在本子上给她写信。

舒雅望低着头，继续看信："知道吗？刚才的篮球比赛我们班赢了，老大太厉害了，一个人就得了四十五分，简直就是职业水准。"

老大，这个称呼在舒雅望眼里已经不陌生了，他是和唐小天同年入伍的新兵，因为年龄在他们班最大，所以他们都称他为老大，唐小天在信里总是提到这个人，老大跑步很快啦，老大俯卧撑能做的和他一样多啦，老大揍了欺负新兵的老兵啦，反正敬佩之情溢于言表。

舒雅望"啧"了一声，有些不高兴，感觉自己家的唐小天被这个连名字也不知道的老大抢走了。

皱眉，她居然莫名地嫉妒。

"雅望，你知道吗？特种兵部队会在一个月后，到我们新兵连征选尖兵，名额不多，只有十个，但是我会努力的，我到这儿来，就是为了进特种部队，我不会放弃这次机会的。"

看到他的激情和信心，舒雅望仰躺下来，轻轻一笑，真羡慕啊，这家伙，在做自己喜欢的事呢。

"雅望，你考试考得怎么样了？卷子难吗？我好担心你，你不知道我有多想陪着你高考，陪着你上大学，我觉得我矛盾了，我来的时候毫不犹豫，可是我才离开你三个月，就好像有一点点后悔了，真的，最近我做梦总是梦到你，梦到你拿着红花站在大院门口，雅望，那时你哭了吗？为什么我总梦到你哭了？雅望，你想我吗？我特别想你。"

看到这儿，舒雅望将信纸盖在脸上，躺进几乎铺满半张床的信件里，柔柔地笑了。这个笨蛋，写信的时候怎么变得这么坦率了，平日里让他说这些话，他是绝对说不出口的吧。

她怎么可能会……不想他呢？

三天后，高考成绩出来，舒雅望以文化课四百三十八分，专业课两百八十二分的成绩进了T大。

班主任曹老师对着来拿录取通知书的舒雅望说："唉，就差六分。你要是再多考六分就能上S大了。"

舒雅望倒是无所谓，拿着录取通知书笑："老师，T大也不错啊，就在家旁边，住校费都省了。"

曹老师点头："T大不错的，好好学啊。"

"老师，我说你偏心你还不承认，我考上T大看你把我骂的，雅望也是T大，你就说不错不错。切！"张靖宇不爽地抱怨。

"抽你！你和雅望能一样吗？你平时数学能考一百五十分，高考的时候你就考一百一十分，我不骂你我骂谁？"

坐在一边的数学老师也僵着脸呵斥道："就是，简直丢尽了我的脸，平时考试作弊了吧？"

"什么啊，"张靖宇郁闷道，"这次数学难啊，某人数学才考五分呢！"

舒雅望好笑地看他："你干吗老和我比，我数学又不算分。"

张靖宇一把抓起录取通知书道："不管了，考上哪儿去哪儿，坚决不复读。"

"啧！意见一致，握手。"舒雅望伸手。

张靖宇握住："未来校友，多多关照啊。"

两人嘻嘻哈哈地走出办公室，进了网吧，玩到晚上，分道扬镳。

晚上唐小天给舒雅望打电话的时候，舒雅望告诉他她和张靖宇考了一所学校。

唐小天笑道："这不挺好的吗，有小宇看着你，我放心。"

"看着我什么？"

"呃……没什么。"

"好啊，你不相信我。"舒雅望不乐意地绕着电话线。

"没，绝对没有。"唐小天矢口否认。

"哼，我生气了。"

"雅望……"唐小天刚想讨饶，耳边就传来别人的催促声："喂，前面的，五分钟到了，快挂快挂。"

在部队新兵连的宿舍底下，一共就只有六部IC卡电话，每个星期只有周末才开放，还限制在晚上六点到十点之间，所以他们部队有不成文的规定，每个人打电话不能超过五分钟。

"雅望，你别生气，我绝对……"

"前面的，六分钟了！"

"好，挂了挂了。"

舒雅望听着电话里"嘟嘟"的声音，好笑地摇摇头，可怜的孩子，连电话都没得打，这是当兵呢还是坐牢呢？

挂上电话，刚准备起身回房，就听见电话铃又响了，舒雅望接起电话。

"你好，舒雅望吗？"电话那头是个男人，他的声音很好听，低沉得像是琴弦拨动的声音。

舒雅望愣了下，然后答道："你是谁？"

"呵。"男人笑了一下，笑声轻轻地传过话筒。

舒雅望扬了扬眉，那人继续说，"我，我是老大。"

"老大？"

"呵呵，小天让我借一分钟给他，我看他可怜，就施舍他好了。"那人刚说完这些话，舒雅望就听见唐小天急切的声音："雅望，别生气，我就随便说说，我没不相信你，我就是想着小宇能照顾你呢，我……"

"好了，好了，我没生气，逗你玩呢，看你急的。"

"嘿嘿，我不是怕你生气嘛。"

舒雅望笑了，她的眼前像是看见了唐小天那腼腆的笑容，忍不住娇嗔道："笨蛋。"

"呵。那我挂了啊，老大还得用电话呢。"

"哦，你们老大叫什么名字啊？"舒雅望随口一问。

"他啊，他叫曲蔚然。"

"曲蔚然？"舒雅望轻念一遍，笑道，"名字很好听嘛。"

唐小天坦然道："是啊，反正比我名字好听，雅望，我挂了啊，老大还等着打电话呢。"

"好。"舒雅望轻笑着点头，挂了电话。

唐小天听着电话里已经传出忙音后，才依依不舍地挂了电话。

"怎么说到我了？"身边和他差不多高的青年好奇地问。

唐小天转过头，望着他笑："雅望问我你叫什么名字。"

"哦。然后呢？"

"她说你的名字很好听。"

曲蔚然微微抬眼，扬唇一笑道："她的名字也很好听。"

"那是，那是。"唐小天笑眯眯地点头，好像曲蔚然夸赞的是他一般。

高三毕业的暑假，没有任何作业，没有升学压力，没有高考，没有父母的絮絮叨叨，没有水粉颜料，什么也没有。

这本应该是舒雅望最幸福的一个暑假，却因为夏木又变得忙碌起来。

舒雅望不敢置信地望着手里的成绩单，成绩单上红红的一片，没有一课超过五十分，她将成绩单翻过来，再次确认上面的名字。

舒雅望抬头，望着坐在眼前这个长相俊美、头发乌黑柔软、气质沉静的男孩，不管从哪一个角度看，他都应该很聪明啊。

"夏木。"舒雅望沉重地望着他，"你比我初中时的成绩还差。"

夏木一脸漠然地瞟她一眼。

舒雅望怒了，一掌拍在桌子上，发出很大的响声："你这什么态度，成绩这么差怎么行，一个男生除了外表长得好看以外至少要长点脑子吧。"

夏木瞪她一眼。

舒雅望瞪了回去："我初中从来没认真听过课，从来没有看过一眼书，就算是闭着眼睛考试也考得比你好，你看看你，连语文都只考了四十分！"

舒雅望无力地望天："卷子呢？我看看，你到底怎么考的。"

夏木摸摸鼻子，慢吞吞地从书包里拿出考卷，一片空白的考卷上除了选择题，什么也没写。

"选择题是不是抄的！"

夏木摇头。

"那怎么全对？"不止语文，其他科目的试卷也只做了选择题，而且全对。

"猜的。"

"你倒会猜！"舒雅望瞪他一眼，将卷子丢在桌上，一把拉过夏木把他按在椅子上，恶狠狠地说，"从今天开始给你补习，你敢不认真听试试！"说完了还威胁地对他扬扬拳头。夏木默默地望了她一眼，抿抿嘴唇，点头。

于是，长达两个月的补习开始了。舒雅望整天整天地泡在夏木家，两人一起学习一起吃饭，一起睡午觉。

夏木对舒雅望越发亲近起来，偶尔他也会主动地和她说些话。有时她教累了，就丢一张卷子给他做，自己则躺在他的床上呼呼大睡，而他，就单手撑着头，望着书桌上的小镜子。镜子里倒映出她的身影，丝绸般的长发在印花的米白色床单上披散开来，轻到听不见的呼吸声却意外地让他觉得安心。

当她扇子般的睫毛微微颤动的时候，他便立刻低下头来，看着一个字也没写的考卷，而她先是坐起身来，一边理着长发一边向他走来，当看见他空白的试卷时，她美丽的眼里就会瞬间浮上薄薄的怒气："居然一题也没给我做！"

她拿起桌上的红色圆珠笔，一把将夏木的脸扳过来，用笔在他漂亮的脸上画上了六根猫胡子。

看着夏木郁闷的脸，舒雅望得意地笑了，威胁道："下次再偷懒，我就在你脸上画乌龟。"

舒雅望在教夏木的时候，比她自己学习还认真，她总是低着头用笔尖在书上画着横线，一边画一边读一边讲解，就怕他听不懂，而夏木却只是定定地看着她，有的时候甚至会微微地走神，每次他走神，舒雅望就掐着他的脸蛋，摆出一副晚娘脸道："又发呆！你到底听懂了没啊？"

夏木点头。

"那你做。"舒雅望指着几道比较难的数学题给他，心里想着他要是做不出来，一会儿就在他漂亮的脸上画小乌龟。

夏木拿起笔，瞟了一眼题目，然后低头很快地在作业本上写出三种解题方法。

舒雅望愣愣地看他，这小子，根本不笨嘛！这些题目连她都做不来，好吧，她承认她数学很差，可是……

舒雅望怀疑地看着他问："喂，你考试的时候该不会是……"

夏木抬眼看她。

"懒得写才没做别的题目吧？"

"唔……"夏木漂亮的眼珠转了两下。

"不许撒谎。"

"不是。"夏木盯着本子说，"是你教得好。"

"啊？"舒雅望一愣，脸上笑开了花，"哈哈，没想到我还有当老师的天赋呢！来来来，我们继续讲下一章。"

夏木看着她开心的笑容，微微低下头，轻轻地抿了抿嘴唇。

一个暑假过后，夏木的成绩突飞猛进，只要是舒雅望丢给他的卷子，他都能考满分，舒雅望很欣慰地带着夏木出去吃了顿大餐。

可在开学后的第一次分班考试中，夏木又一次只做了选择题……

当舒雅望拿到他分班考试的成绩单后，气得全身颤抖："你简直是在浪费我的时间！真是，真是懒得理你了。"

舒雅望说完，将成绩单丢给他，转身就走，正在气头上的她并没有留意，夏木脸上的那一丝慌乱。

舒雅望气哼哼地回到家，开始收拾行李。大一新生的校外写生开始了，这次学校安排他们去云南，十四天的时间有七天浪费在路途上。

T大美术系一共四个专业，八个班，就像包了火车一样，一路从S市开到了云南，火车上的男孩女孩们，起初还一方一个阵营，可没两天，便全都打成一片。

舒雅望是走读生，和同学的关系并不亲近，开学两个月了，她连自己班的同学名字都记不住几个，可她觉得无所谓，她也无意结交大学里的朋友，舒雅望觉得，人的心很小，能分出来的位置很有限，如果她的身边有了关系好的人，那么以前高中的朋友，就会渐渐地被她从心里无意识地赶出去。她不希望这样，也拒绝这样，她想活在以前的关系网中，不想有任何变化。

她一个人坐在靠窗的位子，看着手里的小说，并不觉得无聊，当到达目的地的时候，同学们三三两两地聚在一起写生，她就站在离他们不远也不近的地方，在本子上画着。

十二月的云南有些冷，风很大，画板被风吹得几乎要倒下去。舒雅望戴着厚厚的帽子，站在风中，忽然觉得这样安静的日子也不错，她已经开始了她的等待，等待一个人的归来。

为期半个月的旅程很快就结束了，结束的时候，班里已经有很多人成双成对了。有的时候，感情对有些人来说，真的是很轻易的东西。轻易得让舒雅望有些不明白。

她不管别人如何，只是不停地用黑色的水笔在素描本上画了满满一本子的速写，然后在素描本的第一页写上：带你一起看风景——舒雅望。

她在云南买了一个很大的牛皮纸信封，将素描本塞进去，填上地址，寄了出去。

她在冷风中将衣领竖起，微微扬起头，风带着她的长发在空中飞舞，她的嘴角带着淡淡的笑容，一想到接到信件的人会是怎样的表情，她就忍不住又笑了出来。

满心柔软，一脸蜜意。

当舒雅望回到家的时候，已经是晚上十一点多了，舒妈将她的行李接过，一脸慈爱地笑："回来了？云南好玩吗？"

舒雅望点头："嗯，挺好玩的，就是累死了。"

"先去洗洗，妈给你把饭热热。"

"好。"舒雅望回到房间，翻找换洗衣物，这时听舒妈在外面说："你给夏木打个电话，这孩子天天来找你，问他干什么，他又不说，真是个古怪的孩子。"

舒雅望愣了一下，有些奇怪，但是也没怎么在意："都十一点了，他肯定睡觉了，明天再打吧。"

舒雅望梳洗完后，吃完饭，躺在床上就睡着了。在外面玩了半个月，怎么可能不累。

第二日，当她迷迷糊糊地睁开眼睛的时候，映入她眼帘的是夏木那张漂亮精致又面无表情的脸。

舒雅望微微一笑道："夏木，你的黑眼圈又严重了。"

夏木坐在舒雅望的床边，双手紧紧地抓着床单，瞪了她一眼，扭过头去，低声道："我下次，会写满的。"

"嗯？写什么？"舒雅望完全不知道他在说什么。

"考试卷。"

"哦！"舒雅望终于想起来他在说什么了，哈哈，她眼睛一亮，敢情这孩子是来道歉的，还是说，他真的怕自己不理他？

真可爱！

舒雅望双眼一眯，笑着扑过去："夏木，小夏木真可爱，给姐姐抱抱。"

夏木反应很快地唰地站起来，舒雅望扑了个空，装出一副可怜兮兮的样子望着他道："夏木，半个月没见了，难道你不想我吗？"

夏木抿抿嘴唇，没点头也没摇头。

"不想吗？"舒雅望贱贱地对着他眨了下眼睛。

夏木抿抿嘴唇，扭过脸说："不想，你都不给我打电话。"

这叫不想？好大的怨气啊！

"哈哈！"夏木的别扭样子彻底把舒雅望逗笑了，她捶着床板瞅着他笑，夏木给她笑得有些恼怒，恨恨地瞪她一眼，转身就要走，却被从床上跑下来的舒雅望一把抓住，"呵呵，别生气嘛！姐姐错了还不行。"

"你又不是我姐姐。"

"那我是你什么？"

夏木瞟她一眼，冷冷地吐出两个字："阿姨。"

"臭小鬼。"舒雅望想也没想就捏住他的脸，威胁道，"你再叫我阿姨试试。"

"阿姨阿姨阿姨。"虽然夏木的嘴巴被扯开，可还是能清楚地听见他连叫了好几声阿姨。

舒雅望点点头，一副要抽他的样子："好啊，今天不收拾你，你就不知道我是谁。"

她刚想对他做些什么，路过房门口的舒妈连忙叫道："雅望，不要欺负弟弟。"

舒雅望放下手，回头道："他才不是我弟弟。"

舒妈一惊，来回看着两个孩子，莫不是吵架了吧？

夏木望着她，眼神幽暗，舒雅望顿了一下，才继续道："他是我外甥。"

舒妈无语。

"……"夏木一如既往地没有表达情绪。

舒雅望笑呵呵地问："怎么了？难道不搞笑吗？"

舒妈瞄她一眼，一副这孩子真无聊的表情，转身从沙发上拿起外套，拿出一百块钱递给她道："我和你爸今天要出去，你自己解决吃饭问题。"

舒雅望开心地接过钱，连忙点头："行，你们去吃吧。"

只要给她钱，妈妈不做饭也没关系。

舒妈穿好衣服出去以后，舒雅望将钱放进钱包里，然后数了数钱包里一共多少钱后，开心地对着夏木笑："外甥，走，阿姨给你买糖吃去。"

夏木冷笑一声，看着她没有言语了。

舒雅望起来的时候已经中午十一点了，磨磨蹭蹭到十二点才出家门。

两人一起到了楼下，天气有些冷，舒雅望戴上手套，推出自行车，转头说："外甥，阿姨带你。"

夏木瞪她一眼，抢过自行车龙头，将车推了出去，舒雅望笑着跟在后面，猛然发现，夏木居然已经比她高了一点点了，有一米七了吧，这小鬼长得可真快，估计现在再和他打架，自己绝对会输，啧！以前那种将他压在身下不能动弹的日子一去不复返了。

舒雅望戳了戳夏木："外甥，你现在比阿姨高了，以后可不能欺负阿姨。"

夏木默然地瞟了她一眼，骑上自行车，冷冷道："上车。"

"哦，谢谢外甥。"舒雅望笑着跳上车，侧坐在后座上，双手扶着夏木的腰，恶作剧地挠了两下。

夏木被她一挠，痒得差点控制不住车子，惊得舒雅望紧紧地抱住他大叫："稳住稳住。"

扭了一会儿，车子终于平稳起来，舒雅望松了一口气："外甥，你的技术太差了，阿姨带你吧。"

"舒雅望！"夏木的声音里已经饱含了不耐。

"什么事，外甥？"

"不要再叫我外甥。"

"可是外甥，你叫我阿姨我当然得叫你外甥。"

夏木咬咬嘴唇，退了一步："我不叫你阿姨了。"

"这可不行，一日为姨，终身是姨，外甥，你不能不认我！"

夏木气得说不出话来，只得将车子骑得飞快，舒雅望在他背后调皮地吐吐舌头，哈哈，小鬼，和我斗，你还嫩了点。

到了市区，街上人来人往的，因为过几天就是圣诞节了，店铺都布置好了圣诞装，鲜艳的颜色让街面上也比平时热闹了几分。

舒雅望带夏木来到KFC，将包里的优惠券一股脑地都掏了出来："外甥，吃什么？"

夏木满眼警告地望着她："舒雅望。"

舒雅望知道他已经到了生气的边缘，识趣地望着他笑："点吧点吧。"

夏木低下头，点了一些食物，舒雅望到柜台付了钱，端着食物走了回来，两个人美美地饱餐了一顿。

肯德基旁边就是S市最大的商场，舒雅望带着夏木到处乱逛，一下拿着漂亮的衣服给他试，一下拿着围巾帽子给他戴，她就像带着一个会动的芭比娃娃一样，将商场里漂亮的衣服都穿在夏木身上，然后一脸赞美地拍手，就连服务员也被夏木漂亮的外表迷惑，对他们只试不买的行为没有一点抱怨，更何况，只要是夏木试过的衣服，不到下一秒就被人一抢而空。

逛了一下午，舒雅望和夏木累得坐在商场的休息凳上，舒雅望懒懒地靠着夏木，吃着手里的冰激凌，在冬天吹着暖气吃冰激凌真是太爽了。

休息凳的正对面是一家饰品店，店里的饰品在灯光下闪出诱惑的光芒，其中一款银色的项链吸引住了舒雅望的视线，链身是一条细细的银项圈，项圈的中间有两条嘴对嘴的可爱亲吻鱼，亲吻鱼中间有一粒水晶珠子，珠子闪着十字光芒，吸引着舒雅望走过去，隔着玻璃橱窗，愣愣地看着。

双鱼座的舒雅望实在是太喜欢这款项链了，看看价格却让她从梦中惊醒："啊，怎么这么贵啊！"

"在看什么？"夏木走过来，望着橱窗问。

"没什么。"舒雅望看着项链摇头，啊，真的很漂亮啊，不知道等过年拿了压岁钱之后，项链还在不在。

夏木顺着她的眼神望去，银色的亲吻鱼项链映入他的眼中。

舒雅望将杯子里最后一口冰激凌吃掉，拍拍夏木的肩膀道："走吧。"

夏木点头，转身跟着她走，只是走了几步，又回头看了一眼橱窗里的项链。

回家的路上，舒雅望靠着夏木单薄的后背，晒着太阳，听着车来车往的声音，忽然有些困意，于是双手抱住夏木的腰，轻轻地闭上眼睛，微笑着靠在他的后背上，半梦半醒。

前方骑车的人轻轻抿了抿嘴唇，蹬车的力道越来越小，车速越来越慢……

晚上，舒雅望拿起放在床头的日历，数着上面的日子，一，二，三……还有三百九十一天。

啊，错了，还有三百九十天才对，舒雅望敲敲脑袋，拿起笔，将今天的日期用蓝色的笔画掉。

她笑着将日历本放在一边，在床上滚了一圈，趴在床头，拿起手机，有些兴奋地打上："还有三百九十天了。"

点击发送，没一会儿手机显示出发送成功的字样。

过了好一会儿，手机叮咚响了一声，她打开翻盖一看，短信里写着："呵呵，这么早就开始倒计时了？"

舒雅望抿抿嘴唇，轻轻地在手机上敲："我想你了嘛，好想见你。"

"真的？真的想见我吗？"

"嗯！真的真的。"舒雅望使劲点头，连续在手机上打了好几个真的。

手机又"叮咚"一声响起来，她眼角含笑地翻开手机一看："好，等有机会，我和小天一起去见你。"

舒雅望脸上的笑容僵住。晕，她居然一兴奋就给忘记了，这手机是曲蔚然的。

三个月前，曲蔚然和唐小天一起被选入特种部队，部队纪律太严，很少有和外界联系的机会，曲爸爸实在是太想儿子，就买了手机，让部队里的熟人偷偷给儿子送进去，当然这是破坏部队纪律的，所以这部手机白天都是锁在柜子里的，只有晚上熄灯了以后才拿出来用，唐小天和曲蔚然关系好，经常借他的手机和舒雅望发短信，舒雅望想找唐小天的时候也直接发短信到他手机上，只是每次她发过去后，回短信的都是唐小天，可没想到这次却是曲蔚然回的。

舒雅望舔舔唇，有些尴尬地敲："怎么是你啊？呵呵。"

过了一会儿，那边回复："小天被指导员叫去了，我就顺手回了短信。"

"哦。"舒雅望只回了一个字，隐隐有些不高兴，什么叫顺手回了，小天不在别回就是了，搞得她表错情，真是囧死了。

手机又响了起来，她翻开一看："生气了？"

"没。"舒雅望否认，即使有些生气，也不会告诉他。

曲蔚然："那怎么不说话了？"

舒雅望想也没想地敲上："我和你有什么好说的。"

发送完毕以后，过了很久很久，也没有收到回复。

舒雅望抓抓头想，是不是刚才说得有些过分了？她有些不安地敲上："怎么不说话？生气了？"

过了一会儿，手机"叮咚"一响，打开一看，上面写着："没。只是和你有什么好说的。"

……

舒雅望看着短信，嘴角抽搐了一下，啧，这个小气的男人。

切！不理他。

夏有乔木
雅望天堂 1

■ XIA YOU QIAO MU YA WANG TIAN TANG ■

THE 7TH ANNIVERSARY

第六章

圣诞节约会记

她喜欢他的怀抱，温暖又结实，
干净又安心，让她迷迷糊糊地想闭上眼睛，
在他的怀抱里待上一辈子。

圣诞节这天，舒雅望和平时一样，优哉游哉地一边吸着牛奶，一边眯着眼睛走出楼道。今天很冷，她不打算骑车，准备去搭送学车，送学车是专门接送未成年的学生的，像舒雅望这样升上大学还厚着脸皮坐送学车的，还是第一个。

舒雅望熟门熟路地爬上车子，车里的孩子都认识她，一个个笑容灿烂地对着她喊："雅望姐姐好。"

舒雅望摆了摆手，笑着摸摸这个摸摸那个，然后走到最后一排的位子上坐着打瞌睡，耳边不时传来孩子们欢快的吵闹声。

忽然，整个车内安静了下来，舒雅望好奇地睁开眼睛，就见车门口一个少年走了上来，穿着黑色的大衣，低着头，柔顺的刘海盖住眼睛，露出高挺的鼻梁和尖细的下巴。不知道为什么，车里本来一片温暖，却因为他的出现，瞬间变得有些阴沉。他微微抬头，深邃的眼睛下面是一对不可忽视的黑眼圈，他谁也没看，空洞得可怕，似乎什么也倒映不进他的眼里，他抬腿往最后一排走去，车内只回荡着他单薄的脚步声，当他走到车尾时，空洞的眼睛里映出一个女孩的身影，那女孩对他笑得灿烂，她一把将他拉到旁边坐下，打着哈欠问："吃过早饭没？"

夏木摇摇头。

舒雅望伸手在包里掏了两下，掏出一个奶油面包递给他："给你。"

夏木又摇摇头。

舒雅望眯起眼睛瞅他。

夏木抿抿嘴巴，接了过去，慢吞吞地打开包装，很不乐意地啃了起来。

舒雅望嗤笑："是毒药吗？吃得这么勉强？"

"我不喜欢吃甜的。"夏木小声说。

舒雅望有些不敢相信地望着他，他刚才的语气好像是在抱怨，而且还是面无表情地抱怨，真是……别扭得好可爱啊！

舒雅望眯着眼睛，真的好想上去抱抱哦！

夏木低头看着面包，没注意某人的不轨之心，他一只手拿着面包，一只手有些僵硬地伸进大衣口袋里。口袋里有一个硬硬的盒子，他将盒子紧紧地握在手里，抿抿嘴角，看着面包挑了一个奶油少的地方咬了一口，嚼了两下，然后说："今天是圣诞节哦。"

"嗯，对啊，怎么了？"舒雅望从包里又掏出一个面包，这次是肉松面包，她将包装拆开，递给夏木，然后将奶油的拿过来，自己吃了起来。

夏木愣愣地看着手里的肉松面包，又看了看舒雅望毫不嫌弃地吃着他吃过的面包，口袋里的手慢慢地抬起来一点，手里的盒子握得更紧了。

"圣诞节，然后呢？"舒雅望吃着面包问，真难得，夏木竟然会自己找话题和她聊天。

身边的夏木抿抿嘴角，手又抬出来一些，盒子露出一角，淡绿色的纸质外壳，没有包装，简单素雅。

"唔……"他的手心有些冒汗，脸颊微微有些红，就在他想一鼓作气将盒子掏出来的时候，车子忽然停住了，市一中到了。夏木僵硬地瞪着窗外的景色。

舒雅望推了推他："夏木，你学校到了。"

"哦。"夏木手一松，盒子又掉回口袋里，他有些懊恼地拿起书包，站了起来，跟在孩子们后面缓慢地往下走。

他走了两步，忽然站住，猛地回过头来，望着舒雅望，舒雅望不解地回望他。他的手刚插入口袋，舒雅望"啊"地叫了一声，像是想起来什么似的望着夏木问："夏木，你今天晚上几点下课？"

夏木一顿，回道："五点四十。"

舒雅望满意地点点头："好，今天姐姐来接你放学。"

夏木疑惑地望着她。

舒雅望笑得满脸奸诈："圣诞节啊，跟姐姐出去看电影怎么样？"

"我不喜欢看电影。"

舒雅望失望地看着他，真是的，妈妈单位发的两张电影票正好是圣诞节的，这种日子，朋友们早就有约了，谁还会陪她去看电影嘛！

"记得来接我。"夏木丢下这句话，转身就走，脚步轻快了不少。

"你不是不喜欢看电影吗？"舒雅望在他背后问。

夏木回头说："我说不喜欢，又没说不去。"

他的脸上还是面无表情，只是轻轻抿起的嘴唇泄露了他的心情，舒雅望发现，夏木心情好的时候，总是喜欢抿抿嘴唇，像是想压抑住自己的笑容一样。

舒雅望无奈地看着他的背影，小声嘀咕道："臭小鬼，就不能坦率点吗，明明很想去啊。"

送学车里只剩下舒雅望一个人了，不得不说，这丫头脸皮真的很厚，即使一个人坐专车也毫不脸红，反倒怪享受的。

到了学校，舒雅望走进教室。教室里只有寥寥十几个人，天气冷了，上课的人越来越少了。上课铃响，老师走进来，低着头开始点名，明明只有十几个人，可点名的时候，班上四十五个同学居然都有人答到，舒雅望好笑地看着带答的人躲在书后，变换嗓音，不停地"到，到，到"。

舒雅望开始寻思，下个学期她是不是也去住宿舍，这样早上就有人给她带答，她就能睡懒觉了。

课上到一半的时候，舒雅望的手机振动了起来，舒雅望掐掉电话，回了一个短信过去："干什么？上课呢。"

"嘿嘿，班花小姐，晚上有活动没？"

舒雅望看着张靖宇那不着调的语气就想笑，她回："有啊，和帅哥出去看电影。"

没一会儿，手机又嗡嗡地振动起来，舒雅望又掐掉电话，发："干什么啦？"

"不会吧，小天才走多久啊，你就爬墙了。"

"抽死你，我开玩笑的你也信。"

"那就好，晚上出来聚聚啊。一个学校的，也没见你几次，怪想你的。"

"少来恶心我，你有什么事找我帮忙，赶快说吧。"

"啧，你怎么这么了解我呢，下午四点能出来吗？我有事找你帮忙。"

"什么事啊？"

张靖宇神秘兮兮地说："终身大事。"

终身大事？这家伙不会是看上哪个女孩，让她去帮忙追吧？舒雅望也没多考虑，反正自己和夏木约的是五点四十，先去张靖宇那边看看，能帮肯定要帮一下的，怎么说都是兄弟嘛。

"好，下午联系吧。"

一直到下午四点半舒雅望才接到张靖宇的电话，那家伙在电话里很兴奋地叫她赶快过去。

舒雅望挂了电话，收拾好东西，背上书包，不紧不慢地走到张靖宇指定的花园。

冬天的花园毫无景色可言，总是显得那么苍白萧瑟，舒雅望向前走了几步，脚踩在松软的落叶上，发出细碎的沙沙声，她转头望了望四周，轻轻皱了皱眉，这家伙搞什么，叫她来，自己居然不在。

拿出手机，低着头找到张靖宇的电话号码，拨通键还没按下，忽然感觉身后有人靠近，刚想回头，双眼就被一双温热的大手轻轻蒙住，眼前一片漆黑，舒雅望不慌不忙地道："张靖宇。"

身后的人没有回答，只是蒙住她眼睛的手臂在微微颤动，好像在憋着笑一样。

"张靖宇，你可是欠扁？"舒雅望抬手，将蒙在眼睛上的手用力扯下来，回身瞪去，骂他的话憋在嘴里，刚想开口，却傻傻地愣住，她有些不敢相信地望着身后的人，高瘦而结实的身子裹在剪裁合身的绿色军服里，英俊的眉眼中带着她喜欢的笑容。

"雅望。"他像以前一样靠近她，拉住她的手，轻声叫着她的名字。

耳边是熟悉到令人怀念的声音，手中是温热粗糙到令人安心的触感，舒雅望回过神来，满脸惊喜："你……你，怎么是你？"

舒雅望已经激动得有些不知道说什么好了，只能死死地回握他的手，手掌贴着手掌，心中传来一阵阵撩人的悸动。

"嘿嘿，惊喜吧！"张靖宇从唐小天身后蹦了出来，嬉皮笑脸地说："雅望，你还要扁我吗？哈哈。"

舒雅望抿着嘴望着他笑："呵呵，下次你再找我帮忙，我就知道是小天回来了。"

张靖宇一听，连连摇头："别！我以后要是真找你帮忙，你兴冲冲地来了，却见不到小天，你还不抽死我。"

"怎么会呢，我是这种人吗。"舒雅望甜甜地望着他笑。

张靖宇瞟她一眼，用眼神说：难道你不是吗？

舒雅望不理他，拉着唐小天问："你怎么回来了？不是说新兵没有假吗？"

唐小天低头望着她，明亮的眼睛里满满的都是她的笑容："嗯，队里让我们来T市军区送东西，本来东西送完以后应该在T市军区休息一晚的，不过我想看看你，就偷偷溜出来一会儿。"

"哦，这样啊。"T市离S市只有一个小时的车程。

舒雅望点点头问："那你不是马上就要走了？"

"嗯，明天早上凌晨四点的火车回T市，然后早上七点和老大他们一起回部队。"

"哦，那你只能待一个晚上啊？"舒雅望很舍不得地望着他，双手不由自主地摇着他的手。

唐小天还没来得及说话，张靖宇就笑得一脸淫荡地说："一个晚上够干很多事了啊，呵呵呵。"说完还拍拍唐小天的肩膀，对他挤眉弄眼。

唐小天急急地拍开他的手，红着快要冒烟的脸怒斥道："你……你别胡说。"

"什么我胡说，难道你没想过？看你脸红得——"张靖宇用胳膊捅捅他，使劲地取笑他。

唐小天的脸更红了，紧张地望着舒雅望，使劲摇头摆手："雅望，我没……"

"哦？真的没？"张靖宇先是一脸不信，然后又恍然大悟，"啊！舒雅望，你太没魅力了！"

"张靖宇，你真的是欠抽！"舒雅望上前一步，将又急又恼的唐小天拉开，不爽地瞪着张靖宇，伸出一根手指一下一下地戳着他说："快走，快走，快走，电灯泡！我们一个晚上爱干什么干什么，不用你全程照明！"

开玩笑，把唐小天逗得满脸通红是她的专利好不好？除了她，任何人都不能擅自使用。

"哇！舒雅望，你也太过分了吧，就你想小天啊？我也想啊，我晚上还要请他吃饭呢！"

“小天才不去呢。”

“小天。”

“小天。”

两人一起望向唐小天。

唐小天挑挑眉，看了他们一眼，丝毫没有犹豫地点头："嗯，我不去。"

张靖宇握拳，真是重色轻友啊！他望着唐小天痛心地说："兄弟，你太让我失望了！我要和你老死不相往来！"

唐小天毫不内疚地望着他笑："慢走，不送了。"

"算你们狠！我会记住的！"张靖宇脸上装着深受重伤捂着心脏黯然离开的痛苦表情，其实心里想着，太好了，不去更好，省一顿饭钱！

"我们会不会太过分了？"舒雅望有些不安地看了一眼张靖宇的背影。

"不会，他才没这么脆弱。"唐小天太了解自己的朋友了，那家伙说不定正在为自己省了一顿饭钱而开心呢。

"啊，这样啊，下次更过分一点好了。"舒雅望摸摸下巴，笑得一脸奸诈。

"别老欺负他啊。"

"谁让他刚才欺负你。"

唐小天想起刚才张靖宇的话题，脸不由自主地红了。

舒雅望看着他红红的脸颊，忍不住问："想什么呢？"

"没，没想什么。"唐小天摸摸鼻子，掩饰着自己的慌乱。

舒雅望扑哧一笑，瞅着他道："你什么都不想，那我们今天晚上怎么过啊？就在这站在这吹风吗？"

唐小天尴尬地笑笑："先找个暖和的地方再说吧。"

"嗯。"舒雅望点头，拉着唐小天的手走进学校的图书馆。T大的图书馆是学校除了体育馆之外最好的建筑物了，整个图书馆一共有九层，底下三层是自习室，中间三层是图书阅览室，上面两层是电子阅览室。

如此豪华的图书馆，舒雅望从开学以来路过无数次，却还没有进去过，她拉着唐小天找了一个没人的自习室坐下，自习室里暖气开得很大，舒雅望和唐小天挑了一个靠窗的位子坐下，两人坐得很近，面对面互相看着，嘴角都带着暖暖的笑容，落地窗外正对着学校的马路，马路上的寒风不时地吹起树枝，衣着鲜艳的学生们嬉闹着从外面走过，可外面的景色完全无法吸引他们一丝一毫的目光，因为，他们的眼中只有彼此，他说话的时候她认真听着，她说话的时候，他仔细看着。

他说他的趣事。

她说她的见闻。

他说他的思想。

细细密密，丝丝缕缕，即使说到天亮也说不完。

他的手偷偷地从桌子底下握住她的，她的嘴角轻轻翘起，满心欢喜，她喜欢他的亲近，喜欢他的温度，喜欢他的味道，喜欢他英俊的脸庞，她闭上眼睛，微微颤动的睫毛泄露了她的紧张，她快速地凑过头去，在他还没有反应过来的时候，迅速地在他英俊刚毅的侧脸上亲了一下。

他傻傻地愣住，呆呆地看着她，连脸红都忘了。

她被他看得有些不好意思地低下头，心里忍不住骂他，呆子呆子呆子。

被他握住的手，忽然猛地一紧，她抬头看他，只见他满眼都是晶晶亮亮的光彩，他握住她的肩膀，俊脸越靠越近，眼见就要吻下来。

舒雅望满脸通红地挡住他的嘴唇道："喂，别这样啦。"

虽然自习室里没有人，但落地窗外面还是有很多人啊，被看见多

我得陪他。"

舒雅望刚想再说点什么，夏木却一声不响地挂了电话。

望着手机，舒雅望有些不安地想，该不会生气了吧？

"谁啊？"唐小天凑过来问。

"夏木。"

"怎么了？"

"本来说请他看电影的，结果……"舒雅望耸耸肩，无奈地说，"不是要陪你嘛。"

"那就陪他去吧，这孩子也不容易。"唐小天对夏木的事也有所耳闻，知道这孩子喜欢黏着雅望，倒也不反感，只觉得自己家雅望果然人见人爱，讨人喜欢，就连夏木这样的孩子也不例外。

"那你怎么办？"

"一起去啊，再买一张票不就好了。"

"聪明！"舒雅望对他竖起大拇指。

唐小天笑，伸手握住她的拇指，紧紧地包在手里，两人对望一眼，说不出的甜蜜温馨。

舒雅望单手给夏木打电话，打了两遍他才接。

"夏木，我决定还是和你一起去看电影。"

"哦。"

只是一个"哦"，这孩子也太不坦率了，明明应该很高兴吧。

舒雅望继续说："你小天哥哥也一起去。"

"嘟嘟——嘟嘟——"

舒雅望瞅着电话，嘴角抽搐地想，看来他只有生气的时候才如此坦率啊。

"他怎么说？"唐小天问。

"挂了，完全不屑一顾。"舒雅望摇摇头，望着唐小天问，"你怎么得罪他了，他怎么这么讨厌你？"

唐小天垂眼想了想，摇摇头："谁知道，也许他暗恋你吧。"

舒雅望笑得捶桌："哈哈，这个笑话真的很好笑。"

"好了，既然他不去，那我们去吧。"唐小天拿起舒雅望的书包背在肩上，牵起她说，"先去吃饭，然后去看电影吧。"

舒雅望点点头，站起来，笑容满面地跟着他走，今天可是圣诞夜，他好不容易回来，当然要和他好好地过啦，夏木不去更好，她才不要带个电灯泡在一边呢。

就在这时，电话又响了，一听铃声就知道是夏木的，舒雅望接起来，没说两句就挂了。

"他说什么？"

"让我们去接他。"舒雅望鼓着腮帮，不爽地说，"这善变的小鬼。"

那天晚上的约会变得很奇怪，夏木不用做任何事，只要站在一边，他身上散发出的冰冷阴郁气质就能让气氛瞬间冷到极点，即使舒雅望和唐小天极力想将气氛炒热，却总是在夏木的低气压中失败而归，两人对看一眼，非常无奈地摸摸鼻子，不禁双双后悔刚才为什么要叫他来。

夏木完全没有自觉地走在两人中间，三个人就跟木头一样，僵硬地吃饭，僵硬地看电影，僵硬地逛大街，舒雅望几次暗示明示夏木可以回家了，可那家伙像听不懂一样，一脸漠然地望着她。

一直到晚上九点多，路上的行人越来越少，气温急剧下降，一阵寒风吹过，舒雅望冷得打了一个哆嗦，唐小天停下脚步，侧身望着舒雅望说："时间不早了，我送你们回去吧。"

舒雅望缩缩脖子，鼻子冻得通红。她跺着冻僵的脚问："那你呢？你回家吗？"

唐小天摇头："我不回去，要是让我爸知道我偷偷跑回来，一定会扒了我一层皮。"

"那你一个人在街上游荡到明天早上啊？"

"怎么会，我先送你们回去，然后去找张靖宇，晚上住他宿舍。"

舒雅望伸手拉住他，很不舍地摇摇："别去了，你好不容易回来，我陪你到火车站的候车室坐一晚吧。"

"可是，你不回家可以吗？"

"找个借口骗骗我妈就是了。"

唐小天想了想，摇摇头："不行，我明天早上四点就要走了，你一个人在外面我不放心。"

"没事啦，我在候车室坐到天亮再走就是了。"舒雅望摇着他的手，就是不想和他分开，哪怕多待一分钟也是好的。

唐小天望着这样的舒雅望，实在是不忍心拒绝，也不想拒绝，便捱着笑颜使劲点头，他又何尝不想和她多待一会儿呢。

舒雅望见他同意，很是开心地望着他笑，两人的手又自然地握在一起，从他们的眼睛里可以看见那些甜腻浓郁的感情。

夏木垂下的眼睛看了一眼他们十指相扣的手，眼神更加冷漠。

舒雅望转身，望着夏木说："我们先送你回家。"

"不用。"夏木淡淡地拒绝。

"怎么了？"

"我认识路。"夏木的声音很轻，好像很疲惫的样子。

舒雅望有些无措地看着唐小天，唐小天笑："让他自己回去吧，夏木都十五岁了，你也别太护着他。"

"也是，夏木已经是个小男子汉了呢。"舒雅望拉了一下夏木的衣袖，笑着交代，"夏木，坐16路车回去，知道吗？别坐过站了。"

夏木抬头，深深地看了她一眼，什么话也没说，点点头，转身走向公交车站。舒雅望和唐小天站在他边上，当16路开过来的时候，舒雅望轻轻地将他往前推了推："车来了。"

公交车停在他们面前，车门自动打开，夏木走上去，坐在靠近车窗的位子，车下面的舒雅望笑着朝他挥手，夏木静静地看着她和唐小天，双手插在口袋里，右手被口袋里的盒子硌得生疼。车慢慢开走，他没有回头，任眼前的景色变化，将那个女孩甩在车后。那天晚上，他回到家里，将礼品盒拿出来，轻轻地打开，台灯下，银色的项链闪着美丽的十字光芒，两只可爱的接吻鱼嘴对嘴幸福地靠在一起。他看了一会儿，便将项链和盒子一起扔进垃圾桶，漠然地看着前方，可过了好久好久，他又站起身来，将它从垃圾桶里捡出来，看了一眼，咬咬嘴唇，放进抽屉里。

舒雅望和舒妈说了一个蹩脚的理由，说同学住院了，家不在S市，她去医院帮忙照看一下。大概是舒雅望平时的品行良好，舒妈完全没有怀疑，只叮嘱她好好照顾同学，注意休息。

舒雅望见她答应，便赶紧挂了电话，唯恐她听出破绽。

唐小天紧张地站在一旁，舒雅望调皮地比出一个胜利的手势给他看。

"雅望，雅望。"唐小天激动地一把抱住她，很开心很开心地将她往自己的身体里揉。舒雅望满脸通红地任他抱着，原本冻僵的身体在那一瞬间变得火热，心跳也急速加快。

"小天。"舒雅望轻声叫他。

唐小天没有动，轻轻地"嗯"了一声。

"我喜欢你这样抱着我。"她喜欢他的怀抱，温暖又结实，干净又安心，让她迷迷糊糊地想闭上眼睛，在他的怀抱里待上一辈子。

唐小天的手臂又收紧了一些，他将脸颊埋在她的发间，他的嘴唇靠在她的耳边，轻声说："那我一直抱着你好吗？就这样，一直到天亮。"

舒雅望心中猛地一阵悸动，口干舌燥的感觉让她咬咬嘴唇，闭上眼睛，顺从地点头。

唐小天脑中传来如擂鼓一般的声音，他不知道该怎么形容现在的感觉，心中爱恋的火焰在剧烈地燃烧着。

年轻的孩子总是控制不住自己的激情，他们爱了，很深地爱着，他们想亲近对方，想拥抱对方，想占有对方，他们渴望拥抱，渴望被占有，渴望被深刻地爱着。

廉价的旅社里，年轻的他们紧张又羞涩地站在柜台前面，见惯不怪的服务员看完身份证后，冷漠地将他们领到房间，转身就走了出去。关门的声音让唐小天和舒雅望微微一颤，他们的手紧紧地握在一起，相握的掌心有些湿润，两人望着房间里唯一的一张双人床，床单被套都是白色的，很旧，看着不是很干净，却又说不出哪儿不干净。

两人红着脸站在床边，连目光都不敢对视，唐小天舔舔嘴角，有些紧张地说："坐……坐吧。"

舒雅望红着脸点头，走到床边，刚准备坐下，唐小天却叫她等等。舒雅望望着他，只见他脱了军大衣，舒雅望红着脸不敢看他，唐小天看着她的样子，立刻慌张地说："不是的，不是。"一边说，一边将大衣铺在床单上，红着脸说，"床上脏。"

舒雅望红着脸，扑哧一下笑了，看他那傻样儿，哪里还有刚才拉着她来开房间的气势。

唐小天被她一笑，脸更红了，摸摸鼻子，坐在床边的凳子上，舒雅望也坐在他铺好的军大衣上。

唐小天像是为了缓解尴尬一样问："看电视吗？"

"不想看。"舒雅望摇了摇头，有些疲倦地打了个哈欠。

"累了吧？"唐小天温柔地问她。

她点点头，他摸摸鼻子说："那你睡吧。"

舒雅望揉揉已经快睁不开的眼睛问："你不睡？"

"我……我守着你。"

"呆子！"舒雅望笑骂一句，脱了鞋袜，抬手解开外套。唐小天红着脸转过头去，舒雅望好笑地瞅他，这外套里面还有三件衣服呢，他有必要这样吗？

舒雅望将自己的大衣盖在身上，又将旅馆的被子盖在大衣上，然后转头望着穿着正式军装的唐小天问："你冷不冷？"

房间里没有空调，没穿外套的家伙手都冻青了。

唐小天舔舔嘴角，摇摇头："不冷。"

刚说完就连打了两个喷嚏。

舒雅望有些生气地看着他："干什么呢，还要我请你是吧？又不是没有一起睡过。"

七岁之前，他们两人可是经常睡在一起的。

唐小天嘿嘿傻笑了一下，局促地走了过去，脱掉鞋子，坐到床边，将外套解开放在一边，然后掀开被子的一角，钻了进去。他的脚不小心碰到了她的脚，她的脚和冰块一样，冷冷的。他皱着眉头，有些心疼地说："脚怎么这么冷？"

舒雅望侧躺着看他，无辜地摇摇头："不知道。"

唐小天伸出脚，将她的脚搬过来，用自己的脚搓着她的，想将她的脚焐热，舒雅望望着他甜甜地笑了，撒娇地靠过去道："手也冷。"

唐小天拉过她的手，放在手心里，细细地搓揉着，谁也不知道是谁先靠近谁的，两个人慢慢地、紧紧地抱在了一起，他握着她的手，焐着她的脚，轻轻地凑过去，在她脸上吻了一下，就像下午的那个吻，刚刚碰上就分开了。她仰着脸，眼里是满满的笑意，他忍不住又上前去，亲吻了她漂亮的眼睛，扬起的嘴角，只是轻轻地触碰然后再分开。可也不知怎的，吻变得越来越激烈，她的身体开始变得绵软，他肆意地压上去，用力地加深这个吻，用牙齿去咬，用舌尖去描绘，他觉得有一把火焰正在燃烧着他。她冰冷的手脚迅速变热，她有些无措地看着他，他压在她身上吻着她，他的手缓缓下移，她的心脏激烈地跳动着，她不知道怎么办，只能这样看着他。

就在房间里的气氛越来越火热的时候，舒雅望的手机忽然丁零零地狂响起来，两个孩子像是做了坏事一样，吓得手忙脚乱地找手机，最后唐小天从被子里舒雅望的大衣口袋里翻出她的手机丢给她，舒雅望慌忙接起电话，背过身去，红着脸，有些微喘。她深吸了一口气，才接了电话。

"喂，妈妈。"

"你在哪儿？"

"我……我在医院啊。"舒雅望有些心虚地答道。

"还敢撒谎！你不得了了！现在敢骗妈妈了！你到底在哪儿！"舒妈的声音简直就是从电话里吼出来的。

"我……我……"舒雅望吓得不知道怎么回答才好。

"你是不是和唐小天在一起？"舒妈厉声问道。

舒雅望见事情败露，只能点头承认："嗯。"

"你赶快给我回来！你才多大啊！才多大！你在哪儿！快说！"

舒雅望被吼得直皱眉头，将话筒拿得离耳朵远一些，等舒妈骂够了以后，才报了一个离旅社不远的麦当劳店。

舒妈气呼呼地让舒雅望在店里等着，舒爸马上就去接她。

舒雅望有些害怕地望向唐小天，很紧张地说："惨了，这次死定了，我还没见过我妈发这么大火。"

唐小天也有些慌了，可还是安慰地望着她笑："没事的，一会儿你就把责任都往我身上推，就说都是我不放你回家，都是我的错，要打打我，要骂骂我。"

舒雅望忧心地看他一眼，没了主意。

两个磨磨蹭蹭地穿好外套，理好衣服，舒雅望还特地将头发重新扎了一遍。旅社的灯光很是昏暗，两人也看不出什么不对劲，可到了灯火通明的麦当劳时，舒雅望那被用力吻过的唇，那染上情欲的眼，那娇容上淡淡的红晕，一切的一切，都说明了，他刚才对她做过什么。

唐小天看着这样的舒雅望，悄悄红了脸，心里既害怕又开心，害怕的是一会儿舒爸来了，会骂她，可这害怕的情绪只持续了一秒钟，更多的便是开心，开心自己刚才能如此亲密地和她在一起，刚才那一瞬间，简直像做梦一样，更开心他能在大人面前，宣告他们的关系。要是舒妈让他负责，他一定会使劲点头答应。

"还笑，你还笑得出来。"舒雅望瞪了一眼抿着嘴偷笑的唐小天。

唐小天抓抓头发，继续傻乎乎地笑。

没过一会儿，一辆军用吉普车开到麦当劳的门口，率先下车的是唐叔叔，唐小天见他父亲来了，一下就从位子上站起来，立正站好，有些害怕地望着他僵下来的脸孔。

跟在唐叔叔后面的是舒爸，脸色也很难看。

唐叔叔走过来，二话没说，一脚就踹下去，唐小天被踹得往后退了一步，还没站稳紧接着又一个拳头抡了过去，唐小天被打得连着身后的椅子一起跌倒在地上。

舒雅望瞪大眼睛，心疼地哭着直叫："别打了，叔叔，别打他了。"

唐叔叔指着唐小天的鼻子骂："你！你居然当逃兵！"

"我……我没有。"唐小天捂着脸辩解。

"不打报告不申请，擅自脱离队伍就是逃兵！要是在战争年代，你是要给枪毙的！"唐叔叔气得又上去踹了他一脚，"你逃回来干什么！心心念念想着女人，你当个屁兵！"

舒雅望站在一边，抽抽搭搭地看着，眼泪不停地往下掉，舒爸也气呼呼地推着舒雅望往外走："哭！你还知道哭，丢人现眼！给我上车去！回家让你妈收拾你！"

舒雅望拉着父亲的手，哭着求道："爸，爸，你叫唐叔叔别打小天了。"

舒爸不理她，一把把她推进车里，气哼哼地道："他要不是老唐的儿子，老子刚才就抽死他！敢拐我女儿！小兔崽子！"

那天晚上，舒、唐两家大人都气疯了，舒妈让舒雅望在大院操场上跪了一晚上，唐叔叔让唐小天绕着大院操场不停地跑了一晚上，他们两个喜欢在一起吧？那就成全他们，让他们一个晚上都在一起。

第二天，吹了一个晚上寒风的舒雅望病倒了，唐小天被唐叔叔毫不留情地拎走，丢进车里，打包送回部队。

舒雅望躺在床上可怜巴巴地看着前来探病的夏木，夏木一脸淡然地坐在床边吃着舒妈洗给他的苹果，瞟了一眼舒雅望，淡淡地道："活该。"

舒雅望没力气爬起来收拾他，只能狠狠地瞪他一眼："臭小子，白疼你了，居然还说我活该。"

"笨。"

"你还说。"

"不矜持。"

"我掐死你。"某人终于养足力气，扑上去掐住夏木的脖子。

舒妈端着药走进来，瞪着舒雅望吼："雅望，又欺负弟弟，再扣两个月零用钱！"

"妈，妈，我错了，你别扣我零用钱啊。"天，加上昨天晚上夜不归宿扣的四个月，她将有半年拿不到零用钱了。

比起舒雅望，唐小天也好不到哪儿去，他被部队记了小过，关了禁闭，还开会批评。

两人第一次青春冲动的萌芽，就这样被狠狠地扼杀在摇篮里，从此再也没敢偷偷发芽。

夏有乔木
雅望天堂 1

第七章

这个男人很危险

曲蔚然问："很讨厌我吗？"
舒雅望点头："是啊，非常讨厌。"
曲蔚然状似苦恼地说："可是怎么办呢，
你却让我很着迷。"

就这样，日子有条不紊地过着，还未注意，时间已飞快地流逝，眨眼间，舒雅望已经大学毕业，夏木升上了高中，唐小天也顺利地从部队考进西安某军事院校。

每个人的人生道路似乎都平稳顺利地进行着。

唐小天和舒雅望虽然远距离恋爱，但也甜蜜得很。唐小天的假期不多，每次回来，两个人都恨不得分分秒秒黏在一起。舒雅望也想好了，等唐小天毕业了，他分到哪个部队，她就跟到哪儿去，反正再也不受这两地分隔之苦了。

舒雅望摇摇头，逼自己不去想那些有的没的，自己现在应该开始好好工作了，对！工作。

她经同学介绍，进了一家园林设计公司工作，舒雅望学的是艺术设计，主修室内装潢，其实和园林没多大关系，只是现在工作不好找啊，能有个工作，她就先做着呗。

公司最近标下了一段新建高速公路的绿化施工权，整个公司的人都忙得快飞起来了，就连她这个新人也不例外。

今天经理让她去工地的时候，顺便去合作的海德实业集团取一份设计图纸，舒雅望找到经理指定的办公室，敲开门，里面一个男人好像很忙的样子，舒雅望说了一句："你好，我来拿三号公路的设计图纸。"

那人在桌子上翻找一下，头也没抬地将图纸放在桌子上，又扔出一张交接单，道："签字。"

舒雅望接过设计图，在交接单上签上写了千百遍的名字。

道谢，转身要走，忽然听见给她设计图的人，在她身后用好听的声音念出她的名字："舒雅望。"

舒雅望诧异地转头看他，那人抬起头来，很俊俏的一张脸，脸上的无框眼镜更给他平添一种精明成熟的气质。他望着她轻轻一笑，笑容里有一丝玩味："唐小天的舒雅望？"

"你是谁？"舒雅望微微眯眼。

"你说呢？"那人歪唇一笑，说不出的邪魅。

他修长的手指轻轻抚过舒雅望签名的地方，站起身来，走近她。他的个子很高，当他靠近时，舒雅望感到一丝压迫感，皱眉不着痕迹地退开一步。他们相隔不过一米的距离，他低下头来，眼镜反光，她看不清他的眼神，只觉得他满眼的玩味和轻佻。

"还没猜到我是谁？"他弯下腰来，又凑近她一些，他的靠近让她感觉很不舒服，像是有什么掐住了她的咽喉一样，让她有一种窒息的压抑。

舒雅望躲开他锐利的眼神，有些气恼地道："我怎么知道你是谁！"

"你明明知道，嗯？"他又凑近了一些，她更慌乱了，想退开又怕他看出她的慌乱，只能硬着头皮问："曲蔚然？"

那男人笑了，笑容里有说不出的味道，他轻轻抬手，歪着头，拉过一丝舒雅望的长发，用手指轻轻搓揉着，用低沉的声音说："雅望啊，很高兴见到你。"

舒雅望心跳微漏一拍，脸颊微热，自从唐小天离开后，很少有男人如此靠近过她，这样的距离，让人莫名地心慌意乱，舒雅望退后一步，将头发扯回来，心里有些不高兴，但并未发作，望着他客套地说："很高兴见到你，曲先生。抱歉，我还要去送图纸，先走了。"

她说完转身就想走，却没想到曲蔚然跨步上前，挡在她前方，舒雅望来不及站定，直直地撞在他胸口上，她向后弹开，他却很自然地伸手扶住她的腰身，舒雅望站稳后立刻拨开他的手，愤怒地瞪着他："干什么！"

曲蔚然的眼睛里有了笑容，嘴角轻翘："我只是想送你过去而已。"

舒雅望退开好几步，别过头不看他："不用麻烦了，我自己坐公交车就行。"

曲蔚然玩味地看着她问："你干吗对我这么防备？"

"没有啊。"

"我可以给你打电话吗？"

"我没有电话。"

"我知道你的号码。"

"你不会打通的。"

曲蔚然忽然笑了，声音不大，却很清楚，像是那种心情很愉悦的笑声。舒雅望抬头，瞪他一眼，转身走出去，这次曲蔚然没有拦她，但是她能感觉到，他的目光紧紧地盯着她，一直到她离开。

舒雅望一路都没敢回头，一直到她出了海德实业才大大地松了一口气，她真没想到会在这里碰到曲蔚然，她听小天说过，曲蔚然没当兵之前是一所名牌大学的大三学生，在学校也算是风云人物，上到大四下到大一，没有一届的女生他没泡遍过，后来他厌倦了天天和女生玩恋爱游戏，一时脑子发热就休学跑去参军，退役后拿了大学文凭，就回家族企业帮忙了。

啧！这个世界还真小，这样都能遇到。

也不知道为什么，舒雅望就是不喜欢这个曲蔚然，不喜欢他对她露出的笑容，不喜欢他看她的眼神，总觉得，他那样的人，很危险。

九月的天，热得厉害，工地在很偏远的地方，舒雅望下了公交车还得走半个小时才能到，舒雅望将图纸交给了程工，在空调间里还没坐五分钟，就被程工叫到工地上帮忙，用皮尺量出精确距离，然后用白石灰粉在地上画线定位，将地分割好，每块种哪些树都用不同的记号标出。

工地上的女人几乎绝迹，除了烧饭的大妈外，就只有坐在办公室的会计宵雪了，舒雅望发现，她总是处在这种男生很多女生很少的地方。工人们对舒雅望很热情，总是一边挖坑种树一边和舒雅望搭上两句话，舒雅望性格也好，总是有问必答，笑容满面的。一天的工作下来，累得她都快走不动路了。

"雅望，走啊，下班了。"宵雪拎着包站在门口，对着她喊。

舒雅望点点头，拿起东西，跟在后面，一边走一边问："宵雪，我们明天还来工地吗？"

宵雪比舒雅望大两岁，来公司已经一年多了。

"嗯，工期结束之前都得来，怎么？很累？"宵雪笑着转头问。

舒雅望勉强笑道："有点。"

"你这工作确实累，一般做园林设计的都是男人，女孩子吃不消吧？"

舒雅望笑："还好，我觉得还挺有意思的。"

两人沿着公路往前走，没一会儿舒雅望的手机响了起来，她打开手机一看，是个陌生号码，也没多想就接了起来。

"你好。"

"好啊，雅望。"

舒雅望一听到曲蔚然的声音就想挂电话，可又觉得自己这么做有些太过，只能硬着头皮问："有事吗？"

"我想请你吃个晚饭。"

"抱歉，我刚下班，很累了，想回家休息。"

"这样啊？"

"嗯。"

"那我可以送很累的你，回家吗？"话音刚落，一辆宝蓝色的轿车就从她身后缓缓驶出，车窗摇下，曲蔚然从车窗内望向她。

舒雅望挂上电话，很烦闷地看着他："你怎么在这儿？"

"路过。"他答得很顺，脸上带着亲切的笑容道，"上车吧，这么大的太阳会把两位漂亮小姐的娇嫩皮肤晒坏的。"

宵雪用渴望的眼神看着舒雅望，她实在不想走半个小时的路了，能搭到顺风车真是再好不过了。

舒雅望皱了皱眉头，她也很累，也不想走路，但是让她上车，她实在又不愿意。

曲蔚然走下车来，绕到她们身边，绅士地为她们打开车门，宵雪说了声谢谢，愉快地钻了进去，曲蔚然对舒雅望挑挑眉，做了一个请的姿势。

舒雅望犹豫了一下，还是上车了，工作了一天，她实在是累坏了。

曲蔚然心情愉快地坐回驾驶室，熟练地发动车子，先将宵雪送回家，当车里只剩他和舒雅望的时候，他微笑地从倒视镜里偷看着坐在后面的舒雅望，两人的眼神在镜子里相撞，她躲开去，他笑得更加愉快。

车子开到军区大院的时候，被门卫拦下，舒雅望说了声谢谢，就拿起拎包下了车。

曲蔚然也跟着她下车，挡住她的去路。

舒雅望看着他问："还有事？"

"我送你进去。"

"不用了，里面不能随便进的。"舒雅望礼貌地点了下头，说了声再见，侧身从他身边走过。曲蔚然伸手，一把抓住她，调笑着问："真的不和我去吃饭？"

舒雅望想甩开他的手，他却抓得紧紧的。

舒雅望一边甩一边瞪着他说："放手！"

"你别急着走，我还有话没和你说呢。"

"你这人怎么回事？老是动手动脚的？"舒雅望气得直跺脚，刚想开口叫大院门口站岗的士兵帮忙，一辆自行车笔直地对着曲蔚然冲过来，曲蔚然反应很快，立刻放开舒雅望，让出一条路来，可自行车居然在他面前一个急刹车，车尾一摆，还是狠狠地在他身上擦了一下。

"小鬼，你怎么骑车的？"曲蔚然不爽地瞪着骑着自行车横在他和舒雅望中间的少年。

可穿着市一中夏季校服的少年瞟都没瞟他，只是望着舒雅望淡然地说："上来。"

舒雅望望着眼前的少年，展开笑容："夏木。"

叫夏木的少年，有着一张比电视上整过容的韩国明星还精致俊秀的脸，他轻轻抿了抿嘴角，将自行车的踏板调整好，舒雅望走过去，熟练地坐在他的后座上，双手抓住他背后的衣服，他用力蹬了一下踏板，车子就从曲蔚然面前驶过。

完全被两人无视的曲蔚然气极反笑，就在这时，自行车上的少年转头望了他一眼，眼神冰冷得吓人。

"好凶的眼神。"曲蔚然满眼笑容地望着他们离开，抬手轻轻地磨蹭着嘴唇："有意思，真有意思。"

"刚才那男的是谁？"夏木骑着车，看着前方的路面问。

舒雅望打了个哈欠，懒懒地说："一个讨厌的家伙。"

"讨厌你还让他送你回来？"

"没办法，工作太累了，懒得走。"舒雅望揉着腿，一脸幻想地道，"要是大院里有送班车就好了。"

夏木冷哼道："你想得真美。"

"唉，命苦啊。"舒雅望长叹一声。

"怎么了？"

"为什么我大学毕业了以后要和民工叔叔一起做事呢？"舒雅望擦着莫须有的眼泪，可怜兮兮道，"每天面朝黄土背朝天，挖坑种树，再挖坑再种树，啧！苦啊！唉，孩子，你要好好学习啊，不然就和姐姐一个下场。"

眼见到了舒雅望家楼下，夏木停下自行车问："真这么累？"

舒雅望跳下来，走到他面前说："你闻闻。"

夏木垂下眼，听话地凑过去闻闻。

"闻出来什么味儿没有？"

夏木摇摇头。

舒雅望轻轻地敲他一下："笨，这么重的汗臭味儿都闻不出来？"

夏木愣了一下，瞪她一眼："无聊。"

回到家，家里一个人也没有，舒爸舒妈又不知道去哪儿了，舒雅望将包包往沙发上一甩，对着夏木说："我去洗个澡，等会儿做饭给你吃。"

"好。"夏木早就是舒家的常客，到这儿就像是回到自己家一样，脱了鞋子，拿起自己专用的拖鞋穿着走进屋子，在沙发上坐下。

舒雅望也早就习惯了夏木没事就跟着自己回家的行为，她从房间里拿着换洗的衣服走出来说："冰箱里有苹果，自己洗着吃。"

走进卫生间的时候，她又转过头来说："帮我也洗一个。"

"哦。"夏木打开冰箱，拿了两个苹果在厨房的洗水池洗干净，然后走进客厅。这时，卫生间已经响起了水声，他弯下腰，将两个苹果都放在茶几上，然后坐在沙发上看起书来。

舒雅望洗了个香喷喷的热水澡，换上宽松的吊带睡裙，光着脚丫，披着半湿的长发从浴室走出来。

客厅里夏木正低着头认真学习，舒雅望走过去，坐到他旁边，将长发撩到胸前，透明的水滴从发尖甩落，有几滴落在夏木身上，夏木眼神一闪，不动声色地将手背上的水擦去。舒雅望看着茶几上的两个苹果问："还等我一起吃啊？呵呵。"

她笑着弯腰，上身前倾，拿起茶几上的两个苹果，刚擦过头发的手有些潮，手指一滑，一个苹果从手中滑落，掉在地上。

　　"啊！"舒雅望惊叫一声，夏木转头看她，她正弯腰去捡，他的眼神忽然一怔，有些慌张地别过头去，脸上染上一丝红晕。

　　舒雅望捡起苹果，将没掉下地的那个苹果递给夏木："喏，给你。"

　　夏木的眼睛都不敢看她，只是低着头将苹果接过，有些紧张地捏在手里。舒雅望有些奇怪地看他："怎么了？"

　　"没。"夏木摇摇头。

　　"没？你的脸怎么这么红？"

　　"没……没有。"夏木慌张地摇摇头。

　　舒雅望好笑地凑近他，疑惑地瞅着他问："真的没什么？脸越来越红了。"

　　她和他本来就坐得很近，当她凑过去的时候，他闻见了她身上的味道，淡淡的沐浴露的清香。

　　夏木抿抿嘴唇，有些紧张地低着头，忽然抓起苹果，啃得"咔嚓咔嚓"直响。

　　舒雅望歪了歪头，有些搞不懂，看了看手上的苹果疑惑地想，这苹果有这么好吃吗？

　　咬了一口苹果，不再逼问他，舒雅望拿起电视遥控器说："要学习的话去我房间，我看会儿电视。"

　　"哦。好。"夏木低声回答，带着一丝心虚和羞涩，他拿着书慌忙起身，走进舒雅望的房间，关上房门，低着头整个人紧紧地靠着房门，用手背抹了一下嘴唇，脸上火烧般发烫。

　　过了好一会儿，他才抬起头来，望向熟悉的房间，明明是来了千百遍的房间，可不知道为什么，这一瞬间，这个房间，她的味道如此清晰，如此让人……心跳加速。

　　舒雅望半躺在沙发上，调了几个台，停在娱乐新闻播报节目，新闻里不停地说着谁和谁又传了绯闻，谁和谁因为谁分手了，什么什么大片在什么时候隆重上映，看着看着，舒雅望困了，眼皮慢慢地合下来，躺进软绵绵的真皮沙发缓缓地进入梦乡。

　　今天，她梦到唐小天了，在梦中他轻轻地吻了她，他的嘴唇很软，像羽毛一般轻轻抚过，痒痒的，很舒服，真实得不像是在做梦。

　　舒爸舒妈回来的时候，舒雅望还在沙发上睡觉，她的身上盖着一条薄毯，电视被调到静音，房间空调的温度正好，不冷不热。舒妈走过去将舒雅望摇起来："雅望，回床上睡去。"

　　舒雅望揉揉眼睛，坐起来道："回来了？几点了？"

　　"九点，你吃过晚饭了吗？"

　　"哦，没吃。"

　　"你这丫头，都这么大了，妈妈不在家，连饭都不吃了？"

　　"没，准备做饭呢，结果睡着了。"舒雅望伸着懒腰站起来，忽然想起夏木也没吃呢，她转身走到房间叫，"夏木？"

　　打开房门一看，房间里空无一人，舒雅望不解地抓抓头发："什么时候走的？怎么一点动静也没有？"

　　喧闹的市中心，一个穿着夏季校服的俊俏少年独自坐在街头，也许是因为夏天的夜空有些燥热，他的脸颊带着淡淡的红晕，明亮的灯光下，他失神地望着眼前川流不息的车水马龙，忽然想到了什么，站起身来，走进不远处的一个大型购物超市里。

　　他上了电梯，电梯旁的落地窗玻璃上倒映着他清瘦的身影，他走到卫生用品区，看着超市的货架上放置着几百种沐浴露，色彩斑斓，香味四溢，几乎能让人挑花眼睛。

　　他上前一步，拿起一瓶，打开盖子，轻轻闻了一下，又放了回去，又拿起一瓶，打开盖子，轻轻闻了一下，又放回去。

就这样，他从货架的第一种沐浴露，一直闻着闻着，闻到了货架最后的位置，当他拿起一瓶电视广告中经常出现的沐浴露轻轻一闻后，眼神闪了一下，漂亮的嘴角忽然紧紧地抿起，整个人像是被笼罩在一道柔和的光线之中，明亮得令人心颤。

房间里，舒雅望随便吃了些东西，躺在床上继续睡觉，蒙眬中听到手机在响，她眯着眼，打开一看，是个陌生号码，她按下接听键："喂。"

"在干什么？"

舒雅望翻了一个身，懒懒地说："睡觉。"

电话那头的人轻轻地在笑："不会吧，这么早就睡？"

"没事我挂了。"实在是不爱搭理他。

"你怎么总是对我这么冷淡呢？"

"你有王子病吧？我为什么要对你热情啊？"

"雅望啊。"曲蔚然的声音很好听，低低沉沉的，叫她的名字时，总让她的心微微一颤。

"干吗？"

曲蔚然轻轻地，诱惑地说："我们来玩一夜情吧。"

舒雅望一愣，完全没有反应过来，简直不敢相信自己听见了什么！她气得有点发抖，她发誓，这个男人要是现在站在她面前的话，她一定上去赏他两巴掌，把他那自以为是的笑容打到烂掉！

"你……你……你去死！"

舒雅望对着电话吼出她知道的最恶毒的诅咒，气得挂断电话，将手机摔在床上，可恶可恶！该死的！

他把她当成什么人了？真龌龊！真龌龊！她从来没有遇见过这样龌龊的男人！小天居然还叫他老大！还说他好！还崇拜他！

舒雅望咬着手指气得发抖，这时电话又响了起来，舒雅望打开一看又是曲蔚然，她气得按下接听键后就开始大骂："你有病啊！你是不是神经病啊！你这么饥渴去酒店找小姐好了！我祝你中头奖！中大奖！"

"哇，一句话就能让你生这么大气啊？"曲蔚然在电话那边笑得愉快，"真是纯情。"

"曲蔚然！"舒雅望气得大叫。

"雅望啊，你该不会还是处女吧？"

"和你有半毛钱关系吗？"

"果然是啊，留给唐小天会很痛哦。"

舒雅望深呼吸了一下，用气得发抖的声音说："曲蔚然，你以后不要再给我打电话，小天怎么说也是你战友，对我出手，你还有没有人品有没有道德啊？我对你不屑一顾，你完全入不了我的眼，别说什么一夜情，我看到你就恶心，麻烦你，离我远点！"

舒雅望说完以后，不等他反应，立刻挂了电话，关了手机，她再也不要接到这个男人的电话！真恶心！恶心恶心！

第二天，舒雅望在工地上吃午饭的时候，宵雪问她昨天送她们回家的帅哥是不是曲蔚然，舒雅望一听这个名字就来气："别和我提这个人，我烦他。"

宵雪奇怪地问："真的是他？怎么？他惹着你了？"

舒雅望用筷子捅着饭盒里的白菜，把和曲蔚然认识的前后经过都告诉了她，宵雪听得一愣一愣的："不是吧，他真这么说？"

舒雅望点头，挑起眉眼问："贱不贱？"

"贱！"宵雪使劲地点点头，扒了一口饭说，"不过，雅望，你千万离他远一点，偷偷告诉你吧，我的一个朋友就是他的情人。"

"情人？"

宵雪点头："我昨天见到他的时候就觉得眼熟，后来到家的时候才想起来，以前在我朋友家见过他一次。他每个月到我朋友那儿去个两三次，就跟皇帝临幸后宫似的。"

舒雅望不敢相信地问："不是吧？你朋友怎么这样？世上没男人了吗？"

"我朋友怎么了？没遇到曲蔚然之前她比小龙女还清冷高傲呢。"

"那怎么被他得手了呢？"

"那些情场老手自有一套呗，他追我朋友就花了三个月工夫。"

舒雅望扒了口米饭到嘴里，问："那交往了多久？"

"交往？"宵雪撇撇嘴，"没有交往过呀，他就玩玩的，后来连情人都懒得和我朋友做了，还是我朋友要死要活地缠着他的呢。"

"不会吧？"舒雅望连饭都忘记嚼了，一个女人缠着一个男人，只为了保持情人关系？这对她来说，简直是天方夜谭。

宵雪将饭盒里的肥肉挑出来，扔到前面的土坑里继续道："所以说，一个女人一旦身心被一个坏男人拿下，那这辈子就掉坑里去了，外人拉都拉不上来。"

宵雪说完还特担忧地望了她一眼。

舒雅望使劲摇头："我才不会被他拿下呢，我一想到他我就恶心。"

宵雪有些同情地看她："我朋友当年也是这么说的。"

舒雅望坚定地说："我不会搭理他的。"

"我朋友当年也是这么做的。"

"我有男朋友。"

宵雪从口袋里拿出餐巾纸，擦擦嘴巴道："对他来说，有男朋友的女生更有挑战性，更能激发他的征服欲，你以为他为什么去当兵？就是因为满学校都是想拿刀砍死他的男人。"

舒雅望将筷子丢进饭盒，舔舔嘴唇道："喂喂，你干吗说得这么可怕？"

"提醒你，别步上我朋友的后尘。"

"绝对不可能。"舒雅望自己也不知道为什么，说这句话的时候有那么一丝心慌。

这个时候她多想和唐小天通一个电话，哪怕只是发一条短信也好。

就在舒雅望下定决心，坚决不和曲蔚然有任何接触的时候，公司发生了一起严重的订货失误，因为这次工程庞大，公司购买了十几万棵不同种类的苗木，到货以后才发现，蜀桧和红叶石楠的数量搞错了，红叶石楠少定了一千棵，而蜀桧却多订了三千棵。

公司程总气得要命，要不是下订单的员工是找关系进去的，他绝对要她好看。苗木基地的人说可以给公司调换，可来回的运货费是一笔不小的数目，林经理打听到前方路段的承包商海德实业订购的苗木还没到，于是和老总提议，将公司多出来的蜀桧转手给海德实业，并请海德实业代他们多订一千棵红叶石楠。

两家公司的老总都是熟人，海德的老总也没有为难，说这事好办，你们直接去找项目负责人谈就行。

林经理立刻派舒雅望去海德办理交接事宜，舒雅望本来不想去海德，可林经理连让她推辞的机会都不给，直接将材料丢给她，催促着她快去。

舒雅望拿着材料站在海德实业的大厦前擦汗，望着三楼的办公室，郁闷地想，真是怕什么来什么！曲蔚然这家伙，为什么偏偏是海德实业这个项目的直接负责人呢！

真应该强迫宵雪陪她一起来的，舒雅望咬了咬手指，低下头，太阳晒得她有些发晕，但是她就是不想进去，就在这时，手机响了，舒雅望看着电话里的陌生号码有些无奈地接起："喂。"

电话那头传来轻轻的冷笑声："你还要在楼下站多久？你都不怕中暑吗？"

舒雅望没说话，直接挂上电话，深吸一口气，笔直地走进去，她就不相信，他能有本事把自己吃了？

舒雅望敲响曲蔚然的办公室门，走了进去，她尽量不让他看出自己的紧张，站在门边说："曲经理，我想，我的来意您应该知道了吧？"

曲蔚然抬眼，单手扶了一下眼镜，镜片闪过一道白光，他歪着头，不着调地说："我不知道。"

舒雅望握了一下拳，抬眼望着他的眼睛，不让自己逃避他暧昧的眼神，用很公式化的语气说："关于我们公司的蜀桧转卖给你们的事情，你们公司老总已经同意了，希望你能签一下移交文件。"

曲蔚然坐在真皮椅上，轻轻地左右旋转着椅子闲闲地道："我怎么不知道？"

"你可以打电话求证。"

"就算答应了又怎么样？我这边不通过也没用。"

"曲蔚然。"舒雅望嫌恶地看着他，他到底想干什么！

曲蔚然回望过去，正色道："你别误会，我只是公事公办，我不认为我们公司接收你们的苗木有什么好处。"

"你们可以省运费。"

"我不会为了省小钱而接收你们的苗木，这里面的潜在风险太高，谁知道你们是不是因为买的苗木有问题才转让给我们？"

"有没有问题去看看货就知道了。"

"你是在拜托我吗？"曲蔚然轻蔑地看着她，"你拜托人的态度有些，啊，不是有些，是非常不好。"

舒雅望气极反笑："我拜托你？你爱签不签，很了不起吗？"

舒雅望猛地转身，高跟鞋在大理石地板上踩得"砰砰"直响，曲蔚然也没拦她，摸着下巴若有所思地笑。

舒雅望气呼呼地出了海德实业，笔直地走到一处阴凉的地方，打开手机给林经理打电话："喂，林经理，海德的曲蔚然不签字，他说不要我们的苗木。"

"什么，他们老总不是同意了吗？"

舒雅望趁机告状："他说，他不同意，他们老总同意都没用。"

"他不同意你不能求求人家啊？"

舒雅望装得极其委屈地说："我求了，好话说了一箩筐，他就是不同意。"

林经理一副你真没用的语气道："你……你回来吧，我等会儿亲自去。"

舒雅望挂了电话，挑挑眉毛，鄙视地回身望了一眼海德的办公楼。

呸，求你？做梦吧！

她就是不做这份工作都不会求他的。

舒雅望回到工地的时候，已经下午了，她刚坐下来喝口水，宵雪就非常八卦地凑过来问："怎么样？他有没有占你便宜？"

舒雅望连连摇头："没有，我离他十步远呢。"

"谁占你便宜啊？"和舒雅望一批进公司的小高好奇地插了一句。

"没，她说笑呢。"舒雅望连忙否认，她可不想让全世界都知道她被曲蔚然骚扰，况且，今天曲蔚然的态度非常冷淡，语气中还带着轻视。

晚上下班，林经理回来告诉大家，曲蔚然已经签了移交代订的资料，总算是把这次乌龙事件处理掉了，工地办公室里的人都拍马屁地说，还是林经理有本事，一出马就搞定了，就连舒雅望都连连说林经理真厉害！

林经理一高兴，决定组织大家去聚餐，当然是AA制，大家都欣然同意，选了一个离市中心不远的中型饭店，七个人浩浩荡荡地杀了过去。

　　舒雅望和宵雪两个女孩负责点菜，其他男生拿了扑克牌开始打起升级来，林经理像是忽然想到了什么，出去打了个电话，又笑容满面地进来了。

　　等了一会儿，菜上齐了，大家收了扑克，坐好，林经理看了看时间说："等一下，还有人没来。"

　　宵雪问："谁啊？"

　　"海德实业的曲经理啊。"

　　"噗——"舒雅望一口水没含住，喷了出来，还好是圆桌，大家坐得都比较远，没有人被她喷到。

　　只是所有人都奇怪地看着她。舒雅望被水呛到，捂着嘴巴，咳了两声，刚准备说我先走了，却硬生生地卡住了，因为她再抬起头来时，姓曲的家伙已经优雅地步进包间，一脸笑容地望着众人。

　　林经理迎了上去，紧紧地握住他的手："曲经理你好，你能来真是我的荣幸啊。"

　　曲蔚然客套地笑："林经理客气了，您请我吃饭，我怎么会不来呢？"

　　"呵呵呵……"

　　宵雪偷偷凑到低着头的舒雅望耳边小声说："他刚刚偷看你了。"

　　"他又偷看你了。"

　　"他又又偷看你了！"

　　"闭嘴！"舒雅望伸手在桌子下面拧了她一下。

　　宵雪吃痛地"啊"了一声。

　　林经理拉着曲蔚然坐下，两人亲热地交谈着工程上的合作问题。

只有宵雪靠在舒雅望的肩头，痛苦地说："天，他坐到你边上了。"

舒雅望又狠狠地拧了她一下，她当她是瞎子啊，她当然看到了，即使她看不见她也感觉到了！

舒雅望不得不说，曲蔚然真的很厉害，他居然什么也不用做，就能让自己时时刻刻注意着他。她甚至能感觉到他看她的眼神，他玩味的笑容，他靠近时带起的风声。

舒雅望咬咬嘴唇，有些紧张地理了一下头发，可是这一顿饭吃得极其平静，曲蔚然没有故意找舒雅望说话，也没有什么奇怪的举动。饭局结束，舒雅望终于松了一口气，林经理兴致很高，提议大家一起去唱歌，舒雅望推辞说她还有事，就不去了。

大家都不同意，小高说："本来就只有两个女生了，你再不去，我们一群男人有什么好玩的啊？"

舒雅望有些为难地笑："我真的有事。"说完后，她不经意地瞟了一眼曲蔚然，他正站在一边看着她笑，眼神中带着一丝嘲弄。

林经理发话了："你有什么事啊？集体活动不许不参加，走，别扫兴。"

舒雅望见脱不掉，只能点头说去，大家又热热闹闹地杀去KTV。

到了KTV，点好酒水，大家开始唱起来

不知道是有意还是无意，曲蔚然又坐到了舒雅望边上。KTV的沙发没有间隔，曲蔚然和她坐得很近，他稍微动一下，肩膀就能碰到她的。舒雅望站起身来，假装走到点歌台点歌，点了好半天后，找了一个离曲蔚然最远的位子坐下。

曲蔚然面色未改，带着淡淡的笑容，靠着沙发，在昏暗的灯光下，悠闲地喝着啤酒。

唱了一会儿，舒雅望的手机响了，她拿起来一看，是陌生的手机号码，区号是西安的，舒雅望眼睛一亮，立刻拿着电话走出去，连脚步都轻快了一些。包间外面也很吵。

舒雅望走进一个没人的包间，关上房门，将嘈杂的声音隔绝在门外，欢喜地接起电话："喂。"

"雅望，你今天是不是特别地想我啊？"唐小天在电话那边笑嘻嘻地问。

舒雅望低下头来抿着嘴笑："你怎么知道的？"

"哈哈，我今天上课的时候一直打喷嚏，还是两个两个地打。"

"哈哈，你感冒了吧？"

唐小天很干脆地否认："没有，我身体好着呢。"

舒雅望笑："你今天怎么能打电话啊？"

"嘿嘿，我在外面站岗呢，就偷偷地借了手机打给你。"

"你又在站岗的时候偷偷打电话？小心又被人看见。"上次唐小天就是站岗的时候偷偷给她打电话，结果说得忘记了，没看见巡逻的人过来，等他发现的时候已经来不及藏手机了，只能使劲地把手机甩到老远的树丛里，然后装作认真站岗的样子，等巡逻的人走了之后，他再跑回去找手机，结果发现手机正好被他丢进臭水沟里去了。

唐小天嘿嘿地笑："不会，不会，我这次选的位置很好，一来人我就能看见。你在干什么？"

舒雅望老实回答："我在外面唱歌呢。"

唐小天问："哦，和谁啊？"

舒雅望得意地问："干吗，紧张啊？"

唐小天使劲点头："嗯嗯，我好紧张，你不可以和别的男人出去唱歌，绝对不可以！"

"我就去我就去，我就和一群男人出去唱歌。"

唐小天在电话那头笑，温柔地嘱咐道："那你玩得高兴点啊，早点回家，别喝酒啊。"

舒雅望有些不满地抱怨："知道啦，你怎么就一点也不紧张呢。

你真不怕我和人跑了。"

唐小天沉默了一会儿，然后说："雅望，我从不担心你会走去更远的地方，看见更美的风景，或是遇上更好的男人。"

舒雅望握着电话，靠着墙壁，静静地听着唐小天说："因为那是属于你的幸福，只要能让我知道你很好，那我也会很好。"

舒雅望低下头，长发遮住了她清秀的脸颊，看不见表情，只听见她对着电话说："快回来吧，傻子。"

"嗯。"唐小天轻声答应。

两人又说了好一会儿，才挂了电话，舒雅望握着有些发烫的手机，有一瞬间的失神，脸上带着轻浅温柔的笑容，打开房门，脸上的笑容顿时僵住。

门外的男人深沉地看着她，脸上没有挂上那惯有的笑容。舒雅望想从他身边的缝隙中插过去，可他却侧身挡住，并且向前走了一步。舒雅望被他逼得退回包间里，防备地瞪着他道："让一下，我要出去。"

曲蔚然低下头来，有些着迷地凑近她说："你刚才的笑容很漂亮，能再笑一下吗？"

舒雅望又后退一步，僵硬地说："对着你，我笑不出来。"

曲蔚然问："很讨厌我吗？"

舒雅望点头："是啊，非常讨厌。"

曲蔚然状似苦恼地说："可是怎么办呢？你却让我很着迷。"

他再次靠近她，舒雅望被逼得又后退一步。曲蔚然抬手，忽然将包间的门关上，舒雅望紧张地走上前去拉门，却被他一手抓住，舒雅望抬头瞪着曲蔚然吼："你干什么！"

"让你更讨厌我一点。"他忽然用力，一把将她抱在怀里，低下头就想吻他，忽然下身传来一阵剧痛，手一松，手臂被人紧紧抓住，膝盖一疼，一阵天翻地覆的旋转后，猛地被一个过肩摔狠狠地摔在地上。

舒雅望居高临下地看着他，冷冷地说："我警告过你，再对我动手动脚的，绝对不和你客气。"说完，舒雅望鄙视地看了他一眼，转身拉开包间的房门，走了出去。

舒雅望好歹是在军区大院长大的孩子，防身术可没少跟着唐叔叔练，小的时候，唐小天都不一定打得过她。

曲蔚然捂着伤处，躺在地上，忽然哈哈大笑起来，笑着笑着，眼里闪过一丝狠意。

"雅望啊，你真的惹火我了。"

舒雅望气呼呼地走回包间，拿起自己的挎包，和林经理打了声招呼，冷着脸就往外走，大家看她脸色不好，便也没敢强留她。舒雅望走到包间门口，又遇见刚准备进门的曲蔚然，舒雅望狠狠地瞪他一眼，伸手想推开他，可是他居然拉住她的手，把她往外拖，舒雅望使劲地甩他的手，大声叫："干什么！"

"出来，我有话和你说。"曲蔚然一脸霸道，想用蛮力将她拉出去。

舒雅望急了，抓住他的手，低下头来，狠狠咬了上去，曲蔚然吃痛，松开抓住她的手，舒雅望连忙缩回手跑回包间，坐到人多的地方，警惕地望着他。

曲蔚然嘴角还带着优雅的笑容，眼镜片在灯光下闪出一道反光，他抬手轻轻地磨蹭了一下被咬的地方，慢悠悠地找了个离门口最近的沙发坐下，眼神紧紧地盯着舒雅望，嘴角的笑容越来越大，像是很享受这个猫抓老鼠的游戏。

舒雅望被他盯得有些发慌，别过头去，强迫自己不看他。她知道一会儿散场后曲蔚然一定会找她麻烦，手中紧紧地握着手机，有些不知道该怎么办。忽然她灵光一闪，翻开手机，翻到夏木的手机号码，给他发短信："夏木，我在钱柜唱歌，喝多了，你叫郑叔叔过来接我好不好？"

没过一会儿，手机震动了起来，舒雅望打开手机一看，只见夏木给她回道："好。"

　　啧，连短信都回得这么简单，真不愧是夏木啊。郑叔叔是夏司令的警卫员，夏木来了之后，就被夏司令派去照顾夏木，听说他和唐叔叔一样，是个非常厉害的军人呢。

　　舒雅望开心地回复："谢啦，回去给你买糖吃。"

　　手机那头没回复，舒雅望可以猜到夏木那不屑的表情。发完短信，舒雅望得意地瞟了一眼曲蔚然，白痴，在门口守着她就怕了吗？等郑叔叔来了，他再敢动她一根头发试试！抽不死他！

　　可人算不如天算，舒雅望发完短信才二十几分钟，服务员居然就敲门告诉他们时间到了，大家恋恋不舍地放下麦克风，拿起东西往外走，走到楼下，站在门口互相道别。舒雅望趁曲蔚然和林经理握手的时候，非常迅速地拦下一辆出租车坐了进去，还没开口呢，就见曲蔚然很随意地从另外一边坐了进来，望着她玩味地笑着，那眼神好像在说：你跑不掉的。

　　舒雅望握了下拳头，转身就想下车，可曲蔚然动作更快，伸手就拦住她，按住门把。出租车里的空间很小，舒雅望被困在座位上，她的脸对着车门，背后紧紧地贴着曲蔚然。

　　舒雅望回过身来使劲推他："你到底要干什么啊？"

　　"我有话想和你说，你总跑什么。"

　　"我不想和你说，你快下车。"舒雅望急了，对着出租车司机说，"师傅，我先上车的，你快把他赶下去。"

　　出租车司机转过头来看着曲蔚然。

　　曲蔚然笑了一下，用温柔的声音说："雅望啊，别生气了，我错了还不行？我以后不这样了。"

　　"你烦不烦哪。"舒雅望大声冲他吼道，"我和你真的不熟。"

　　"你们两个到底走不走啊。"出租车司机不耐烦了，这一对一看就是在吵架的情侣，男的惹女的生气了，女的要走，男的不让。

"你让他下车我就走。"舒雅望着急地叫。

"雅望，别这样。"

"你们俩都下车吧，别耽误我做生意。"出租车司机发话赶人了。

舒雅望郁闷地瞪着曲蔚然："松手，我要下车。"

曲蔚然笑着松开手，舒雅望从出租车里下来，曲蔚然跟在后面，笑容满面地说："我送你回去。"

舒雅望猛地转过身来，指着他叫："停，你就站那儿！"

曲蔚然一脸无辜地站在离舒雅望五步远的地方，舒雅望收回手道："你有什么话就站那里说吧，靠近一步我就走。"

"好。"曲蔚然摊摊手，爽快地答应，他将双手插在口袋里，悠闲地靠着路灯说，"我知道你很讨厌我。"

舒雅望冷哼一声，曲蔚然笑，两个路过的女人回头看着曲蔚然的笑容。不得不说，曲蔚然笑起来很迷人，只是，这笑容对舒雅望没用。

他继续说："我故意让你讨厌的，只有这样你才会对我印象深刻。雅望啊，我很中意你。"他低头笑了一下，"我很久没有这种感觉了，所以我希望得到你。"

他看着她，一副很深情的样子："我知道你喜欢小天，可他天天不在你身边，你不觉得很寂寞，很无聊吗？难道你不渴望一个男人拥抱你吗？"曲蔚然一边说，一边缓缓地接近她，像是一个诱人堕入地狱的恶魔一样，他靠近舒雅望，凑在她的耳边轻声说，"其实，这并不冲突，我可以做你的地下情人，除了我们自己，谁也不知道我们的关系。而且，你说停，我们就停。人生嘛，放开点，该享受的时候就要享受。"

"雅望啊。"曲蔚然的手缓缓地抚上舒雅望的脸，俊美的脸上带着诱惑的神情，眼睛被遮挡在眼镜片后面，轻轻地在她耳边说，"我会当一个最好的情人，给你最多的疼爱，教会你很多快乐的事。"

舒雅望淡淡地拨开他的手，眼神清澈地回望他："说完了？"

曲蔚然双手圈住她，调笑地靠近道："只是说，并不能满足我。"

"曲蔚然。"舒雅望伸手挡住他靠近的脸，很认真地看着他说，"也许，在你心里，爱是可以拿来玩的，但是在我心里，爱只有一份，一辈子只能给一个人，我爱小天，并只爱他一个人，他不在我身边，我确实寂寞，可除他之外，任何男人碰我，我只会觉得恶心，特别是你。"

舒雅望说完后，顿了一下，望着他说："请你找那些想和你玩游戏的人玩，我不想玩，也玩不起，更不是你能玩的。所以，请你放开我。"

舒雅望不动，冷冷地看着曲蔚然，曲蔚然也没动，还是那样将舒雅望圈在怀里。他的眼神闪了一下，忽然扬了扬嘴唇，轻轻地笑："我不放，就不放，雅望，你越拒绝我，我就越想要征服你。我觉得，我快被你迷得变态了。"

"你不是快变态，你是本来就变态。"舒雅望气极了，出拳笔直地打向他的下巴。曲蔚然向后一让躲过，舒雅望抬膝又向他的下体顶去，曲蔚然松开手，挡住她的膝盖，舒雅望伸手一把推开他，借力后退好几步，从人行道退到了马路上。曲蔚然站稳身子，刚想说什么，忽然一脸惊恐地看着舒雅望叫："小心！"

舒雅望愣了一下，转头看去，只见一辆轿车直直地向她冲来，灯光直直地刺入眼睛。舒雅望张大眼睛，愣愣地站在那里，不知道该怎么躲。就在车子快撞上她的时候，一道人影冲出将她猛地推开，伴着刺耳的刹车声，舒雅望跌坐在地上，白色的轿车下，一个人躺在那里，舒雅望有些颤抖地看过去，熟悉的校服，熟悉的身影，舒雅望抬手轻轻捂住嘴唇，不敢将那个名字叫出来。

曲蔚然跑过来，伸手想碰碰被撞的男孩，却被跌坐在一旁的舒雅望冲上来一把推开："别碰他。"

第八章

夏木的告白

夏木咬咬嘴唇，
在她耳边说："我喜欢你。"

"夏……木。"舒雅望双眼通红，颤抖着小声叫他的名字。她想抱住他，却又不敢碰他，只能跪坐在一边，咬着手指，死死地盯着他。心中的恐慌压得她连呼吸都不顺畅了。

"夏木……"舒雅望伸出手，颤抖地覆盖到他冰冷的手上，她的声音带着哭腔，她很害怕，很怕他会离开她，很怕她转身的时候，再也看不见他站在安静的角落看着他……

舒雅望哭了起来："夏木，夏木。"

一直趴在地上的夏木忽然动了动，然后低着头，慢慢地站起来。

舒雅望含着泪，连忙扶住他，紧张地说："别动别动，别站起来，有没有哪里痛？"

夏木已经站起来，高瘦的身体微微地弯着，他低着头，长长的刘海盖住眼睛，用手背擦了下有些模糊的眼睛，抬起头来淡淡地说："没事，没撞着。"

舒雅望张大眼睛，眼泪就这么掉了下来，连忙伸手捂住他的额头，哭道："笨蛋，流血了！"

夏木愣了愣，看了看手背，手背上全是鲜血。他这才发现，自己的脑袋跌破了，让视线模糊的东西就是从伤口中涌出的鲜血。夏木别过头，躲开舒雅望的手，自己捂住伤口道："没事，不疼。"

"怎么样？"曲蔚然走到舒雅望边上，关心地问夏木，"还有地方受伤吗？送你去医院吧？"

夏木抬起头，用捂伤口的手一把推开曲蔚然，冷声道："滚。不许再靠近雅望。"

曲蔚然被他的气势吓得一愣，过了一会儿，又反问道："靠近又怎样？"

夏木一脸鲜血，眼色阴沉地盯着他，冷冷地道："杀了你。"说完，也不等曲蔚然反应，不顾额头上的伤口，拉着舒雅望就走。

他讨厌这个男人，极度讨厌，他差点害死雅望。

舒雅望任他拉着走，心疼地跟在他边上，望着他的伤口，一直不停地说："去医院吧，去医院吧夏木，一直流血可怎么行呢。"

夏木捂着伤口，无所谓地说："没事。"

他紧紧地拽着她的手，走了几步，打开停在路边的A8L将舒雅望塞了进去，自己也坐到后面，关上门，冷冷地道："开车，回去。"

舒雅望急忙说："郑叔叔，先去医院。"

"怎么弄的？"郑叔叔一脸严肃。

夏木捂着额头，淡淡道："没事，别和爷爷说。"

郑叔叔询问地看着舒雅望，舒雅望只是红着眼睛急急地说："去医院，医院。"

郑叔叔点头，开着车飞快地往医院驶去，夏木的右额头缝了六针，一直弄到大半夜，两人才回到军区大院。

舒雅望不放心，一直将夏木送回房间，还一直内疚地盯着夏木头上的白色纱布，眼睛红红的，要哭不哭的样子，特别惹人心疼。

"真没事了。"夏木坐在床上无奈地看她，抬手在她的脸上擦了一下，将她刚落下来的泪珠抹去。

"我吓死了。"舒雅望心有余悸地说，"你要是出了什么事可怎么办啊？下次不许你这么做了，我宁愿自己被撞，也不想你受伤。"

夏木想说什么，最终还是没说出口，只是抿了抿嘴角。

舒雅望坐到夏木的边上，两个人肩靠肩坐在床上，舒雅望抬眼，望着熟悉的房间，感叹道："我好久没来你家了。"

夏木低着头"嗯"了一声，长长的睫毛将眼睛盖住，在灯光下留下一片阴影，有一种少年特有的俊美。

舒雅望看着玻璃柜子里的一排排军械模型，一蹦一跳地走过去，拿起一台战斗机放在手上玩把着，轻轻笑道："你还是这么喜欢玩模型呢。"

夏木抿抿嘴角："早就不玩了。"

"是吗？你小时候很喜欢玩呢。天天就对着模型，和你说话也不理我。"舒雅望歪头笑，"我要是不让你玩，你还会咬我。"

舒雅望扬扬右手，指着手腕上的一圈淡到几乎看不出来的牙印道："看，这里还有你给我的纪念品呢。"

夏木扭过头，好像想到什么，嘴角又轻轻抿起来。舒雅望满眼愉快，又转头看着玻璃柜里的模型，忽然，一道银光闪过，舒雅望的目光被吸引过去，只见一条漂亮的银色项链被挂在一架虎式坦克的模型上，项链上有两只可爱的接吻鱼。舒雅望好奇地拿起来看："咦……这项链好漂亮。"总觉得眼熟呢。

夏木看见她拿起的东西，立刻慌张地冲过去想将项链抢回去。

舒雅望将项链往身后一藏，像小时候一样逗弄他："哇！这么激动干什么？"

"哦，我知道了。"舒雅望一边躲避夏木的争抢，一边笑着问，"你该不会有女朋友了吧？"

"没有。"夏木继续伸手过去抢。

舒雅望转着圈子，跑来跑去，就是不给他，逗着他说："嘿嘿，跟姐姐说吧，姐姐很开明的，不会反对你早恋的。"

夏木抢不到项链，有些气恼地说："不是啦，还给我。"

"那就是买来送给喜欢的女生的。"舒雅望在床边停住脚步，一副我了解的样子断定道，"肯定是。"

夏木被说中心思，脸一红，一把冲过去抓住舒雅望的双手，舒雅望没站稳，被他一冲撞，便向后倒去，夏木没放手，跟着舒雅望摔了下去，柔软的床垫带着一丝弹力，两人相叠着倒下去，舒雅望被压倒在床上，一点也不觉得疼，可当她转过脸，看到压在她身上的夏木时，不由自主地红了脸。两人的脸凑得很近，鼻尖碰着鼻尖，呼吸绕着呼吸，心脏压着心脏，近得让人脸红心跳，气氛很是暧昧。

夏木的眼神幽暗不清，他紧紧地盯着舒雅望看，他的脸也有些红，他的心跳越来越快，像是着了魔一样，轻轻低下头来。舒雅望愣愣地看着他，感觉嘴唇被轻轻碰了一下，舒雅望不敢相信地睁大眼睛，夏木很紧张，却没有停下来，又在她的嘴唇上轻轻碰了一下。他不会接吻，只是轻轻地碰了一下，然后嘴唇压在她的嘴唇上。他的手紧紧地抓住她的手，不是为了控制她的自由，而是不由自主地抓紧，手心满是汗水，不知道是他的还是她的。

舒雅望从震惊中清醒过来，别过头去，躲开夏木的吻，用力推了一下夏木，夏木没动。

“夏木！”舒雅望轻轻地叫他的名字，声音有些干涩。

夏木眼神一闪，将脸埋在她的脖颈，然后轻轻地在她耳边问：“你会不会不理我？”

舒雅望的脸很红，心跳得很快，她有些僵硬地任他压着，轻声说：“不会。”

夏木咬咬嘴唇，在她耳边说：“我喜欢你。”

舒雅望没想到他会这么直接地说出来，直接得像是已经无法压抑一般倾泻出来。

舒雅望舔舔嘴角，小心地说：“夏木，你那只是依赖。”

夏木将她的脸扳过来，很认真也很固执地看着她说：“不，我喜欢你。”

如果可以，舒雅望真希望自己可以回应他；如果可以，她真的希望自己可以给他幸福；如果可以，她真的想给这个男孩他想要的感情。舒雅望喜欢夏木，喜欢安静的夏木，安静到阴郁的夏木，安静到好像从来不曾幸福过的夏木，她真的希望他能笑一次，哪怕是扯扯嘴角，哪怕是轻轻地扬起，她真的希望他能笑一次。可是……有些事情是连自己都没有办法控制的。

舒雅望垂下眼睛，难过地说："夏木啊，我只当你是弟弟。"

夏木没说话，只是将舒雅望手中的项链拿出来，然后打开暗扣，将项链戴在舒雅望的脖子上，轻轻地伸手触摸了一下接吻鱼，然后看着她说："戴着它，好吗？一直戴着。"

那是送给她的项链。三年前，他十四岁，他不懂爱，他只知道，那是她喜欢的项链，于是他便拿着银行卡去买了，那银行卡是母亲留给他的，他从来没有用过。可那天他用了，将项链买回来，想送给她，想看见她对他温柔的笑，想让她开心地抱抱自己。

可……他没敢送出去，一直没敢。他自己也不知道为什么不敢送，好像送了，就会有什么秘密被发现一样。

今天，他终于送了，他终于将自己的秘密告诉她了，也许从今天开始，她再也不会那么亲切地望着他笑了，可是，他不后悔，他希望她知道，他喜欢她，并且会一直喜欢下去。

"如果你希望的话。"舒雅望伸手摸摸他柔软的头发说，"我会一直戴着它。"

夏木的眼神慢慢变暗，他没说话，他早就知道自己不可能得到舒雅望，他早就知道，可他不想放开她，用力地将舒雅望抱在怀里，将脸埋在她的颈边，眼睛酸酸的，心也酸酸的，他不想放开，不想……

第二天清晨，舒雅望迷迷糊糊地醒来，转头看着夏木。他闭着眼睛，像是睡得很沉，只是轻轻皱起的眉头泄露了他的睡得并不安稳，眼皮下的黑眼圈还是那么重。舒雅望轻轻叹了一口气，夏木紧紧地抱了她一个晚上，什么也没做，只是抱着他，像是一个将要被抛弃的孩子，那样用力地抱着，怎么也不愿放开。那样的夏木，让她没有办法强迫他放手，只能任他抱到天亮。

抬手将夏木放在她腰间的手轻轻拿开，也许是因为睡着了，夏木没有动，舒雅望坐了起来，从床上下来，轻手轻脚地走到房门口，慢慢地打开房门，忍不住回头看了一眼床上的少年。夏木还维持着刚才的姿势安静地睡着。再见，夏木。舒雅望无声地说着，低头走了出去，她没有注意他的双手缓缓地握紧。

从夏木家的别墅出来，又一次回身望向夏木的房间，房间的玻璃窗后面一个身影快速地闪过，舒雅望愣了一下，假装没看见般轻轻低下头来，快步往家里走。

回到家，免不得被臭骂一顿，舒妈骂她彻夜不归，舒雅望解释说自己去照顾受伤的夏木了，舒爸一听夏木受伤，紧张得连忙追问，得知是她连累夏木受伤后，舒爸生气地指着舒雅望说："下次你再让夏木遇到危险，我就不要你这个女儿了，听到了没有！"

"知道了，不会有下次的。"舒雅望疲惫地点点头，望着怒气冲天的舒爸想，要是他知道夏木喜欢自己，不知道他是会极力阻止，还是会将她立马打包送给夏木呢？

八成是后者吧，老爸这个家伙报恩心切，只要是夏木想要的东西，估计他会眼也不眨地送给他。

舒雅望回到房间，往床上一躺，总是忍不住抬手抚摩着脖子上的项链，最终忍不住将项链取下来，拿在手中细细地翻看着。银色的项链上，两只胖嘟嘟的接吻鱼幸福地吻在一起。很漂亮的项链，和双鱼座的自己好配。

啊，舒雅望脑海中闪过一道光芒，猛然想起这条项链自己见过，年少时，华丽的商场，绚丽的展示柜，站在玻璃窗外的自己，满脸渴望地望着它，这……这是那条项链吗？原来，他那时，就已经喜欢她了吗？她轻轻地叹了口气，抬手摸上脖子上的接吻鱼项链，冰冷的触感和夏木很像。

紧紧握住手中的项链不知如何是好。唉，烦！一个曲蔚然还没解决，又来一个夏木！

舒雅望在床上翻了一个身，紧紧地将脸埋在枕头里，睁着眼睛默默地想，小天啊，小天，你快回来吧，回来吧。

接下来的日子，还是和原来一样一成不变地过着，上班下班回家睡觉，再上班下班回家睡觉。可舒雅望和夏木的关系发生了很大的变化。夏木再也不像以前那样喜欢黏着舒雅望了；舒雅望打开家门，再也看不见夏木安静地坐在她房间里写作业；她每次想找人出去玩的时候，手指按到了夏木的号码却又不知道为什么，总是没有办法拨过去。

即使住在一个大院里，两人也很少遇到，好不容易碰到他一次，舒雅望总是会不由自主地脸红，有些尴尬地低头，还没等她想好说什么的时候，夏木已经走出很远了。

舒雅望看着夏木的背影叹气，却不得不接受这些变化。有些人，做不成爱人便再也做不回朋友了。舒雅望遵守着诺言，每天戴着接吻鱼的项链。有的时候，夏木家的车从她面前开过的时候，她总是望着车窗，黑色的车窗里什么也窥视不到，可她就是能感觉到车窗里的那个少年正看着她，看着她脖子上的项链。

炎热的夏天很快过去了，舒雅望在工地上非常小心地躲着曲蔚然，生怕自己碰见他，只要看见和曲蔚然身形差不多的人或者听见和曲蔚然差不多的声音，她就会迅速跑开或者躲起来。

宵雪非常鄙视地说："你看你，都得曲蔚然恐惧症了，有这么可怕吗？"

舒雅望一脸不屑地从藏身的桌子下面往外爬："我才不是怕他，我是懒得和他啰唆。"

宵雪指着窗外，惊叫一声："啊，曲蔚然来了！"

舒雅望一听，又立刻缩回桌子下，紧张地说："千万别让他进来。"

宵雪哈哈大笑："还说你不怕他。"

舒雅望知道自己被骗了，揉揉鼻子，气呼呼地钻出来，扑向一脸幸灾乐祸的宵雪："臭丫头！看我怎么收拾你。"

宵雪调皮地吐了吐舌头，躲着舒雅望的攻击，讨好地将她的包包丢给她道："哈哈，下班了下班了，别浪费时间打我了。"

舒雅望接过包包，看看时间，确实下班了，扬扬眉，决定放她一马，明天再收拾她："走，下班。"

两人拎着包包，有说有笑地走出工地，走了一段路后，宵雪忽然非常激动地拉住舒雅望说："看！看，有帅哥。"

舒雅望立马凑过来看："哪儿呢？哪儿呢？"

"那儿！"宵雪使劲地对着右边使眼色，"看，他好像在对我笑耶！哇，好帅！"

舒雅望眨了下眼，顺着她使眼色的方向看去，只见一个英俊的男子站在马路对面，正望着她浅浅地微笑。舒雅望一愣，忽然惊叫一声，一脸开心地冲过去，一下扑进他的怀里。

男子满面笑容地接住她，很用力地将她揉进怀里，他用低沉的声音说："我回来了，雅望。"

舒雅望紧紧地抱着他宽厚结实的背，使劲地在他怀里蹭了蹭，撒着娇说："我想你了。"

唐小天在她头顶柔软的头发上亲了亲，眼里满是深情："我也想你。"

宵雪郁闷地垂下肩膀，摇摇头走开，唉，原来是舒雅望的男朋友。那丫头，真是幸福啊！

就在这时，一辆轿车从她面前驶过，停在紧紧相拥的唐小天和舒雅望面前，轿车的喇叭响了几声，车窗降了下来，曲蔚然从驾驶座上将头伸出窗外道："小天！好久不见。"

舒雅望一听是曲蔚然，不由自主地僵了一下，回过头去狠狠地瞪他，曲蔚然倒是无所谓，还非常贱地对她眨了一下眼睛，气得舒雅望恨不得上去给他一巴掌。

唐小天牵起舒雅望的手，笑着走上前："老大，好久不见。"

两人伸手，握拳，拳头和拳头碰了一下，相视一笑，看上去关系真的很不错。

曲蔚然见到唐小天好像很高兴，指指后座道："走，上车，中午我请。"

舒雅望拉了一下唐小天，丢了一个不要去的眼神给他。

唐小天却紧紧地握了一下她的手，低头温柔地说："没关系的。"

舒雅望抬头看着唐小天，她发现他变得成熟稳重了，随便一句话就让人有一种莫名的安心感。

舒雅望点点头，跟着唐小天上车，两人坐在后座。曲蔚然从倒后镜里看了他们一眼，他们俩的手总是紧紧地握着，好像一秒也不愿意分开一样。

舒雅望好像知道曲蔚然在偷看他们，便狠狠地在镜子里瞪了他一眼。曲蔚然挑眉笑笑，一点也不在意地开着车子。

曲蔚然带他们到了一家高级中餐厅，三人落座后，他笑得亲切："小天喜欢吃辣，这家的菜辣得特地道，你尝尝，一定会喜欢的。"

唐小天笑着道谢，舒雅望不以为然。没一会儿菜就上来了。

三人一边吃一边聊着。

曲蔚然问："小天还有几年毕业？"

唐小天一边将舒雅望不爱吃的胡萝卜挑出来放到自己碗里，一边笑着答："还有一年。"

"那快了。"曲蔚然轻笑着说，眼神不经意地瞄向舒雅望，只见她正一边吃着东西一边满面笑容地瞅着唐小天。曲蔚然眼睛微微一眯，嘴角现出一丝坏笑，不动声色地用脚在桌子下面一下一下地轻轻蹭着舒雅望的小腿。

舒雅望脸上的笑容一僵，连忙将小腿缩回来，一脸怒意地瞪着他，曲蔚然无辜地回看她，又转脸问唐小天："这次放假回来多久？"

"寒假有一个月。"唐小天如实答道，转头望着已经不再吃东西的舒雅望，柔声问，"吃饱了？"

舒雅望点头："嗯。"不是吃饱了，而是看到某人，吃不下了！

"那你先回家吧，我和老大好久没见了，想喝点酒好好聊聊。"

舒雅望不乐意地盯着他。

唐小天温柔地哄她："去吧，乖啦。"

舒雅望看他坚持，心里虽然很不愿意，但还是抿了抿嘴唇，听话地点头："好吧，你去吧。"

唐小天点头。舒雅望拿起外套刚想站起来，却被唐小天一把拉过去。舒雅望吃了一惊，愣愣地看着他，唐小天笑着在她唇边亲了一下，然后揉揉她的头发道："不生气，我很快就去找你，好不好？"

舒雅望的脸唰地红了，她没想到唐小天现在变得这么开放，以前这种在公共场所偷亲的事只有她会干的嘛！

可是……可是现在他却做了！真讨厌！讨厌讨厌！嘻嘻！

舒雅望抿着嘴唇，忍着笑容，佯装生气地瞪他一眼，丢下一句："你快点回来哦。"说完就一蹦一跳地走了。

唐小天抿着嘴唇笑，目光一直跟着舒雅望，直到她出了门口，坐上出租车，才收回视线。他的眼里，满满的都是温柔的笑意。

曲蔚然转着手中的酒杯，浅笑地望着唐小天说："她挺可爱的。"

"是啊。"唐小天笑着低下头。

过了一会儿，他抬起头来，望着曲蔚然笑说："老大，我们好久没有比试了，去练练？"

曲蔚然挑挑眉，有些了然，点头答应："好啊，走！"

曲蔚然带着唐小天来到一个废弃的篮球场，因为天气冷的关系，篮球场上一个人也没有，唐小天和曲蔚然都脱了外套，天色渐渐暗下来，唐小天看着曲蔚然问："老大，要我让让你吗？"

曲蔚然冷笑："小子，长进了啊，这话都说得出口。"

唐小天收起笑容道："那我就不客气了。"

说完，扬起拳头，一拳就打了过去。曲蔚然没躲过，结结实实地挨了一拳，唐小天趁他没站稳，又是一个回旋脚踢了过去，曲蔚然用双臂挡住，却还是被唐小天踢得向后退了好几步。

曲蔚然抖了抖被踢得发麻的手臂说："啧，越来越厉害了。"

唐小天摇头："是你退步得太多。"

曲蔚然笑，捏紧拳头攻击过去，一场力量的较量正式展开。唐小天很会打架，曲蔚然也不弱，只是，不管是以前还是现在，曲蔚然都没赢过唐小天，每次都被他虐得躺在地爬不起来上，可即使这样，曲蔚然还是喜欢和唐小天较量，因为这种大汗淋漓、全身无力的疼痛感，让他感觉痛快，非常痛快。

曲蔚然气喘吁吁地躺在冰冷的水泥地上，看着天上微弱的星辰，哈哈大笑："小天啊，你还是老样子，一点也藏不住心思。"

唐小天流着汗走过去，伸手将倒在地上的曲蔚然拉起来，然后很认真地望着他，冷冷地警告："老大，世界上的女人很多，你别动我的雅望，不然下次，我真不客气了。"

"你这次也没客气啊。"曲蔚然扯了扯嘴角，一阵刺痛。他伸手揉了一下，冷笑道，"四个月，从我和她见面到现在已经四个月了。"

曲蔚然想站起来，胸口却疼得动不了。他放弃地坐在地上，仰头看着唐小天，好笑地说："我真要想动她，她早就被我吃了，连渣都不剩。"

唐小天捏紧拳头扬了起来，曲蔚然毫不躲闪地继续道："只是开玩笑而已。"

唐小天的拳头停了下来，拉着他的衣领皱眉说："玩笑？你知不知道你这样做会让雅望很困扰。"

曲蔚然拍开他的手："你们啊，都太严肃，一个两个都这样，开不得玩笑。"

曲蔚然吃力地站起来，捡起地上的西装外套，无所谓地笑："人生嘛，本来就是一场游戏。"

"曲蔚然！"唐小天冷冷地叫他的名字。

曲蔚然一只手挂在唐小天肩膀上，一只手捂着胸口道："小天，你把我的肋骨打断了，好疼。"

唐小天伸手扶住他，闷闷地说："才断了三根而已，很轻了。"

"过分啊，不过就是个女人而已。"

唐小天很认真地说："她对我来说不是'而已'。"

"好了，别生气了。"曲蔚然拍拍他的肩膀，玩味地笑，"哥哥只是想试试她是不是值得。"

"值得什么？"

曲蔚然低头笑："值不值得你这么爱她。"

夏有乔木
雅望天堂 *1*

■ XIA YOU QIAO MU　YA WANG TIAN TANG ■

THE 7TH ANNIVERSARY

第九章

曲蔚然的回忆

那是他和唐小天的第一次见面，
他到现在还觉得他的笑容真的很耀眼，
闪亮得让人睁不开眼睛。

“值不值得你这么爱她。”曲蔚然躺在医院的病床上好笑地摇头，他居然说出这种谎话。

坐直身体，有些艰难地从床头柜上拿起烟，叼在嘴里点燃，吐出一个烟圈，冷冷地望向窗外，他的思绪慢慢飘远……

他是一个私生子，从有记忆以来，那个被他称作父亲的男人每个月只来见他两三次，每次他来，母亲都很高兴，一副深情款款的模样伺候着他，然后变着法子从他的钱包里将钱弄出来，可当他一走，喝的好茶还没凉透，另外一个男人就会从隔壁的房子里过来，搂着他的情人，数着他留下来的钱，虐待他的儿子。

他从一开始的憎恨，到后来的默然，到最后居然觉得幸灾乐祸。他总是忍不住会想，父亲到底什么时候才能发现这件事呢？等他发现了，那么，那对贱人会被父亲怎么弄死呢？

又或者，其实父亲早就知道，只是无所谓罢了？那么，他要怎么去把那对贱人弄死呢？

想到这儿，他冷酷地笑了笑，又吸了口烟，最后那对贱人还是被他弄得生不如死，那种复仇的快感，他现在还清楚地记得，真的很爽，好像压抑多年不能呼吸的人，终于喘出了一口气。

可那之后，他又开始觉得无聊了。他有很多女人，那些女人也许是喜欢他的外形，也许是喜欢他口袋里的钱或身上的名牌，可他从来不觉得自己爱她们，哪怕是喜欢都没有，每次有人和他说爱他的时候，他总会觉得很假，很可笑。

可但凡有女人问他，你爱不爱我的时候，他必定会答，爱啊，很爱。

是的，很爱，很爱和你做爱，只有做的那一刻，才会有那么一点点爱罢了。

他爱上的不是在他身下娇喘的女人，而是放纵时那一刹那的高潮。

爱情对他曲蔚然来说简直就是一个玩笑，这世界上有真爱吗？在这个充满欲望与铜臭味的世界，爱情早就绝种，那种东西，只会出现在小女生无聊的幻想中罢了。

在当兵之前，他一直这么坚信着。直到他遇见了唐小天。

进军营的第一天，他进宿舍的时候，空荡荡的宿舍里只有一个人，那个人正趴在桌子上埋头写着什么。他听到门口的动静，立刻站起身，转过脸来，窗外的阳光照在他身上，他爽朗地笑着，一笑起来，脸颊两边有一对深深的小酒窝，让他显得更加英俊。他身上有种阳光的味道，那是和自己截然相反的味道。

他走过来，伸出手笑："你好，我是唐小天。"

他握住那个阳光男孩的手笑："你好，曲蔚然。"

那是他和唐小天的第一次见面，他到现在还觉得他的笑容真的很耀眼，闪亮得让人睁不开眼睛。

后来，他们睡了上下铺，每天同进同出，同吃同睡，感情想不好，真的很难。

在部队里，刚入伍的新兵都喜欢写信，写信是唯一一个和外界联系的方法。每天晚上，宿舍里的新兵都趴在桌子上写信，写给同学，写给父母，写给老师，把能写的人都写一遍。

老兵们总说，新兵蛋子都这样，过不了三个月，就没人写信了。

老兵们果然言中，三个月后，除了有女朋友的几个人，其他人几乎都不怎么写信了。一来懒得写，二来，写出去的信总是没人回。

老兵们又说，新兵蛋子都这样，过不了半年，女朋友都得跑，绿帽子都得戴。

老兵就是老兵，说的话总是有道理的。半年后，总是有人在再也收不到女朋友的来信后，偷偷躲在被窝里哭。

可唐小天还是每天都写信，早中晚，一天三封，写完后，在第二天早上出操的时候一起寄出去。他经常取笑他，一个男人哪有这么多废话写，你别叫唐小天了，你就叫唐三封。

唐小天在大家的哄笑声中，摸着鼻子轻轻地笑，那笑容很是腼腆。

唐小天收到的信也很固定，每个星期至少有四五封。他有一个抽屉，什么也不放，专门放他宝贝女朋友写来的信，按着顺序，很整齐地叠放在一起。

有一次班长递给曲蔚然一个大信封，让他回宿舍时顺便交给唐小天，他接过信封，掂量了一下，估计里面是本很大的书。看了一眼信封，信封上用黑色水笔写着部队的地址，字很漂亮，信封的最下面，写着，舒雅望。

雅望？他轻念她的名字，美好的愿望吗？真是一个好听的名字。

"小天，你的信。"他将信丢给坐在窗边的唐小天。

唐小天接住，细心地沿着边角将信封拉开，牛皮纸被他弄得咯咯作响。他回到自己的座位上，忍不住偷偷地看向唐小天，只见他从信封里拿出一本素描本，当他翻开第一页，忽然吃了一惊，然后露出灿烂到炫目的笑容。

那时，他忽然有些羡慕，羡慕他有这样一个人，能让他将自己的时时刻刻与她分享；羡慕他有这样一个人，能让他朝朝暮暮地想念；羡慕他有这样一个人，长长久久地等他回去；羡慕他笑容里那浓浓的甜蜜和满满的幸福。

为什么他的人生里从来没有遇到过这样的人？为什么他有这么多的女朋友，却没有一个能让他有动笔写信的冲动？为什么？

从那一刻，他忽然觉得唐小天的笑容很刺眼，刺得他难受。

原来，这个世界上真的有真爱，只是，那爱跟他无关。

三年后，当他从移交表上又一次看见那熟悉的字体时，他猛然抬起头，望着站在他眼前的女孩，那是一个说不上美若天仙，却清秀干净的女孩。

"雅望啊，很高兴见到你。"他不知道为什么自己会这么激动。

在见到她的这一刻，他忽然想要得到她，不明所以，就是想要。

他说，想要帮他试试她到底值不值得他那么爱他。

他说，他只是开玩笑。

是的，他在说谎，他就是想得到她，得到舒雅望，得到唐小天那么爱的舒雅望。

他不讨厌唐小天，真的不讨厌，甚至很喜欢他，喜欢他的阳光，他的笑容。

可他讨厌爱情，讨厌有人在他面前爱得这么深，这么浓，这么刺眼，这么让他想破坏。

手中的香烟燃到了尽头，他抬手，狠狠地将烟头按进烟灰缸里。

嘴角扬起一抹阴冷的笑意。等着吧，游戏，才刚刚开始。

夏有乔木
雅望天堂 *1*

■ XIA YOU QIAO MU   YA WANG TIAN TANG ■

T H E   7 T H   A N N I V E R S A R Y

第十章

甜蜜爱恋

小的时候，我很羡慕你，
因为你总是有很明确的目标，知道自己喜欢什么，
想干什么，未来会是什么样。我很喜欢这样的你，
也特别希望自己可以变成你那样。

"……honey honey，要对你说声对不起，我总是没时间陪你，honey honey，你是否想亲亲密密，还是喜欢这段距离……"

"你再转就飞起来了。"舒妈取笑地望着房间里一边唱一边转着挑衣服的女儿说。

舒雅望笑着选了一件白色的韩版大衣，转了两个圈，转到母亲面前一边扭一边继续一脸深情地唱："honey honey要对你说声对不起，我总是没时间陪你。"

舒妈摇摇头："疯了，疯了，这丫头疯了。你家honey在楼下等你呢，快去吧。"

舒雅望穿上外套，唱着歌蹦蹦跳跳地拎着包包一路小跑下楼，舒妈在她身后使劲摇头，有些不舍地道："在家也留不了两年了，要准备嫁妆喽。"

舒爸坐在沙发上抽着烟，神神道道地说："又嫁不远，不就隔壁那幢楼。"

舒妈望着楼下，看着女儿像只快乐的小鸟一样扑进唐小天怀里一脸幸福地笑着，舒妈的嘴角也跟着扬起笑容，看着唐小天满意地点点头："别说，唐家的小子真是越大越俊俏，整个大院里也没孩子比得上他。"

舒爸坐在沙发上，抽了口烟说："胡说，夏木不就比他俊。"

舒妈不高兴了："你就知道夏木，夏木是你儿子啊？"

舒爸大笑："好好好，俊，俊，唐小天俊！真是丈母娘看女婿越看越得瑟。"

舒妈一瞪眼："我就得瑟，怎么着！你还不许？"

舒爸穿上军装，戴上军帽，瞥她一眼，打开房门道："你继续得瑟，我上班去了。"

"去吧去吧。"舒妈挥手赶他出门，转身又自言自语道，"我去买点好菜，晚上让小天来吃饭。"

舒爸摇摇头带上房门，有些不服地道："家里两个女人都看走了眼，姓唐的小子有我年轻的时候俊吗？"

站在楼道上想了一会儿，舒爸决定不纠结这个问题，上班去也。

舒雅望和唐小天手牵手在大院里走着，冬天的风有些冷，舒雅望为了漂亮，穿了超短裙、棕色皮靴、白色大衣，戴着红色的围巾和手套，整个人看上去青春极了。唐小天穿着军绿色的大衣，有些旧旧的牛仔裤，右手牵着舒雅望，左手拎着她的包，一眼温柔与深情。

"你跑步送我上班吗？"舒雅望好笑地摇着他的手问。

"是啊，跑步送你。"唐小天走在前面笑眯眯地回答。

"背我吧，背我吧。"舒雅望放开他的手，有些赖皮地跑到他身后，双手搂着他的脖子，扑在他的背上撒娇，"你好久没背我了。"

唐小天摸摸鼻子，低头腼腆地笑笑："大清早的，好多人呢。"

"人多怎么了？人多就不能背了？"

唐小天弯下腰来，舒雅望很开心地跳上去，唐小天很轻松地将她背起来，舒雅望一脸幸福地趴在唐小天背上问："我有没有变重啊？"

唐小天笑："不重，你轻得和羽毛一样。"

"嘻嘻嘻。"舒雅望在他背上快活地摇晃了几下。

唐小天摇摇头，一脸笑容，他靠着路边走着，不时有车从他们身边开过，开车的人总会放慢车速，关心地看着他们，可当看到他们一脸幸福甜蜜的笑容时，又纷纷笑着加速离开。

一辆自行车从他们身边驶过，自行车上的人穿着白色的羽绒服，当他骑过去的那一刹那，转头看了他们一眼。他的目光与唐小天的相遇，冷冷的，不带一丝感情；他的目光和舒雅望的相遇，依旧冷冷的，不喜不怒。

只一眼，他便转头离开，车速未减。

唐小天有些奇怪地问："刚才过去的是夏木吧。"

"嗯。"舒雅望点点头，有些担心地看着夏木的背影，真是，这么冷的天，骑什么自行车呀。

"他终于发展到连你也不搭理的地步了？"

舒雅望没说话，抬手忍不住摸上脖子，项链好像捂不热一样，总是冰冷地贴着皮肤，就像是夏木的目光。

唐小天看舒雅望一脸郁闷，安慰地说："估计是青春期到了，叛逆吧。"

舒雅望轻笑："估计是。"

唐小天将舒雅望放下来，温和地说："我去开车过来，你等我一下。"

"嗯。"舒雅望点点头，望着他走进车库，开出一辆熟悉的越野车在她面前停下。

副驾驶座的门被打开，舒雅望钻了上去，东摸西摸了一阵后，一脸惊奇地问："小天，你爸居然会把车给你开。"

唐小天打着方向盘笑："我爸买了新车，这辆淘汰给我了。"

"不是淘汰的问题啊，以前你爸连自行车都不给你骑，天天叫你跑步上学，现在居然把车给你开。"舒雅望靠着车壁望着唐小天笑，"这只证明了一点。"

"证明什么？"

舒雅望伸手，在唐小天硬硬的短发上摸摸，装出一脸严肃的样子说："小天啊，你终于长大了。"

"别淘气。"唐小天甩甩头，想将舒雅望的手甩下来，可舒雅望像是喜欢上了那板寸短发硬硬的刺感，使劲在上面摸着。

唐小天无奈地说："雅望，男人的头摸不得。"

舒雅望贱贱地靠过去说："女人的腰也摸不得，你能保证以后不摸我的腰？"

唐小天舔舔嘴唇，抿着嘴笑，脸上露出一对迷人的小酒窝："这怎么一样呢？"

舒雅望狡辩道："怎么不一样？以后我的腰只给你摸，你的头也只给我摸，这不就一样了吗？"

唐小天摸摸鼻子，无奈又好笑地低头一笑，望着舒雅望，抬手拿下她的手，握在手中："好好好，你摸吧摸吧，以后都只给你摸。"

舒雅望单手捂着嘴巴，吃吃地笑着。

唐小天想着舒雅望刚才的话，忍不住又笑了一下。深深的酒窝，腼腆的笑容，迷人的阳光，让舒雅望忍不住靠近他说："小天，小天，你笑起来真好看。"

唐小天眼睛亮亮的，转头看着她，挑挑眉很严肃地说："你再这么下去，我就不送你去上班了。"

"你想干吗？造反吗？"

"押你回家。"唐小天瞥了她一眼，继续说，"然后……"

舒雅望有些脸红心跳地问："然后什么？"

"然后……然后再也不让你出来了。"

舒雅望捂着嘴巴道："哇！你居然有这种变态的想法。"

唐小天面色一红，有些囧："呃……"

舒雅望将脸埋在手臂里，一副非常不好意思的样子闷闷地说："可是我居然觉得你这个变态想法让人很心动。"说完，她转过脸，偷偷透过指缝瞅着他。

唐小天被她这一眼瞅得心跳立马和打鼓一样怦怦跳起来，两人的脸上都有些红红的，车里的气氛也越来越暧昧。

唐小天将方向盘猛地一打，刹车一踩，车子靠边停下，舒雅望扶着扶手，诧异地看着唐小天。

唐小天舔舔嘴角，有些紧张地说："雅望，要不你今天别上班了吧。"

舒雅望摸摸鼻子道："好像不行耶。"

唐小天红了脸，很是失望地瞅着她。

舒雅望一脸为难地道："单位好多事等着我做呢。"

"哦。"唐小天抿了抿嘴巴，继续开车。

舒雅望打开车子里的收音机，音乐从音响里流淌出来，她跟着调子很开心地唱："天空总是蓝蓝的，心情总是快乐的，知道我在你心里，哦哦……"

唐小天脸上又露出笑容，脚跟着调子打着节拍，偶尔也跟着哼两句，心情又跟着飞扬起来，望着远处的天空，真的觉得天好蓝好蓝，空气好新鲜好新鲜，舒雅望好可爱好可爱。

车子开到公司楼下，缓缓停下，舒雅望打开窗户，抬头望着自己工作的写字楼说："啊啊，真不想上班啊。"

唐小天很顺地接口："那别去啦。"

舒雅望笑笑，望着车窗外说："工作很累，又很枯燥，可是呢，一直做着做着，渐渐地我又发现，工作是件很有意思的事，小天，你知道那棵叫什么树吗？"

舒雅望指着马路绿化带上的一棵绿色的像是小松树的苗木问。唐小天摇摇头。

"那是龙柏。"舒雅望指着绿化带上别的苗木一一介绍道，"冬青、紫薇、五角枫，那边的是最常见的蜀桧和红叶石楠……"

舒雅望低头笑："原来我也和你一样，一种也不认识，可到这里上班之后，每种我都认识了，还知道怎么用它们装扮我们的城市，怎么用它们保护我们的环境，很厉害是不是？"

舒雅望拉过唐小天的手，放在手中轻轻玩把着："小的时候，我很羡慕你，因为你总是有很明确的目标，知道自己喜欢什么，想干什么，未来会变成什么样。我很喜欢这样的你，也特别希望自己可以变成你那样。"

唐小天深深地看着她，反握住她的手。

舒雅望笑了一下，抿抿嘴唇继续道："我啊，很喜欢这份工作呢。我希望将来有一天，可以用自己的设计，建造一个像天堂一样美丽的地方。"舒雅望低下头，有些不好意思地问，"是不是很梦幻很不切实际的梦想？"

"不。"唐小天伸手搂住舒雅望，下巴轻轻地靠在她的头顶，手指轻轻地揉着她柔顺的长发，用好听的声音说，"这是很棒的梦想。加油，总有一天会实现的。"

"嗯。到时候你一定要和我一起去看。"舒雅望低下头来，笑得温柔，轻轻地道，"因为，有你在的地方，才是天堂."

"有你的地方，才是天堂。"唐小天轻轻地念着这句话，一边开车，一边摸着嘴唇傻傻地笑。

想着想着抿抿嘴唇，又忍不住笑出来。车内还不停地循环放着舒雅望刚才放的歌，他望着窗外，忽然觉得车子里的空调好热，按开窗户，冰冷的空气灌进车内，他还是一点也不觉得冷。风将他的衣领吹得上下翻飞，唐小天抿着嘴唇，一边笑着一边开着车，开着开着，忽然掉转车头，原路返回，回到舒雅望公司的楼下，坐在车子里，抬头望着舒雅望的办公室。他知道他看不见她，可他就是不想走，就是想待在离她比较近的地方。

他可以想象她低头认真画图的样子，他可以想象她抱着资料在办公室行走的样子，他可以想象她捧着马克杯，坐在转椅上，摇摇晃晃喝水的样子，他可以想象她微笑着和同事说话的样子。

他不觉得无聊，也不觉得时间漫长，好像就这样静静地等着她，也是一种幸福。

就在这时，唐小天看见舒雅望急急忙忙地从办公楼里冲出来，跑到马路边准备打出租车。

唐小天将头伸出车外叫她："雅望。"

舒雅望回过头来，先有些惊讶，然后快步跑过来问："你怎么还在这儿啊？"

唐小天有些窘迫地道："我……我刚才掉东西了，回来找找。"

"开车还能掉东西啊。"

唐小天嘟嚷着点头，然后问："你干吗呢？"

"啊！对。"舒雅望连忙打开副驾驶座的车门道，"走，送我去市一中。"

唐小天一边发动车子一边问："怎么了？"

舒雅望一脸气愤地说："夏木的老师打电话来，说他在学校和人打架。"

唐小天看了一眼气到冒火的舒雅望接口道："夏木这孩子的性格是不讨喜，容易招人排挤。"

舒雅望扬扬拳头说："不讨喜？怎么不讨喜了？"

唐小天点头："唔……不，我觉得挺可爱的。"

车子很快就开到市一中，舒雅望下了车，看着熟悉的校园，道路两边的法国梧桐好像完全没有变化一样，花圃里的花好像也还是年少时开的那一朵。舒雅望看着学校门口的道路，感叹地说："好像昨天还骑车上学一样。"

"是啊。"唐小天站在她边上，和她看着同样的方向，他还清楚地记得上学路上那暗暗的天色，冷冷的寒风，以及装在书包里暖暖的豆浆。

唐小天道："不知道高老师还在不在学校。"

"还在，上次张靖宇还见着了呢。"

"是吗？"

舒雅望看着唐小天一脸想去见老师的样子，伸手推他一把道："你去见见呗，我先去看看夏木，一会儿去找你。"

唐小天犹豫了一下，点头道："好。"

舒雅望朝唐小天挥挥手，快步走到高二教学楼，熟悉的地形让她一下就找到老师的办公室。

敲门走进去，只见右边坐着三个像是家长一样的妇女，中间有一个年轻的老师坐在那儿，左边站着夏木和三个男孩，舒雅望的目光在夏木身上定住，只见夏木嘴角破了，眼角发紫，白色的羽绒服上全是黑黑的污渍。

舒雅望越看越气，脸色冷了下来。简直不可原谅，夏木可是他们舒家捧在手里的宝贝，别说打了，她就是大声和他说话，舒爸都会给她"板栗"吃！

可是在学校，居然有人敢把他这张俊美的脸打得青青紫紫的！

年轻的女老师走过来问："你是夏木的？"

舒雅望一边从口袋里拿出餐巾纸，帮夏木将脸上的泥土擦掉，一边答道："我是他姐姐。"

她说完这句话的时候，夏木冷着脸将头别了过去，不让她擦。

舒雅望生气地将他的头又转过来："别动！"

看着嘴角上青掉的一大块，舒雅望怒了，转头瞪着那三个男孩。老师伸出手指拍了拍她的肩："那个……夏小姐。"

舒雅望回头瞪眼："我姓舒。"

"那个……舒小姐，我想，你误会了。"老师弱弱地笑道，"我叫您来，不是因为他们打了夏木，而是因为，夏木打了他们。"

老师刚说完，就见三个家长站出来，掀开自己孩子的衣服给舒雅望看："你看你弟弟把我家孩子打成什么样了！"

"你看看，我家儿子脑袋都给打破了。"

"你看我家孩子，骨头都断了！"

"笑话，"舒雅望眼一抬，拉过夏木说，"我弟弟的脸也给打花了啊。"

舒雅望怒指着他们的手还在空中，一脸愤怒的表情僵在脸上，四个少年一脸委屈地看着她，一个长得很帅气的少年叫道："明明是他打了我们，我们也受伤了，还伤得更重。"

年轻女老师对着手指，呵呵笑道："对不起对不起，老师误会你们了。"

"你们有受伤吗？"舒雅望对着他们上看看下看看，根本没事嘛。

那个帅气的少年脱着衣服叫："给她看！"

于是两个男生开始脱上衣，一个男生开始脱裤子，年轻女老师脸红地站在一边说："他们真的伤得比较重。"

"是吗？"舒雅望双手环胸，一脸淡定地继续看着三个少年脱衣服，"给我看呀。"

三个少年手一直没停，眼见那个帅气的少年就要把上衣脱光，舒雅望眼前忽然一黑，一只手挡住她的视线，夏木在她身后低声说："是我打他们。"

"好，他承认了。"帅气少年叫道，"老师，你就知道偏爱夏木，一看他受伤就说是我们打他。"

年轻女老师一副我错了的表情，傻傻地笑："因为他伤在脸上啊。"

帅气少年气呼呼地说："他最阴险了，专挑看不见的地方打！"

舒雅望把夏木的手握在手里，在心里暗笑，是你们自己笨，还怪夏木聪明？打人不打脸的道理也不懂？

"那个……夏小姐。"

"我姓舒。"这老师看着怎么这么笨啊。

"啊，抱歉，舒小姐。"老师抱歉地笑笑，"那个……夏木同学打人，按照校规……"

舒雅望一摆手："打人？他们四个人，夏木一个人，怎么看也是夏木吃亏，我都不计较他们以多欺少了，老师还想处罚我们夏木？要处罚也是五个人一起处罚才对吧？"

"对……应该一起处罚。"

"老师！"四个男生一起吼，"为什么处罚我们？"

可怜的老师无措地对手指："因为你们打架……"

"老师，你刚大学毕业吧？"舒雅望肯定地问。

"对啊。"

舒雅望叹气，拉着年轻老师走到一边，在她的耳边嘀咕了半天，只见老师的表情先是惊讶后是难过，最后两只眼睛红红的，眼泪都要掉出来的样子。

"我这样说，你懂的吧？"

老师点点头，一脸同情地望着夏木说："夏木啊，你先回家吧，要好好听你姐姐的话哦。"

夏木皱眉望着舒雅望，舒雅望对他眨眨眼睛。

帅气的少年大叫："老师！"

"乖啦，乖啦，老师请你们吃午饭好不好？"

"不行！"

舒雅望不管身后四个少年不满的大叫声，拽着夏木走出办公室。

舒雅望回头看了一眼办公室里的老师笑："你们老师挺可爱的嘛。"

夏木冷淡地接口道："傻傻的。"

舒雅望使劲点头笑道："哈哈，我也觉得。"

夏木双手插在裤子口袋里，低着头跟在舒雅望后面走，走了一会儿，到了楼下，他忽然停住问："你和老师说了什么？"

舒雅望停住脚步，转身望着他笑："就编了个身世凄惨的少年处处被人欺负却又自强不息的故事给她听啊，没想到她真的相信了！"

夏木瞥了她一眼道："你就会欺负老实人。"

舒雅望看着他不说话。

夏木扭过头问："看什么？"

舒雅望笑："你终于和我讲话啦。"

夏木哼了一声，低头道："明明是你不理我。"

"我什么时候不理你了？"舒雅望委屈。

夏木点头："你是没时间理我。"

舒雅望挑眉笑道："哈，原来是吃醋了。"

夏木瞪她一眼，快步往学校门口走。

舒雅望追了过去，笑嘻嘻地跟在后面说："抱歉啊，我心有所属啦，不能答应你啦。你要是喜欢姐姐型的，我觉得你的老师很不错啊，又可爱又好骗，长得也很好看嘛……"

夏木停住脚步，冷冷地看着舒雅望。

舒雅望被他的目光冻住，舔舔嘴角讷讷地闭上嘴。

夏木双手紧紧握拳，盯着她说："舒雅望，你比我们老师还白痴。"

舒雅望瞬间像是被戳破的皮球一般，泄气地垂下双肩。

夏木看着她，刚想再说什么，可眼角瞥见不远处走来的人影，硬生生地扭过头。

唐小天笑着走过来问："没事吧，夏木？"

夏木摇摇头，冷声道："没事。"

唐小天看了一眼夏木脸上的伤道："打架我最拿手，回去教你几招。"

夏木抬头淡漠地看着他："你认为我需要吗？"

唐小天有些尴尬，一阵无语。

夏木确实不需要他教，光是他爷爷的警卫员就有好几个是一等一的高手。

舒雅望皱眉："夏木。"

夏木没看她，直接转身走了。

舒雅望看着他的背影叹气，唐小天无奈地笑笑："他还是那么讨厌我。"

舒雅望很不好意思地看着他点头："确实不是很喜欢你。"

唐小天为难地笑笑："可是你爸爸喜欢他。"

舒雅望点头："那是相当喜欢，比喜欢我还喜欢。"

唐小天将手插进口袋，浅笑地继续说："你也喜欢他。"

舒雅望呆住。

唐小天低头笑："所以我也得喜欢。"

舒雅望愣了愣，伸手牵住唐小天的手，靠近他说："啊，真是好姐夫啊。"

两人对望一眼，相视一笑。

有唐小天在的日子，舒雅望总觉得生活像是跳跃的音符一般快乐地前进着，上班、下班，和朋友聚会，两人出双入对，羡煞旁人。

其中最羡慕的就是宵雪和张靖宇。张靖宇每天哀怨地瞪着唐小天，说他不够兄弟，都幸福几十年了还想不到给兄弟介绍个女朋友；而宵雪每天看见唐小天无比殷勤地接送，就会一脸哀怨地盯着舒雅望。

舒雅望觉得这两个家伙每天在身边转得烦人，干脆就介绍两人认识，想把他们凑成一对算了，可没想到，这两人还真看对眼了，用宵雪的那句话说就是："在我见到他的那刻，终于明白了什么叫一见钟情。"

用张靖宇的话说就是："丫啊丫的！终于啊！"

这两人肉麻起来那就和演电视一样，张靖宇每天带着一朵玫瑰等在宵雪公司楼下，每每碰见来接舒雅望的唐小天，就会得瑟地走过去："兄弟，今天来得真早啊。"

唐小天看着他那春风得意的样子，总是忍不住笑着点头："你也不晚。"

然后两个大男人就会靠着唐小天的吉普车，吹着冷风，抽着烟，聊着家国天下，等着女朋友下班。

舒雅望每次看见这情景，总是忍不住想大笑一番。

张靖宇就会敲她的脑袋，瞪着她问："笑什么笑。"

舒雅望继续笑："你拿着玫瑰的样子，是多么可笑。"

张靖宇不理会她的取笑，拿着玫瑰飘到宵雪面前将花奉上，宵雪总是扭一下，很不好意思地将花接过，小声说："下次别带花来了，怪难为情的。"

"不！"张靖宇一脸坚持地说，"我要送，每天一朵，送满九万九千九百九十九朵！"

宵雪感动地望他："靖宇。"

张静宇深情地回望："小雪。"

然后两人用力地深情拥抱在一起，还使劲摆啊摆的。

舒雅望搓着手臂上的鸡皮疙瘩，摇摇头拉着唐小天道："我们走，让他们继续演电视。"

唐小天总是笑着点头："蛮好的，蛮好。"

舒雅望见他笑，忍不住也回头看一眼，只见张靖宇贼兮兮地对着她比了一个V字，一脸幸福的贱样。

舒雅望轻笑道："看他那得意样儿，回头找他要媒人红包去。"

唐小天笑着点头，牵着舒雅望的手，两人坐进了车里。唐小天没有马上开车，他将右手伸进口袋里，抿了下嘴唇，有些紧张地说："今年春节，我想我们两家合在一起吃年夜饭，也好让我们父母都见一见。"

舒雅望不解地转头看他："他们不是一直都在见吗？"

两家住得这么近，舒妈妈和唐妈妈经常一起去买菜逛街，舒爸爸和唐爸爸天天在军部见面。

唐小天摸摸鼻子说："确实一直在见，只是这次我想他们见得隆重点。你懂我的意思吧？"

舒雅望眼神一闪，笑得有些贼："我不懂。"

唐小天腼腆地咬着嘴唇笑："你就装好了。"

"我真不懂。"说完还很用力地看他一眼，表示她真的真的不懂。

唐小天瞪她一眼，伸出左手抓过舒雅望的左手，将一直插在口袋里的右手拿出来。舒雅望盯着他看，只见他用极其缓慢的速度将一枚戒指轻轻地戴在她的无名指上。白金的戒指触碰着皮肤，一点一点地套下去，微微的凉意让舒雅望的心有些颤抖，当戒指完全套下去之后，他凑过来，浅浅地吻着她，舒雅望没动，静静地闭上眼睛，手和他的手紧紧交握着，感觉着他的气息，感觉他的唇在她的唇上轻轻辗转，这是一个很美妙的吻，没有过多情欲，像是誓言一般，温柔地、亲昵地印在一起。

一路上，舒雅望都将戴着戒指的手放在窗边，看着火红的夕阳照在戒指上，戒指上的小钻石闪着耀眼的十字光芒，舒雅望的嘴角一点一点地翘起，直到笑容不能再扩大之后，又使劲地将笑容收回去，然后又一点一点地翘起……

春节除夕夜，两家人在S市的顶级饭店开了个包厢，一起吃了年夜饭，对于舒雅望和唐小天的事，两家人也是乐见其成，婚就这么订了下来。

唐妈妈连日子都选好了，就在舒雅望二十五岁生日那天，她说那天是黄道吉日，最宜嫁娶。

舒雅望偷偷在桌子下面牵了唐小天的手，唐小天紧紧地握了握她，她低头轻笑，一脸娴静温雅。

那之后，没到情人节，唐小天就开学了，唐小天托张靖宇送了舒雅望一大把玫瑰和巧克力，张靖宇在电话里得意地笑："我多拉风啊，一手一把玫瑰等在写字楼下面，左边一个美女接过花笑得和花一样美，右边一个美女接过花也笑得和花一样美，你都不知道，路边的那些光棍多嫉妒我。"

唐小天在电话那头轻轻地笑，然后说了声："谢谢。"

张靖宇收回那不着四六的调调，用很正经的语气道："客气个毛啊。"

过了一会儿，张靖宇又说："小天，我特喜欢你和雅望在一起，光在一边看着就觉得很幸福。"

唐小天笑："你现在不也很幸福嘛。"

"那是，我家小雪可比雅望温柔可爱多了……"

唐小天抬头，望着夜空，微笑着听着张靖宇的絮絮叨叨。

日子平静如水地过着，唐小天还是一天一封信，舒雅望也总是在办公闲暇的时候给他回信，偶尔一个电话，说上多久都舍不得挂。

两人都等待着，能长相厮守的那天……

年后，公司承接的公路绿化工程结束，程总和几家承包商的老总们在S市的大酒楼办了一个竣工酒会，程总很大方地在办公室说："大家都可以带伴儿来啊，都辛苦了，好好吃，好好玩。"

宵雪给张靖宇打了电话，让他过来玩，张靖宇在电话里满口答应。

宵雪挂了电话，有些不好意思地望着舒雅望："雅望，你要不要叫个朋友来啊？我们辛苦了这么久，老板好不容易请吃一次饭，怎么也得吃回来啊。"

舒雅望转了转手中的画笔点头："说得对，不能吃亏了。"

可是叫谁呢？

舒雅望翻了翻电话本，这才发现，自己的朋友真是少得可怜，在手机里翻了两三遍，还是找不到一个能和她一起去酒会的人。

她合上手机，嘟着嘴趴在桌子上郁闷，过了一会儿，又翻开手机，翻到电话簿，看着夏木的号码，忍不住叹了一口气，右手忍不住摸上脖子上的项链，咬牙拨通了他的号码。

手机响了很多下都没人接听。

没带手机吗？还是……不想接？

舒雅望又等了一会儿，最后还是将手机盖合上。

算了，自己去吧。

她一个人也是很能吃的。

专挑贵的吃！

公司酒会七点开始，舒雅望在公司待到六点，就和宵雪一起坐了张靖宇的车子过去，今天张靖宇居然还穿上了合身的白色西装。男人穿西装，就像女人穿超短裙一样，总是吸引着异性的眼球，张靖宇本来就不丑，加上一米八的个子，收起他平时吊儿郎当的样子，居然有一种成熟稳重的味道。

舒雅望瞅了瞅他取笑道："怎么打扮得和新郎一样？"

张靖宇臭屁地摸摸头发："帅吧？"

宵雪在一边使劲地点头："嗯！嗯！帅！"

舒雅望嗤笑："够衰。"

张靖宇伸手敲她，舒雅望笑着躲过，三人玩闹着进了酒店。酒会在二楼，是自助餐式的，一边是各种美食的选餐区，一边是用长桌拼起来的一排排就餐区。餐厅里放着熟悉的流行歌曲，舒雅望他们去的时候，已经有人端着盘子在吃东西了。

"快走，快走，不然好吃的都给挑完了。"宵雪连忙选了一个位子将包放下，一边拉着张靖宇，一边回头道，"雅望，你看东西，我们去给你端好吃的回来。"

舒雅望点点头，选了一个位子坐下，没过一会儿，他们两人就一人端着两大盘子吃的回来了，宵雪一边坐下一边使唤张靖宇去把饮料端来，张靖宇好脾气地将东西放下，又回去端饮料。就在这时，右边的十几桌人纷纷站起来，众人转头看去，只见海德实业的老总带着曲蔚然笑容满面地走进来。海德实业的老总一边往前走，一边对着自己的员工说："都坐，坐下吃。"

宵雪夹了一根凉拌海蜇一边吃着一边凑近舒雅望说："啧，曲蔚然这个私生子终于要转正了。"

舒雅望问："私生子？"

宵雪小声说："对啊，我听海德实业的人说啊，他们老总本来还有一个大老婆生的儿子，两年前跑去登山探险，结果在雪山上……后来曲蔚然就出现了，直升为他们项目部总经理。"

"哦。"舒雅望点头，怪不得他刚毕业就升得这么快，"这样啊，姓曲的运气还真好。"

宵雪点头："是啊，海德实业好歹也有几十亿资产啊，就这么便宜他了。"

舒雅望抬头看了一眼曲蔚然，今天的他穿着一身黑色西装，打着金色的领带，无框眼镜架在挺俊的鼻梁上，那双总是带着玩味笑容的眼睛被镜片挡住，一脸温柔的笑容让人顿生好感，若不知道他本性的女孩，定能被他迷得神魂颠倒。

曲蔚然一眼就在人群中找到了舒雅望，他望着她微微颔首微笑，优雅得像个贵族。

舒雅望别过脸不看他，忍不住骂道："斯文败类。"

张靖宇刚好端着三杯饮料回来，一脸无辜地问："你干吗又骂我？"

舒雅望无语地看他："你也太对号入座了吧。"

宵雪捂着嘴笑："确实是斯文败类，他前阵子不知道得罪了谁，被人打得住院，听说肋骨断了好几根呢。"

"哦？真的吗？"舒雅望开心地问。

"是啊。"

"你们在说谁啊？"一直不能进入状况的张靖宇插话问。

"他。"宵雪指了指曲蔚然。

张靖宇回头一瞟，一脸了然："哦，他哦！"

舒雅望问："你认识？"

张靖宇神秘兮兮地笑道："见过一次。"

舒雅望问："什么时候？"

张靖宇摇着手指道："秘密啊秘密。"

宵雪敲了一下桌子："说。"

"其实，事情是这样的……"张靖宇脱了西装外套，将白衬衫的袖子挽了挽，又变得和平时一样，他一边吃一边说，"就是好久之前的一天晚上，是几号来着？忘记了，反正那天晚上我和兄弟们唱完歌出来，就看见那男人在骚扰雅望，我刚想上去帮忙来着，夏木那小子就来了，然后你们走以后，我就见这男的还一副意犹未尽想继续纠缠的样子，我那天正好喝多了，就叫兄弟们上去揍他，结果被他揍了。"

张靖宇说着，郁闷地瞪眼。宵雪问："你们几个人啊？"

张靖宇伸出五根手指："三男两女。那两个女的太不够意思了，见我们被揍了，还一副他好帅的样子。我那两个兄弟当天晚上就和她们分手了。"

舒雅望鄙视道："真没用。"

张靖宇辩驳道："人家可是当兵练过的，我们普通人本来就不是对手，早知道我也和小天去当兵了，男人就是该当兵。"

宵雪问："后来呢？"

张靖宇喝了一口酒继续说："后来我就告诉小天了。"说完用明白了吧的眼神看看她们俩。宵雪和舒雅望点点头，都明白了曲蔚然那几根肋骨是怎么断的了。

舒雅望又看了一眼曲蔚然，忽然觉得有些好笑，怪不得小天在的那些日子，他就像是人间蒸发了一样。

三人又继续聊着，宵雪忽然指着对面那桌女孩的酒杯问："她喝的什么？"

张靖宇瞟了一眼道："香槟。"

"我也要。"

"雅望要吗？"

"要。"

张靖宇又站起来，走到选餐区，曲蔚然也站在拿香槟的餐桌前。餐桌上的香槟被人拿得只剩下五杯，曲蔚然让到一边，微笑着说："你先请。"

张靖宇瞟他一眼，也不客气，端了两杯香槟就走，却没有注意到，曲蔚然低头的瞬间，嘴角扬起的邪恶笑容。

张靖宇回到座位上，宵雪捧过杯子喝了好几大口，笑容满面地道："好喝，比果汁好喝。"

张靖宇连忙拉住她的手道："香槟不能喝这么猛，要醉的。"

宵雪眯着眼看他："那就醉好了。"

张靖宇如此厚脸皮的人脸居然唰唰地红了："小雪！"

"靖宇！"

两人抱抱抱，使劲抱……

这两人真是肉麻，舒雅望摇摇头，站起身来，受不了地道："我去拿点吃的，你们继续演电视。"

她拿了个干净的碟子，悠闲地走在就餐区，看着一排排食物，忽然不知道要吃什么好，扫视了一番，目光被不远处的蛋挞吸引住，金黄酥脆的模样，看着很好吃的样子。

　　舒雅望走过去，刚准备拿去菜夹，夹子就被一只修长的大手拿起，舒雅望转头望去，只见曲蔚然优雅地低着头，温温笑着，很绅士地夹起一个蛋挞放在舒雅望的盘子里："请用。"

　　舒雅望一愣，僵硬地点点头："谢谢。"

　　道完谢，舒雅望郁闷地咬了下唇，真是恨死了从小养成的礼貌习惯。

　　曲蔚然好像心情很好的样子，看着舒雅望像是见到好久不见的老朋友一样问："最近过得好吗？"

　　舒雅望道："没有你的日子，我过得非常好。"

　　曲蔚然调笑道："你是在提醒我去找你吗？"

　　"你！"舒雅望狠狠地瞪他一眼。

　　"可是怎么办呢？我对你已经没兴趣了。"曲蔚然双手背在身后，一脸玩味的笑容。

　　"我听到你这句话，简直比中了五百万大奖还开心。"

　　曲蔚然低头笑，余光不经意地看见了她无名指上的钻戒，阴暗的眼神在眼镜背后闪了闪，再抬头，又笑得一脸温雅："很漂亮的戒指，小天送的吗？"

　　舒雅望点头："对啊，我们订婚了。"

　　曲蔚然眯起眼睛，祝福道："恭喜你们。"

　　"谢谢。"舒雅望礼貌地点了下头，不再停留，转身离开，可她走了两步，似乎听见曲蔚然在她身后说了一句什么。

　　舒雅望还没回到座位上，就见张靖宇正扶着宵雪，舒雅望走过去问："怎么了？"

　　张靖宇脸一红，有些不好意思地说："真醉了。"

"哦！"舒雅望贱贱地笑了一下，挑挑眉。

张靖宇不理她，揉揉鼻子问："那我先送她回去了，一会儿要我来接你吗？"

舒雅望轻笑着摇摇头："不用啦，你好好照顾她吧。"

张靖宇使劲点点头："那我走了，你早点回去，真是的，什么酒量，一杯就醉，真是的，真是的……"

舒雅望鄙视地摇摇头道："快把你那一摇一摇的狼尾巴收起来吧，真是看不下去了。"

张靖宇嘿嘿地傻笑两声，背着宵雪走了。

舒雅望一个人回到座位上，望着一桌子没吃完的食物，挑挑眉，拿起叉子开吃，不时有同事带着朋友过来和她打招呼，舒雅望对他们点头微笑，轻轻碰杯，喝着手里的香槟，她并不觉得香槟能有多醉人，喝起来比果汁还美味，宵雪那是典型的酒不醉人人自醉。

八点的时候，手机在口袋里响了起来，是夏木。

舒雅望接起来。

夏木在电话里问："你找我？"

"嗯，本来想晚上叫你一起吃饭的，不过……"看了一眼桌上的冷饭残羹，舒雅望笑道，"现在已经吃完了。"

"哦。"夏木的声音里听不出一丝情绪，他问，"我让郑叔去接你？"

舒雅望摇头："不用了，时间还早，我自己回去。"

"嗯。"夏木应了一声又不说话了。

舒雅望等了一会儿，然后说："那我挂了。"

夏木没说话，在电话那头沉默着。舒雅望等了一会儿，正想挂电话，却忽然听见他说："雅望，我想你。"

舒雅望的心微微一颤，握紧手机，有些不知所措地问："我们，我们不是经常见面吗？"

夏木说："那不一样。"

"夏木？"

"我觉得你离我好远，真的好远。"夏木的语调还是那样淡淡的，只是，舒雅望从这淡淡的声音里，好像看见了他在他的小房间里，没有开灯，窗外的夜色正浓，他坐在床上，单手松松地抱着膝盖，靠着墙壁，低着头，长长的刘海遮住空洞的眼睛，手机微弱的灯光让他那张精致的脸更加幽暗。

舒雅望低下头来，抿了抿嘴唇，鼻子有些发酸，她紧紧皱眉，然后说："是的，我们离得很远。"

电话那边一阵沉默。

舒雅望说："夏木啊，别再想着我了，没可能的。"

舒雅望轻轻将手机合上，端起桌上的香槟，仰头，一口饮尽，心里微微有些抽痛，

有些事，她刻意不去想起，有些事，她刻意让自己忘记，让自己淡化，比如那个夜晚，那个紧紧的拥抱，那个不愿意放手的孩子，那些深深的爱语，那些不小心也不该发生的事，她用力去忘，于是她就好像真的忘了一样。

好像只要忘了，他们就能回到原来的位置，好像忘了，他就不曾喜欢过她。

很多年前，当父亲痛心地告诉她夏木的故事后，她就决定要好好照顾他；很多年前，当夏木对她说"我爸爸也经常说我是他的骄傲，我妈妈也经常为我哭泣"的时候，她就决定，她要当他的亲人，给他最多的疼爱。

可是……最终为什么会变成这样？

为什么，她必须得伤害他呢？

舒雅望呆呆地在位子上坐着，她觉得心里涩涩的，喉咙里泛出一丝丝苦味，头还有些昏。舒雅望使劲摇了摇头，扶着额头想，奇怪，

自己明明只喝了一杯酒啊，凭她的酒量，居然醉了？

舒雅望忽然有些不好的预感，她慌忙站起来，头却晕得连重心都稳不住，身子直直地向前跌去。忽然右手被人紧紧抓住，那人的力气很大，猛地将她向后一扯，她撞进了他怀里，闻到一阵好闻的男士香水味。

她轻轻地抬起头来，吊顶上的水晶灯射得她微微眯起眼睛，在刺眼的彩色灯光中，她看清了男人的面容，俊雅却透着一丝邪气。他的嘴角带着关心的笑容，扶着她的手臂，轻声问："雅望啊，喝醉了吗？"那人从喉咙里发出低哑的声音，他的脸上有着奸计得逞的笑容。

舒雅望猛然顿悟："你……你对我做了什么？"

曲蔚然弯下腰来，很亲昵地抱住她，嘴唇贴着她的耳根暧昧地说："也没做什么，只是在那个男人拿酒之前就在你们的酒杯里加了一点点东西。"

"滚开！"舒雅望暴怒地挣扎着，怪不得宵雪只喝了一杯香槟就醉了，怪不得自己也……

"你说，我会滚吗？"曲蔚然一脸深情地将她紧紧抱在怀里说，"雅望啊，我刚才就说了，你们不会结婚的，我不会让你们结婚。"抬手，微笑着将一张信用卡递给身边的服务员说，"我女朋友喝多了，麻烦你帮我开个房间。"

舒雅望心里猛地一惊，挣扎着刚想说话，可胸腔里却一阵反胃，张开嘴差点吐出来。

服务员接过卡，看着曲蔚然优雅从容的样子，没有多怀疑，点头道："好的，先生，您稍等。"

"你放开我。"舒雅望推拒了两下却推不开，也不知曲蔚然到底给她下了什么药，胃里一阵翻涌，居然吐了出来，抱着她的曲蔚然被吐得一身都是。

曲蔚然皱了皱眉，将舒雅望拉远了一些，舒雅望还在一直吐，服务员折返的时候，刚好看见这一幕。

服务员连忙将房卡交给曲蔚然，让他在消费单上签字后找人来收拾地板。

曲蔚然一把将已经有些昏迷的舒雅望抱起来，走进电梯。电梯的上升感让舒雅望难受得又吐了出来，曲蔚然皱紧眉头，屏住呼吸，将她抱进房间，关上房门。他打开卫生间的门，直接将她扔进大大的浴缸里，她被扔得一阵眩晕。他将莲蓬头打开，冰冷的水洒下来，冷得舒雅望尖叫一声，瞬间清醒了不少，双手扒着浴缸的边缘想要爬出来，却被曲蔚然单手推了下去。

"你干什么！"舒雅望冷得发抖，害怕地看着他。

曲蔚然摘下眼镜，目光邪恶地看着她："把你洗洗干净，然后吃掉。"

舒雅望不再费劲和他说话，双手并用使劲地想要爬出浴缸，曲蔚然却像是享受着她的挣扎一样，笑着看她，悠闲地一颗一颗地解着西装外套的扣子，潇洒地将外套往地上一扔，腾出一只手将舒雅望按下去，另一只手将自己金色的领带扯下来，强硬地将她不停挣扎的双手绑住固定在莲蓬头的细管上。

"不要！"舒雅望用力地挣扎着，莲蓬头的金属细管被她摇得撞击着墙面发出刺耳的声音。这时，水已经温热，热气腾腾地冒起来，他弯下腰去解开舒雅望的外套，将她的上衣拉了起来，精致的胸衣包裹女性妙曼的身体，曲蔚然受不住诱惑，伸出手去……

舒雅望的眼睛猛然睁大，哭了出来："住手！住手！"

曲蔚然笑了一下，邪恶地弯下腰来，亲吻着她的耳垂说："还没开始就哭了，不会……小天回来这么久，还没碰过你？"

舒雅望哭着挣扎："放开我！放开！"

曲蔚然笑了，一脸很愉快的笑容："看来，真的没碰过。"

　　舒雅望狠狠地瞪着他："曲蔚然！你要是敢碰我，我不会放过你的！绝对！"

　　"不放过我？怎么不放过我？叫小天再回来打我一顿？还是叫你爸爸枪毙了我？你现在就嘴硬好了，一会儿可别求我饶了你！"

　　说完他站了起来。她听见皮带和拉锁的声音，她害怕而绝望地颤抖。他褪下她的裤子，她哭着后退，却退无可退。

　　"救命啊！救命啊！"她惊恐地失声尖叫起来。

　　"谁也救不了你！"他吻上她，残酷地宣告，"我想要的女人，没有得不到的，你也一样！"他强硬地掰开她紧并的双腿，伏上身去，"雅望啊，今夜才刚刚开始……"

　　温水随着他的动作不停地从浴缸里面溢出，水珠敲打在地面上发出破碎的声音。

　　浴室里，女人细碎的哭泣声和求饶声渐渐微弱，只余下男人沉闷的呻吟。

　　过了很久很久之后，那声音才渐渐停歇……

　　深夜，舒雅望蜷缩在酒店的大床上，她紧紧地抱着自己，眼睛一眨不眨地盯着墙面，她很冷，很疼，很害怕。

　　身边的男人搂着她的细腰，埋首在她柔软的长发中，睡得香甜。她忽然看到自己的挎包，眼神一闪，她轻轻地拿开男人的手臂，吃力地爬起来，她的脚落在地上，微微地发颤。

　　她努力地走到挎包前面，蹲下身来，拉开拉链，从里面摸出一把红色的美工刀，这是她工作时的必备物品，她总是喜欢将它放在包里，方便自己可以随手拿到。

　　她冷冷地转头看着床上的男人，轻轻地推出刀刃，一步一步地走到床边，房间里幽暗得连一丝光亮也没有，正如她充满恨意的眼睛，她要杀了他，将他加在她身上的耻辱与疼痛加倍地奉还！

她的刀轻轻地靠近他的脖颈，她的双手紧紧握住刀柄，她的身子轻轻颤抖，但她没有退却，她要杀了他，哪怕她将付出更大的代价！

手高高地扬起，刀刃闪着冰冷的银光，躺着的人忽然睁开眼睛，伸出手来，一把抓住她细瘦的手腕，可刀刃还是刺破了他脖颈上的皮肤，鲜血缓缓地从伤口流出来。他轻轻皱眉，用力将她向下一拉，她倒在他的身上，他翻身将她压到身下，抓住她的手腕用力一捏，手中的美工刀落了下来。他拿起刀，看了一眼锋利的刀刃，转眼深沉地看着她，鲜血从他的脖子上流下来，落在她的眼角，像红色的泪水一般缓缓滑落。

曲蔚然伸手很温柔地将她的脸擦拭干净，当他的手碰上她的时候，她惊恐地颤抖着。他眼神一冷，淡淡地说："我以为你下不了手。"

"下不了手？"舒雅望仇恨地看着他，"我恨不得将你碎尸万段。"

曲蔚然将刀向后一甩，摸了摸脖子上的伤口，很浅，对他来说，毫无大碍，他忽然笑了，一脸讨好地抱着她说："你看，你也让我出血了。"说完暧昧地轻吻着舒雅望的脸颊，"我们俩扯平了。"

"你放开我。"舒雅望颤抖地挣扎着，这样的姿势，让她很害怕。

"雅望啊……"曲蔚然动情地轻吻着她的眉眼，她的嘴角，就像亲吻着他最爱的人，"我对你负责好不好？嗯？我娶你。"

舒雅望的双手使劲捶打着他："你去死！你去死！"

她的拒绝似乎惹怒了曲蔚然，他邪恶地看着她说："居然还有力气打我，那更应该有力气陪我才对。"

他低下头来，将她不停捶打他的双手按住，用嘴唇蹭开她的浴衣，舌头在她身上游走着。

舒雅望眼里的泪水瞬间聚集决堤："我会告你的！我一定会告

你！"

"你告好了，我不怕。"

曲蔚然享受着这场性爱带来的快感，他不得不承认，她的身体让他着迷。

而她的喉咙已经哭到沙哑，她的嘴唇被自己咬破，她握紧的双手慢慢松开，就连漂亮的眼睛也慢慢失去神采⋯⋯

她的人生、她的幸福，似乎在这一刻轰然倒塌，像彩色的肥皂泡泡一样，一个一个地飘浮到空中，然后轻易地在她眼前破碎了。

第十一章

雅望，别哭

舒雅望靠着房门缓缓蹲下来，咬着嘴唇，
捂住耳朵，痛苦地张大嘴巴，想大喊想大叫，
却又不能发出声音来。

第二天中午，舒雅望虚弱地从酒店走出来，曲蔚然优雅地走在她后面，他又穿回了那套体面的西装，戴上无框眼镜，恢复了温文尔雅的模样。

曲蔚然弯腰，靠在出租车的窗边，温柔地望着她："想要我负责的话，随时找我，要告我的话，我也等着你。"

司机的眼里闪过一丝了然，舒雅望冷着脸道："开车。"

舒雅望一路呆滞地坐着，她没有哭，只是眼神空洞地看着前方，很茫然，很茫然……

她知道自己要去告他，她不能放过他，她一定要去告他，一定要！

可是她真的好累，全身都好痛，她想回家，想回家，可为什么，就连回家的路也变得这么远？

一直到司机提醒她到了，她才如梦初醒。下了车，望着军区大院的大门，她忽然有一种恍如隔世的错觉。

大院的路还是那一条，她从这里经过无数次，她忽然想起，她从这条路走过时的情景，很多很多的情节充斥在脑子里。小时候，她在前面跑着，唐小天在后面追着，小小的她，和小小的他，一脸天真地笑着，无忧无虑地奔跑在那片明媚的阳光里……

上学时，他和她一起骑着自行车，风一般从这条路穿过，她总是无赖地把手搭在他的肩膀上，叫他带她，叫他骑快点，叫他加油，而他总是抿着嘴低头轻笑，然后猛地俯下身，狂踩，呐喊着带着她前进，她紧紧地抓着他的肩膀，笑得明艳如花……

他们分别时，在这个路口，他扯下胸口的大红花抛给她，那红彤彤的花儿在空中飞舞，他大声对她喊："雅望，你要等我！"

她伸手接住那用丝绸做成的红花，凉凉的手感，一直深记心中。

雅望……你要等我！

舒雅望忽然停住，眼泪就这么掉了下来，一滴一滴地掉下来。她僵硬地看着前方，无法动弹，中午的阳光暖暖地照在她身上，可她却连一点温度也感觉不到。

她在马路边蹲了下来，低着头，双手紧紧地抱着膝盖，左手无名指上的钻石戒指在阳光的照耀下发出绚丽的十字光芒，那光芒刺痛了她的眼睛，她慌忙用手捂住它，紧紧地闭上双眼，一阵揪心的痛。

不！不是痛！是比痛更难忍的感觉。那感觉混合着耻辱、嘲讽、疼痛，揪心的感觉铺天盖地地向她涌来！

她觉得，她快不能呼吸，真的好想死。

一想到小天，一想到小天，她真的好想死了算了！

怎么办？小天，小天，我要怎么面对你？

你是那么疼爱我，你是那么宝贝我，可是我现在……

我现在……

她紧紧地抱住身体，用力地咬住嘴唇，指甲深深地掐入肉中，喉咙里发出近似哀号的哽咽声。

她蹲在路边，什么也看不见，什么也听不见，她觉得自己快要崩溃了。

也不知道蹲了多久，直到脚都蹲得发麻了，她也没有站起来，一直到一辆轿车从她身边开过，又倒了回来，停在她身边。

白色的球鞋出现在她面前，一个少年蹲了下来，干净精致的脸上满是关心地看着她："怎么了？"

舒雅望愣了很久，才缓缓地抬起头来，望着他。他逆着光，全身像是镀上一层金边，漂亮纯净得像天使一样。

舒雅望忽然鼻子一酸，连忙低下头去，不想让他看见自己狼狈的样子。

"雅望?"夏木的声音有些紧张,"你在哭吗?"

"没,我没哭。"舒雅望盯着地上,忍着泪水说,"夏木啊,背我回家好吗?我肚子好痛。"

夏木静默了一会儿,垂下眼,转过身去,轻声说:"上来吧。"

舒雅望吸了吸鼻子,趴在他瘦瘦的肩膀上,夏木很轻松地将她背起来,迈开长腿,一步一步地走在熟悉的大院里,道路两边的白杨树叶奏着舒缓的乐曲,阳光在树叶的缝隙中轻轻起舞。

她咬着嘴唇,偷偷地抓紧了他的肩膀,心里一阵揪心的疼,他的眼神微微一闪,嘴角轻轻抿起。

舒雅望刚打开家门,才想开口叫夏木回去,就听见舒妈急急地跑出来骂道:"你这个死丫头,一个晚上不回家!急死人了!你怎么搞的!电话也不接!啊!你到哪儿去了!"

舒雅望慌张地看了一眼夏木,不知所措地摇头:"没……没有。"

"你昨天晚上到哪儿去了?"舒妈一把扯过舒雅望,将门关上,仔细打量着一直低着头的她,"你知不知道,你爸派人找了一晚上!"

"我……我没事。"舒雅望的长发遮住她空洞无神的眼睛,她自己也不知道为什么她会否得这么快。

夏木紧紧地盯着她,舒雅望慌张地握紧双手,转身逃向卫生间:"我去上厕所。"

舒雅望走进卫生间,带上门锁。

舒妈在外面使劲敲着门:"雅望!你不说清楚你昨天晚上哪儿去了试试!你翅膀硬了是不是,敢一个晚上不回家!你是订了婚的人,给唐家的人知道了像什么样子!夏木你先回家去!"

舒雅望靠着房门缓缓蹲下来,咬着嘴唇,捂住耳朵,痛苦地张大嘴巴,想大喊想大叫,却又不能发出声音来。

她抬起头，忽然看见家里的浴缸，一瞬间，刺骨的寒意遍布她的全身！真的好冷，她颤抖着，看着浴缸，昨夜那屈辱疼痛的记忆顷刻间灌入脑海，她慌不择路地抓起身边的东西就砸向浴缸！

　　"啊！啊！啊！"她像是再也压抑不住似的，疯狂大叫着，她使劲地拿东西砸着浴缸，疯狂地砸着！

　　舒妈在外面和夏木对望一眼，突然像是明白了什么一样，使劲地拍打着门板，她的声音里带着紧张的哭腔："雅望啊，雅望，你怎么了？雅望啊！开门啊！"

　　"雅望啊，开开门，让妈妈进去啊，雅望……"

　　夏木拉开舒妈，抬起脚使劲地踹着门板，一下两下三下，门终于被踹开，舒雅望还在疯狂地砸着浴缸，她的眼神狂乱，手不知道被什么割破，汨汨地流着鲜血。

　　舒妈连忙上去一把抱住舒雅望，用颤抖的声音问："雅望啊，雅望，你怎么了？怎么了？你……你是不是让人……让人欺负了？"

　　舒妈的问题让狂乱的舒雅望安静下来，一直忍着的泪水像断了线的珍珠一般，一颗接着一颗地落下。

　　舒妈满眼通红地看着女儿，她抬手，将女儿的头抬起来，将她的长发撩起。她的嘴唇红肿破裂，她的脖颈上布满了鲜红的吻痕。

　　舒妈突然觉得昏天暗地，差点站不住。

　　"雅望，雅望。"舒妈紧紧地抱着女儿，老泪纵横，她一下一下地拍着自己的女儿说，"雅望啊，雅望，我的宝贝，不怕，不怕，妈妈在呢，妈妈保护你。"

　　舒雅望再也忍不住，抱住自己的母亲，哭得像个孩子，大声地哭着："妈，妈，把浴缸拆了，把浴缸拆了！妈……"

　　"好好，拆，妈妈马上找人拆。"舒妈拍着她的背，哭着哄道，"妈……马上找人拆。"

　　一直站在一边的夏木双手紧紧握起，眼神锐利冰冷得吓人，咬着牙问：“是谁？”

“是谁！”他猛地蹲下来，暴怒地按住舒雅望的肩膀问，“是谁！是谁干的！”

舒雅望哽咽地摇摇头，不能告诉他。

夏木失神地自言自语：“是不是那个男人！一直纠缠你的曲蔚然！？”

舒雅望猛然睁大眼，惊恐地望着他。

“是他。”夏木肯定了。

舒雅望伸手拉他，他退后一步：“昨天晚上？昨天晚上……”

他紧紧地咬着牙，为什么他昨天没有带手机！为什么他没有接到她的电话！为什么他没有坚持去接她！为什么！

他猛地转身，暴怒地冲出舒家。

“夏木！你干什么去啊？”舒雅望站起身来，跟着夏木跑下楼。夏木一路跑回家，跑进他的房间，打开自己最隐秘的抽屉，里面的东西撞击着抽屉的木板，发出沉闷的响声。夏木伸手进去，拿出一个黑色的东西塞进口袋，转身又向外跑。郑叔叔坐在轿车里奇怪地看着一脸怒气向他冲来的人：“夏木你怎么了……”

他的话还没说完，夏木就打开车门一脸杀气地将他从车上扯出来，然后自己坐进驾驶座，不管在车外叫嚷的郑叔叔，猛地关上车门，熟练地旋开钥匙，踩上油门，绝尘而去。

“夏木！你去哪儿？车子不能开出大院啊！”郑叔叔跟在车后叫嚷着。他追了几步停下来，疑惑地道，“这孩子怎么了？唉，真不该教他开车。”

夏木开出别墅区的时候，正好遇见追出来的舒雅望，舒雅望跟着车子跑着，拍着车身，试图让他停下来，可夏木没看她，冷着脸，压抑着极大的怒气直直地将车开出了小区。

“夏木！”舒雅望跟在车后面跑着，没一会儿轿车就消失在她眼前，舒雅望停下来，气喘吁吁地看着前方，急得满头大汗。

怎么办？夏木平时虽然总是一副安静淡漠的样子，可他一旦发起火来，一定会做出什么疯狂的事！而曲蔚然那个浑蛋，肯定不会让着他，两个人要是打起来的话，夏木一定会受伤的！

舒雅望焦急地跑到大门口，拦下一辆出租车，报了海德实业的地址。

舒雅望看着前方，紧紧地攥着拳头，身子止不住地发抖，她好后悔她曾经对夏木说过曲蔚然工作的地方。

夏木，你千万不能出事啊！

舒雅望不停地催促着司机开快一点，车刚刚在海德实业大楼门口停稳，舒雅望就冲了出去。她推开厚重的玻璃门，一路狂冲向曲蔚然的办公室，可就在她离办公室还有几米远的时候，身后的会议室里忽然传出一声枪响，舒雅望猛地回头望去，动也不敢动一下，紧张得呼吸都停顿了。

世界猛然安静了下来，会议室外面的人全部愣住了。

"砰——"又是一声枪响。过了几秒，会议室里的人像是刚刚苏醒过来一般，发出歇斯底里的尖叫声，穿着体面的白领精英们从会议室里蜂拥地逃出来。舒雅望的手脚瞬间冰冷，她紧紧地咬着嘴唇，努力地拨开人群向会议室里跑。

等她终于走进去的时候，会议室里只剩下两个人。那少年直直地站立在哪里，他举着枪，眼神空洞地望着椅子上的男人，那男人穿着体面的西装，挺俊的鼻梁上戴着金边眼镜，他全身瘫软地坐在椅子上，紧紧地闭着眼睛，鲜红的血液快速地从他的伤口里流出，滴落在地上，溅起的血珠将少年干净的白球鞋染成了红色。

舒雅望脑中一片空白，她惊恐地睁大眼睛，颤抖着捂着嘴唇。

房间里，浓烈的血腥味刺鼻得吓人，夏木僵硬地站在那儿，他的右脸颊满是鲜血，可脸上还是淡漠得没有一丝表情，只是他颤抖的手泄露了他的情绪。

舒雅望的心紧紧地揪了起来，她一步一步走过去，蹲下身来，看着椅子上的曲蔚然。她轻轻抬手，试探他的鼻息，然后猛地收回手，忽然间，连呼吸都那么困难。

舒雅望捂着嘴唇惊恐地哭了出来，他杀人了！他真的为她杀人了！她抬头，望向夏木，他还保持着开枪的姿势，僵硬地站在那里。舒雅望颤抖地站起身来，抬手握住他举枪的手，将他的枪拿下来，把他颤抖的手紧紧地握在手里，哽咽地叫他的名字："夏木……"

她的声音，像是唤醒了他一样，他空洞的眼神慢慢有了焦距，他看向她。

她的眼泪落了下来。

"雅望，别哭。"他抬手，轻柔地擦着舒雅望的泪珠，"谁也不能欺负你，谁也不能！"

舒雅望一愣，心里像是火烧一般难受，她哭着伸出双手，紧紧抱住他："夏木，夏木啊……"

二十二岁那年冬末，在警笛声和救护车声的交错中结束，当她紧紧抱在怀中的少年被戴上冰冷的手铐带走的时候，舒雅望跟着警车，哭得声嘶力竭。

从那时起，她的世界，忽然变得支离破碎，再也无法拼凑完整。

舒雅望呆滞地坐在床上，紧紧地抱着自己，她的裤腿上还沾着鲜血，她愣愣地看着双手，脑中一片空白。

舒雅望使劲地咬着手指，她的身子一直在发抖。十天了，这是夏木被抓的第十天，事情似乎一直在向坏的方面发展，医院里的曲蔚然因为伤势过重，失血过多，深度昏迷，医生宣布他很有可能成为植物人。

曲父无法承受可能会再次失去爱子的痛苦，对拘留所的夏木采取了疯狂的报复。他让人将会议室拍下来的视频散播在网上，高干子弟持枪杀人，多么好的舆论话题，网上一下就掀起了千层浪，那些不知道前因后果的网民高叫着"杀人偿命"的口号；他花高价请电视台连续三天报道此事，引起巨大的社会反响，公安局领导高度重视此案，对夏家派去的人避而不见，一时间夏家也无法将夏木保释出来。

夏司令曾想找曲父庭下和解，可曲父只说了一句："相信夏司令也懂得老来丧子之痛，这伤痛，是任何条件都和解不了的。"

这话，也表明了他的决心，若是曲蔚然真的死了，那曲父就算是倾家荡产，也会把夏木告到坐牢！

夏木家的别墅里一片静默，舒父站在客厅外面，夏司令严苛的脸上满是寒霜，他交握着双手问："刘律师，这个案子你看法院会怎么判？"

坐在夏司令对面的刘律师深吸了一口气，皱着眉头说："这案子，如果曲蔚然死了，那持枪杀人罪是判定了，按照我国刑法规定，未成年人犯罪不适用死刑，包括不适用死刑缓期执行，所以不会判死刑以及死缓；而且，未成年人犯罪，按刑法规定，应当从轻或者减轻处罚。也就是说，这个案件最高可以判无期徒刑，最低也要判十五年以上有期徒刑。

如果曲蔚然没死，那么夏木非法持枪且杀人未遂，两罪并罚，最高可判有期徒刑十年以上，最低六年以上有期徒刑。不过，具体怎么判还得看法官。"

夏司令沉默了一会儿转头问："你觉得你有多大把握能把刑期减到最低？"

刘律师推了推眼镜说："这得看医院里的人死不死才能定。还有，夏司令，你可以找找我们市检察院负责这个案件的法官，虽然证据确凿，可这判多少，还是法官说的算。"

夏司令冷着脸问："被告方那边咬着不放，会不会加重判刑？"

刘律师摇头："受害者起诉一般是要求民事赔偿，与刑事责任没关系。他再怎么要求，也只能要求加重经济赔偿。"

夏司令点头："我知道。你先回去，这事麻烦你了。"

"哪里，夏司令客气。"刘律师收拾好资料站起身来，点头鞠躬，夏司令点了一下头，刘律师转身离开。

夏司令沉默了一会儿说："小郑。"

郑叔站出来："是，司令。"

"汪法官那儿怎么说？"

"汪法官说，尽量。"

"什么叫尽量！"夏司令啪地摔了桌子上的茶杯，"他敢判夏木坐牢试试！"

"司令，我听说，曲田勇给法院的检察官都送了礼。"

夏司令脸一冷，郑叔继续道："不过，他们都没敢收。"

夏司令冷哼一声："再找人，先把案子压着，不要进入司法程序，等风声过了再说。"

"是。"

郑叔叔走了以后，舒爸一脸愧疚地低头道："司令，都是我不好。"

夏司令紧紧地握了一下手，拍着桌子，生气地指责低吼："舒全！我把夏木交给你教导，可你倒好，你把他教成一只忠心耿耿的狼狗！谁欺负你女儿，他就扑上去咬谁！你真是教得好啊，你真是教得好！"

夏司令说完，气得使劲地拍了一下桌子，站起身来拂袖而去。

舒爸咬着牙，低下头来，深深叹气。

夏木被抓的第二十天，医生宣布曲蔚然由于大脑缺血缺氧，处于不可逆的深度昏迷状态，丧失意识，被确诊为植物人。

夏木被抓的第二十四天，曲家动员全部关系网，催动案件进入司法程序，誓要让夏木把牢底坐穿！

夏木被抓的第二十六天，舒雅望发现，她怀孕了……

重症监护室里，一个男人罩着呼吸器安静地躺在床上，脸颊凹陷了下来，不复以往的俊俏。舒雅望沉默地站在玻璃后面，静静地望着房间里的男人，眼神冷漠。她就那么站着，一直到身后响起了沉重的脚步声。

"你来干什么！"苍老的声音在她身后响起。

她轻轻回过头去，望向来人。她曾经在员工酒会上见过他一次，那时的他一头黑发，看上去是一个事业有成、精明干练的中年男人，可现在的他却好像瞬间苍老了二十多岁，满头白发，一脸疲惫。

舒雅望垂下眼眉，交握了一下双手。

曲父充满恨意地看着眼前的女子，听说他的儿子就是因为碰了这个女人，才被打成了活死人，想他曲田勇一世潇洒，却不想老年竟要经历两次丧子之痛！他曲家，居然就这样断了香火！

"你滚！"曲父指着门口低吼，"我儿子不要你看！"

舒雅望漠然地看着地板，轻声说："我怀孕了。"

曲父愣了一下。

舒雅望继续说："你儿子的。"

曲父的眼睛突然睁大，有些不敢相信地看着舒雅望："你是说……真的！"

舒雅望点了点头。

曲父激动地握着她的肩膀说："你要什么条件才肯生下来！你要多少钱都行！"

舒雅望深吸一口气，抬头道："你放过夏木。"

曲父眼神锐利："不行，我要是现在放过他，你不生怎么办？"

舒雅望面无表情地说："你不放过他，我肯定不生。"

曲父的眼中闪过一丝计较："好，我可以答应，不过你说的话不算数，我得和你父亲谈具体条件。"

舒雅望讽刺地笑了一下："有必要吗？"

曲父狡猾地笑笑："当然有，你们年轻人一时一个主意，我可不放心。"

"随便你。"舒雅望说完，转身就走。

曲父激动地搓搓手，望着玻璃后面的曲蔚然说："蔚然，太好了，你有孩子了，我们曲家有后了，这个女人把你害成这样，我一定不让她好过。蔚然，你放心，爸爸一定给你报仇。"

三天后，和解条件出台。

舒雅望必须嫁给曲蔚然为妻。

孩子满一周岁后，舒雅望方可提出离婚，离婚后，不能带走任何财产。

舒雅望在生育和哺育期间，必须留在曲家。

舒妈在看到这些条件后，立刻跳起来反对："不行！我坚决不同意！打死不同意！让雅望给那畜生生孩子，除非我死了！不！我死了也不行！"

舒爸坐在椅子上，沉闷地抽着烟，烟灰缸里满是烟蒂。

舒妈走过去推他："你说话呀！你说话！老公，不能啊，你不能同意啊，你要同意了，我们雅望这一辈子就毁了呀。"

舒雅望蜷缩在沙发上，默默地睁着眼睛，右手无意识地转动着手上的钻石戒指。

舒爸将烟按灭在烟灰缸里，沉声道："我不能让夏木坐牢。"

舒妈扑上去捶打他："你疯了！你疯了！雅望才是你女儿啊！雅望才是！你要报你的恩你自己去！你别想糟蹋我女儿！你别想！"

舒爸双眼通红，动也不动地任舒妈捶打着。

舒妈打着打着，忽然哭了起来，跑过去抱住沙发上的舒雅望，哭道："雅望不怕，妈妈不会让你生的，妈妈明天就带你去把它打掉！

那脏东西，明天就去弄掉！乖，我们雅望不怕哦。"

舒雅望鼻子微酸，红了双眼，她忍着泪水，轻声道："妈，我要生下来。"

舒妈抬手打她："你疯了，你也疯了！你知不知道你在说什么！生下来！你当是生什么！"

舒雅望闭上眼睛，哭着说："妈，我不能不管夏木，他都是为了我……"

"什么为了你！又不是你叫他去持枪杀人的！又不是你的错！为什么你要去受罪！为什么……为什么我们雅望要去受罪啊！"舒妈说到后面泣不成声，坐在地上大哭起来。

舒雅望抱着膝盖哭起来，舒妈坐起身来，摇着舒雅望说："雅望，你要想清楚！你不要小天了吗？你不是从小就喜欢他，从小就想嫁给他吗？你生了人家的孩子，你怎么嫁人啊！"

舒雅望微微地苦笑："妈，我这样要怎么嫁给他？我早就配不上他了……"

舒妈抱着舒雅望哭道："胡说，你怎么配不上了！你别乱想，这事都瞒得好好的，唐家根本不知道，就算知道了，小天这孩子，他……他不会嫌你的。"

他不会嫌吗？

舒雅望咬着唇，盯着左手无名指上的钻石戒指，一咬牙，用力地拔下来，握在手中。他不嫌，她嫌！

"妈，我已经决定了。就这么办吧。"她说完，不忍再看母亲哭泣的样子，站起身来，走进房间，紧紧地关上房门，将母亲的哭泣和父亲的沉默统统关在外面。

深夜的军营里，两个人影在树丛中偷偷前进着。他们在办公大楼前面停下来，一个人影小声地说："小天啊，我们真的要偷偷潜进去吗？"

唐小天四处张望了一会儿，点头："当然了，不然我们半夜跑来干什么？"

"不是啊，这要是被抓到，是要记大过处分的，我们马上就毕业了……"

"你要是害怕，就回去，我今天晚上，一定要打个电话。"唐小天说完，拨开树丛，徒手从办公大楼的后墙爬了上去。

"喂！小天，等等我。"唐小天身后的黑影犹豫了半晌，也跟着爬了上去。真是倒霉啊！都说学校的毕业演习很变态，可没想到是将他们关到一个鸟不拉屎的基地来做封闭性演习，进来之前所有人偷偷带着的手机都被没收了，严禁所有队员同外界联系。他们都进来一个月了，天天就是对战、淘汰、训练，这种日子还得再过半个月呢！真是太痛苦了！

唐小天爬上三楼，伸手从迷彩服的口袋里掏出钢笔，将窗户的锁从外面旋开，他的战友爬上来说："小天，你要是去当小偷，绝对是个神偷。"

唐小天笑笑，没说话，推开窗户，从外面翻进去，办公室里有一张办公桌，唐小天一眼就看见办公桌上的电话，他拿起电话，迅速地拨打了舒雅望的手机号，可电话里却传来关机的提示音。

他皱了皱眉，又打了舒雅望家里的电话。

电话响了几声被接起来，是舒妈接的。

"喂，阿姨，我是小天，雅望在家吗？"

舒妈支支吾吾地说："在……在家。"

"阿姨，能让雅望接电话吗？

"嗯……雅望病了。"

唐小天紧张地问："雅望病了？什么病？严重吗？"

"……"

"阿姨，你说话呀，是不是很严重？她都一个月没给我写信了，病得很重吗？"

"不重，不重，没事的，你安心学习，她过两天就好了。"

唐小天还想再问什么，身边的人使劲地捅着他，让他快挂，他还要打呢，在这儿多待一分钟都危险啊！

唐小天挂了电话，让战友先打，准备他打完以后，自己再打去问个清楚，可他的战友刚拨通电话，门外就传来呼喝声："什么人在里面！"

唐小天和战友吓得连忙从进来的窗户跳下去，沿着树林飞奔回宿舍。

两人气喘吁吁地回到宿舍，战友一边喘着粗气一边说："真倒霉，我才和我女朋友说两句话呢，就来人了！"

唐小天深深地皱着眉头，忧心忡忡的样子。

"怎么了？"

唐小天咬咬唇说："我女朋友病了，我想请假回家。"

"你疯了！现在请假，你不想毕业了！"开玩笑，他们的毕业演习就和普通高校的毕业论文一样，不写或是写不好，都是不能毕业的！

"可是雅望病了。"唐小天焦急地握拳。

"她家里人怎么说？"

唐小天皱眉道："她妈妈说没事。"

战友安慰道："那不就结了，等我们演习完了，她的病肯定就好了。别担心了。"

唐小天摇头，急急地走了两步："不是的，你不懂，我就是心慌，最近一直这样，心里慌慌的，揪心得难受。"

战友看他这样，也有些不安："你别自己吓自己了，要是真病得重了，她家里人不会不告诉你的。再说，你来的时候她不是好好的吗，什么病也不可能一下就死……"

战友的话没敢说完，就被唐小天锐利的眼神瞪得不敢再往下说。

战友抿抿唇拍拍他的肩膀安慰道："就两个星期了，很快的，没事没事。"

这是唐小天第一次恨自己是个当兵的！恨自己没有半点自由！

他眉头深锁地望向黑夜，雅望……你怎么了？

你到底怎么了？

为什么我这么不安？

为什么，我的心这么难受？

远方的舒雅望轻轻地摊开手，手心里的钻石戒指在月光下闪闪发光。她默然地看着，看着，最后，将它放进盒子，锁进抽屉。

那个曾经带给她无比喜悦的戒指，那个曾经给她带来最大幸福的戒指，以后，再也没有资格戴了吧……

有钱就是好办事，即使曲蔚然变成植物人，可曲家依然轻松地弄来结婚证书，舒雅望只要在上面签名，那她就将变成曲蔚然的妻子。

医院病房里，舒雅望垂下眼皮，怔怔地看着这本结婚证书，过了好一会儿，她轻轻抬手，拿起一边的钢笔，沉默地在上面签上自己写过千百遍的名字。

签完后，她靠在椅子上，静静地看着桌子上的那本证书。曾经，她以为，她名字的旁边，写的一定是另一个人的名字，原来，不是啊……

曲父坐在她对面，非常轻蔑地看了她一眼："别一副不愿意的样子，要不是我儿子现在这个样子，你又有了他的孩子，你想嫁给他，我还不同意呢。"

舒雅望瞥他一眼，同样轻蔑。

曲父将结婚证书收起来，强硬地道："从今天开始，你就待在病房里安心养胎。"

舒雅望还是不理他，好像他不在这个房间里一样。她忽然有些明白夏木的感觉，明白他为什么那么安静，为什么不愿意搭理别人，为什么总是一副阴郁冷漠的样子。

舒雅望忽然出声问："你什么时候放了夏木？"

"哼，我这头刚松一点口，那头他们夏家已经把他弄出去了。"

舒雅望松了一口气，轻轻叹道："是吗，已经回家了啊。"

曲父站起身来："我答应你们的，都已经做到，现在，轮到你实现诺言了。若是你中途打什么歪主意，害我曲家断了香火，那就别怪我到时候翻脸。"

说完，他走出病房，关上房门。

舒雅望冷冷地瞪着他的背影，翻脸，你翻好了。

脱了鞋子，蜷缩在宽大的沙发椅上，看着前方病床上的曲蔚然，他无声无息地躺在那里，脸上罩着呼吸器，心电图上不时地闪着忽高忽低的曲线。舒雅望歪了歪头，忽然像是着了魔一样，从沙发椅上走下来，一步一步地走过去，伸手，按住他的呼吸面罩，眼中闪过一丝阴暗，握紧面罩的手用力。就在要将它拉下来的时候，她的手被人按住。

"你干什么？"

舒雅望转头望去，一个穿着黑色西装的男人站在她身后，他用力地将她的手拉下来，又仔细地检查了医疗仪器，确定都没问题之后，用力地将舒雅望拉开。

男人冷着脸道："小姐，你刚才的行为，可以算作意图谋杀。"

"你算啊，告我啊，抓我去坐牢啊。"舒雅望的表情一点也没有被抓到的慌乱。

对于舒雅望的冷漠嚣张，男人忍不住皱了一下眉："小姐，我叫吕培刚，是曲先生的看护。也许您没注意，我刚才一直坐在您后面的位子上，以后也会一直坐在那儿，所以，请别再做出这种举动。"

舒雅望耸肩，压根儿没把他的话听进去，转身走回靠窗的沙发椅上坐下。窗外的阳光暖暖地照进来，她轻轻歪着头，迎着阳光，微微闭上眼睛，有一种脆弱而安宁的美。

吕培刚看着她的侧脸，不解地摸了摸头，这个女人真的很奇怪，从她走进病房的一瞬间，他就看见了她，可她的眼里好像完全是空洞的一样，什么也看不见，更别说他了，只有在签字的那一瞬间，她的眼中微微闪过一丝挣扎的情绪之外，再没有其他表情，就连她刚才想拿掉曲先生赖以生存的氧气罩时，也是如此淡漠。

就这样，安静而诡异的病房生活开始了。一个植物人，一个不说话，一个不知道说什么。就在吕培刚觉得这份工作他再做下去肯定会得抑郁症的时候，那个一直很安静的女人忽然问："今天几号了？"

吕培刚愣了一下，摸摸头想了一会儿说："4月30号。"

那女人眼神微微闪动，轻轻低下头，用有些破碎的声音说："他快回来了。"

"谁？"吕培刚凝视着她问。

那女人将头埋进膝盖里，轻声说："我多希望他不要回来，一直一直不要回来。"

吕培刚显然很疑惑，这个女人，一下一副无所谓的嚣张样子，一下又脆弱得可怜。他静静地看着她，只见她像是被压抑了很久一样，一直低声重复着说着："他不要回来，不要回来。我好怕他回来，不要回来。"

她无法面对他，只要一想到他会知道这件事，她就恨不得自己死掉！

舒雅望现在才知道，原来自己是一个软弱的人，是一个胆小鬼……

吕培刚忍不住说："喂，怀孕的女人不能激动的。"

舒雅望埋着头不理他。吕培刚无奈地摸摸头，看看时间，又到了例行检查的时候，他拿起本子，走到床头，认真仔细地检查了所有医疗设备，确认正常后，他放下本子，坐到床边，拉起曲蔚然的一只手臂，开始给他按摩，为了防止他的肌肉萎缩，他每天要帮他进行四次全身按摩。

　　按摩进行了半个小时，吕培刚累得停了下来，帮这么高壮又失去意识的男人按摩，那绝对是体力活。他站起身来，擦了擦额角的汗水，又拉起曲蔚然的手捏在手里。忽然，他觉得他的手指微微动了一下。吕培刚一惊，屏住呼吸，耐心地握着他的手，小心地感觉着。曲蔚然的手指又动了一下，吕培刚有些激动地道："他的手动了。"

　　舒雅望诧异地抬起头，愣愣地看他。吕培刚又说了一遍："真的动了，刚才又动了一下。"

　　舒雅望站起身来，轻轻握拳，冷着脸问："你什么意思？"

　　吕培刚肯定地道："他要醒了！"

　　舒雅望后退一步，不敢相信地看着他："不，骗人……"

　　吕培刚不理她，抬手按了床头的按钮。没一会儿，三个穿着白大褂的医生急匆匆地走进来，围着曲蔚然细心地诊断着。

　　舒雅望咬着手指，紧张地看着，不，不要醒！也许她很恶毒，可是她真的不希望他醒来！至少，在孩子生下来之前，她不希望他醒来！

　　不要醒！

　　不要醒！

　　不要醒！

　　不要！

　　医生说："真是奇迹啊！他的意识居然开始恢复了，我想，用不了三天，他就会完全苏醒！"

　　舒雅望放开已经被咬到出血的手指，像是被抽干所有力气一般，坐了下来。

舒雅望一直是个幸福的人，她有爱她的父母，喜欢的男孩，可爱的弟弟，要好的朋友，在之前的二十二年里，只要是她想要的，就都能拥有。

她想，也许是她以前太幸福吧，也许是她把好日子都提前过掉了吧，所以现在，甘尽苦来了吗？

吕培刚伸手，使劲地在他面前摇摇："你怎么了！傻了？"

舒雅望直直地望着他："他要醒了，那曲家肯定不会在乎我肚子里的孩子了。"

"你在担心这个？难道你不知道吗？"吕培刚挑眉道，"你弟弟的第二枪，打的是那里呀。"

"哪里？"舒雅望奇怪地看着他。

"那里！他想再跟别人生孩子，估计很难。"吕培刚摸着下巴说，"不过现在医学这么发达，也许也能治好。你不用担心，曲先生这么聪明，他不会冒险的，与其去期待那遥远又渺茫的医学技术，不如赶快让你把孩子生下来保险。"

舒雅望看着他，点点头，沉默了一会儿，抬头望着他，轻声说："谢谢。"

吕培刚愣了一下，摸摸头，笑了。

俗话说，好人不长命，祸害遗千年，这句话形容曲蔚然再贴切不过了。

两天后，他在舒雅望的面前睁开眼睛，当他看清她的那一刻，眼里闪过一丝惊喜，用低哑的声音问："你……你怎么在这儿？"

舒雅望看着他，冷冷地笑了："我现在是你的妻子，我当然在这儿。"

曲蔚然听着她的话，忍不住笑了起来，干燥的嘴唇被他扯裂，瞬间有鲜血溢出："我很好奇发生了什么事，不过，不管发生什么事，我都很高兴。"

舒雅望冷酷地望着他笑："什么事？知道吗，你现在是个太监了！或者说，人妖？"

曲蔚然的脸忽然扭曲起来，眼睛猛然睁大："你什么意思？"

"字面上的意思。"

曲蔚然忽然疯狂地想爬起来，想看一看他的身体，但他却动也不能动，只能激动地大喊大叫。

吕培刚连忙跑过去，按住他："曲先生，别激动。"

曲父进来的时候，看到的就是这个景象。他心疼地跑到床边问："怎么回事，怎么回事？"

曲蔚然疯狂地大叫："爸爸！你为什么要救我？我这样子我还不如宁愿死了！"

"蔚然，没事的，爸爸一定找人治好你！爸爸问过了，美国那边说有复原的机会的！你别担心……"

即使曲父再怎么安慰曲蔚然，曲蔚然依然痛苦地挣扎着，嘶吼着。

曲父猛地转身，瞪着舒雅望："是你告诉他的？"

舒雅望站在他身后冷冷地笑。

曲父扬起手来想打她，舒雅望眼也不眨，淡定地说："你打啊，打流产了可不能怪我。"

曲父恨恨地放下手来，气得胸口剧烈起伏着。

曲蔚然崩溃地闹了很久，终于冷静下来，在得知前因后果之后，他望着舒雅望道："没想到你能为夏木做到这种地步。"

舒雅望坐在沙发上，看着他冷笑："并不全是为了夏木。"

她抬眼，仇恨地望着他："你毁了我，所以我也要毁掉你。"

舒雅望一字一句地说："我会在你身边，折磨你，毁掉你，直到消除我心中的仇恨！"

曲蔚然躺在病床上安静了一会儿，忽然用很诡异的眼神看着她道："雅望啊，你不适合仇恨，这样的你，我很不喜欢。"

舒雅望紧紧握拳，冷然道："我从来就不屑你的喜欢。"

曲蔚然像是没听到她的话一样，继续说："不过，欢迎你来折磨我！我太欢迎了！"

舒雅望瞪着他，忍不住骂道："你这个变态！"

曲蔚然躺在床上，用近似撒娇的语气说："雅望啊，我想喝水。"

舒雅望轻飘飘地瞟了他一眼，没理他。

曲蔚然看着他，像孩子一样抱怨道："啊，你怎么能这么冷漠呢？我是你老公呢。"

舒雅望扔掉手里的书，猛地站起来："想喝水是吧？"

她走到床头柜前，将滚烫的热水倒进玻璃杯里，拿起来就要往他嘴里灌，吕培刚连忙跑过来阻止她，将她的手拉开："住手，住手。"

两个人在拉扯的时候，热水洒了出来，烫到舒雅望的手，她的手一松，水杯掉落，一杯水都洒在被子上，舒雅望深吸一口气，让自己冷静下来，可她的手忽然被一只大手拉住，她抬头望去，只见曲蔚然一脸心痛地说："雅望啊，你的手烫伤了，疼不疼？"

舒雅望愣了一下，猛地抽回手，冷冷地低咒道："疯子。"

说完她不再看他，转身回到自己的位子上，气愤地使劲擦着自己的手。

吕培刚无奈地一边叹气一边帮曲蔚然换了一床被子："你干吗老惹她。"

曲蔚然笑容满面地盯着舒雅望说："你不觉得她生气的样子很可爱吗？"

吕培刚转头看着舒雅望，生气？她现在好像不是生气能形容的吧?

"喂,你别盯着我老婆看。"曲蔚然用有些扭曲又诡异的目光瞪着他,"这样我会很不高兴。"

吕培刚愣了一下,郁闷地想,不是你叫我看的吗?这人真是有病!

摇摇头,将他的被子盖好,找了一个离舒雅望最远的地方坐下,他偷偷打量着房间里的另外两个人,一个瞪着手中的书,烦躁地翻页,一个笑容满面地望着翻书的人,好像看不够似的。

"你再看我,我就把你的眼睛挖出来。"舒雅望毫不客气地将手中的书砸向曲蔚然。

曲蔚然歪头躲过,笑着道:"你是我老婆,我喜欢怎么看,就怎么看。"

"曲蔚然,你真的可以把我逼疯。"

"没关系啊,我可以陪你一起疯。"

"你本来就是疯的。"

"那也是因为你疯的。"

舒雅望恶毒地看着他问:"你怎么没因为我去死?"

曲蔚然的脸上带着疯狂到扭曲的笑容:"那是因为你没有死,你活着,我就要得到你,你死了,我就陪你死。"

舒雅望瞪着他说不出话来,曲蔚然又一脸温良无害的样子乞求道:"雅望啊,你能离我近点吗?"

舒雅望站起身来,走到窗边,背过身坐下。她不要再和他说话,不要再理他!她真怕自己控制不住,冲上去和他同归于尽!

她死了没关系,可是夏木怎么办?

夏木啊……

他现在怎么样了?

舒雅望抬头,望向窗外……

第十二章

混乱中的救赎

他从来没想过，她会成为别人的妻子。

军区大院的别墅里，夏木被反锁在屋内，他坐在床上，低着头，过长的刘海遮住眼睛，表情阴郁到极点。

他没想到，爷爷会将他关起来。

早上，当他从用人阿姨那里得知了舒雅望的事后，他马上就转身笔直地往门口走，当他的手按住门把的那一刻，一个苍老的声音从他背后传来："你去哪儿？"

"去找雅望。"夏木没有回头，回答得很是平静。

"不准去！"夏司令低吼。

夏木转过身来，有些激动地问："为什么不许去！"他不懂，爷爷到底在想什么！为什么这样做！

夏司令走上前几步："那个女人会毁了你！"他也不懂，孙子到底在想什么！为什么这么不懂事！

"她没有毁了我。"夏木冷然地看着他，"如果你不让我去，毁掉我的人就是爷爷你。"

"你胡说什么！"夏司令被他的话气得微微发抖。

"爷爷希望我成为这样的人吗？"夏木锐利的眼神中带着一丝不满，"做了错事，甩手让女人代罪，然后躲在爷爷身后寻求保护？"

夏司令没说话。

夏木继续说："我不愿意！我宁愿去坐牢，也不愿意成为这样的人。"

"夏木！"夏司令跺脚，"舒雅望是自愿的，没人逼他！"

"我也是自愿的，没人逼我。"夏木打开房门，阳光洒了进来，他走了出去，轻声说，"我自己的事自己承担，爷爷不用管。"

夏司令看着他的背影一愣，忽然想起多年前，自己的儿子也是这样离开家门的，那时，他要去最危险的云南边防，他不让，他说，太危险，他希望儿子待在自己能保护到的地方，可他的儿子也说了同样的话，然后倔强地从家里离开！

"爸爸希望我成为这样的人吗？"

"在安逸的环境中浑浑噩噩地度过此生。"

"我不愿意。"

"我只想干我自己热爱的事。"

"我的事我自己考虑，爸爸不用管。"

夏司令陷入深深的回忆中，失去爱子的痛苦又一次向他袭来，他捂着心脏，深呼吸了几下，却觉得喘不过气来。

郑叔叔连忙跑上前来扶住他："司令……"

"快把夏木抓回来！"夏司令喘息着，指着夏木的背影说，"我不能失去他！不能！"

对，他从前确实希望他的儿子、他的孙子都能成为顶天立地的男人，可是现在，他只想他们能平平安安地陪在他身边，哪怕这并不是他们的意愿，他也不容他反抗。

"是！"郑叔叔将夏司令扶到沙发上坐好，然后带着两个警卫员，将刚离开不久的夏木抓了回来。

夜色渐渐暗了下来，待房间陷入一片黑暗的时候，夏木忽然缓缓抬起头来，眼神在黑暗中显得更加坚定和锐利。

这一边，夏木被夏司令关在家中，另一边，唐小天终于结束了他的毕业演习，和张靖宇取得了联系。

张靖宇在电话那头都快哭了，一直大叫着："天，你终于出现了！小天，你快回来吧！"

唐小天的心一沉，全身瞬间冰凉，他紧紧地握着电话焦急地问："到底怎么了，快说啊！"

　　张靖宇也说不清舒雅望出了什么事，他只知道夏木枪击曲蔚然的事闹得满城风雨，可他认识夏木很久了，他很清楚夏木的脾气，张靖宇心里隐约猜到发生了什么事，但他不敢对唐小天明说，只是让他快回来，再不回来就晚了。

　　唐小天挂了电话，一刻也不敢停留地从学校往家赶，从他学校所在的城市到S市，要坐十四个小时的火车。

　　火车轰鸣着在黑夜中飞速行驶，唐小天望着窗外，窗户上的玻璃倒映出他刚毅的轮廓，他紧紧地皱着眉，像是正承受着无尽的痛苦一样，他自己都没发现他的身体在微微发抖，他只要稍微想到舒雅望身上可能发生的事，就会心慌到窒息。

　　唐小天逼着自己不去想，逼着自己冷静，逼着自己要坚强，可他做不到，那种将要失去什么的预感将他逼得快要发狂！他要回去，回到舒雅望身边去，他要马上回到她身边去，然后再也不和她分开，再也不让她遇到危险的事，再也不！

　　清晨，火车停在S市火车站，唐小天拨开人群第一个冲出火车站，打了出租车往军区大院跑。而此时，军区大院的一幢三层别墅里，传来夏司令震怒的吼声："给我找！把夏木给我找回来！"

　　"是，司令。"郑叔叔恭敬地行礼，退出夏木房间的时候瞟了一眼窗户上系着的床单，转身想，果然还是给他跑了，这孩子，想做的事情就没人能拦得住。

　　舒妈拎着菜篮，一脸愁容地走着，她一想到自己的女儿就一阵鼻酸。她走到自家楼前，上了四楼，刚拿出钥匙开门，一道人影就从楼上闪了出来，舒妈被吓了一跳，手中的钥匙掉在地上，发出清脆的响声，她拍着胸口说："哎哟，吓死我了，你这孩子干什么呀？"

　　"阿姨，雅望呢？"一夜没睡的唐小天面容憔悴得厉害，焦急的双眼里布满血丝。

舒妈抿抿嘴唇，眼神有些躲闪："小天，你怎么回来了？你不是在忙毕业的事吗？"

"雅望在哪儿？"唐小天打断她的话，焦急地又问了一遍。

"雅望，雅望……"舒妈结巴着叫了两声，犹豫地看着他。

"阿姨，你告诉我吧，雅望怎么了？她在哪儿呢？在哪儿？"唐小天抓着舒妈的双臂，通红的双眼里有些晶晶亮亮的液体，"阿姨，你告诉我吧，雅望是我的妻子啊，她到底怎么了？我求求你了，你告诉我吧。"

"她……她已经不是你的未婚妻了。"舒妈转过头，不忍看唐小天难过的样子，继续说，"雅望她……嫁人了。"

唐小天愣住了，半天回不了神，就像是晴空里忽然响起一声惊天雷，将他完全震到无法反应，他摇摇头，后退一步，满眼的震惊和不信，咬着牙道："不可能！不可能的！"

"雅望是我的，一直是我的。"

"她不会嫁给别人的。"

"不会的。"

"她爱我，我知道的。"

唐小天一直说着，他的语音缓缓地颤抖着，可当他看到舒妈难过的眼神时，一直忍在眼眶里的泪水，猛地掉出来几滴。

他有想过，他在火车上想过无数的可能，无数的不幸，他做好了心理准备，不管她发生了什么事，他都要她，不管她受到什么伤害，他都陪着她，他爱她，他离不开她。

可他没想过……没想过会是现在这样。

他从来没想过，她会成为别人的妻子。

唐小天的喉结滚动了一下，忽然激动地问："阿姨！她一定是被逼的！谁在逼她！是谁！"

舒妈抬手用手背抹了把眼泪，叹了口气，难过地说："不管是被逼的还是自愿的，嫁都嫁了。小天啊，你回学校去吧，我的女儿我知道，她这孩子死心眼，她一定觉得她这辈子都没脸见你。你也别去找她，你要去找她，她能死过去。你们，你们俩的事就算完了吧。"

"完了？"唐小天轻声重复舒妈的话，然后使劲摇头，"不，不能完，永远不能完。"

唐小天说完，握着舒妈的手乞求道："阿姨，你告诉我雅望发生了什么事！你告诉我吧！我给你跪下了！"

舒妈连忙扶住唐小天，不让他跪。她叹了口气，打开家门，转头对唐小天说："进来吧，我告诉你……"

这时，太阳已经升到了高空，阳光无私地照耀着每一个人，舒家客厅里神色悲愤的唐小天，在街上疾步而行的夏木，以及，病房里站在窗边眺望远方的舒雅望。

曲蔚然着迷地看着阳光下的舒雅望，他觉得他的雅望变美了，那种沉静到绝望的美，真叫他难以将视线从她身上移开。

他得到她了，将她从幸福的地方硬生生地拽到他身边，他自己也不明白为什么他对她会这么执着。

也许，是因为唐小天的爱情太美，他认为得到了舒雅望，就得到了美丽的爱情吧。

"吕培刚。"曲蔚然看着舒雅望，轻声叫着他的看护。

"是的，曲先生。"吕培刚走过来问，"有什么需要吗？"

曲蔚然笑道："收拾东西，帮我把出院手续办了。"

"曲先生，这不行，您的身体还需要治疗，现在还不能出院。"

曲蔚然坚持道："不，我要出院。"

吕培刚疑惑地问："为什么？"

曲蔚然的视线一直没离开舒雅望，他轻轻地笑答："因为……抢了人家的宝物，当然要快点藏起来啊。"

舒雅望缓缓转过身来，冷冷地看着他。

曲蔚然眯着眼睛望着她笑。

出院手续很快就办好了，吕培刚回到病房报告："曲先生，出院手续已经办好了，曲总说让您等一会儿，他亲自带人来接您回去。"

曲蔚然躺在病床上礼貌地微笑："麻烦你了。"

"您客气了。"吕培刚淡淡地回答，点了下头，退了下去。

曲蔚然心情愉快地望着站在窗边发呆的舒雅望，感叹地说："啧，真想见见唐小天啊。"

舒雅望眼神闪了一下，没理他。

曲蔚然歪着头，眼神阴沉，面色邪恶："好想看看他痛哭流涕的样子。"

舒雅望转身，冷冷地注视着他："他才不会哭！"

"不会哭吗？呵呵？"曲蔚然一副不相信的样子，继续道，"啊，还有那个孩子，叫什么来着？夏木！"

曲蔚然俊雅的脸上现出一丝怨恨，面色阴沉得可怕。

舒雅望连忙上前一步："你不可以动他！我们可是有协议的。"

曲蔚然笑："雅望啊，你要相信，即使我什么都不做，也能让他生不如死。"

舒雅望冷哼一声，转过身去冷冷地道："你等着，我也会让你生不如死。"

这时的舒雅望，眼里只有仇恨，她只是一心想将曲蔚然拖下痛苦黑暗的地狱，却忘记了，这恶魔，本来就生活在地狱最深的地方！

曲父派来的人很快就到了，他们将医院的医疗设备全部搬上车，曲父还特地租了医院的医疗救护车送曲蔚然回去。

曲蔚然被放在担架车上，吕培刚在后面推着车，曲父陪在旁边，舒雅望跟在后面走着。担架车先进入电梯，舒雅望也走了进去，当电梯门关上的时候，舒雅望忽然一愣，猛地抬头看着电梯外面，可她还没来得及确认电梯外面那熟悉的身影到底是不是他的时候，电梯门又很快合上了。

电梯缓缓下降着，舒雅望的心怦怦直跳，是他吗？啊，怎么会！舒雅望轻轻攥紧双手，抿抿嘴唇，摇摇头，不会是他的。

到了一楼，电梯门又打开了，舒雅望第一个走了出去。医院大门口停着一辆救护车，救护车旁边站着的三个男人一见曲父和吕培刚推着曲蔚然出来慌忙迎了上去，帮他们将曲蔚然抬上救护车，吕培刚将救护车上的安全带给曲蔚然系上，然后将点滴、氧气罩全给他戴上，确保没问题后，对着曲父点头："可以开车了。"

曲父坐在担架对面的位子，舒雅望默然地坐在他旁边，门外的男人抬起手来，大力地将救护车的后门关上。舒雅望抬眼看去，这是一个很快的动作，可在她眼里，就像是慢镜头一样，那男人握着门把，缓缓地，缓缓地，将门关上，随着"砰"的一声响，所有的阳光都被关在外面，舒雅望转过头去，轻轻地闭上眼睛，明明已经下定决心了，为什么，还是这么不甘心？

闭着眼睛的舒雅望没能注意到曲蔚然紧紧盯着她的眼神。

关门的男人走向副驾驶座，驾驶座的门被打开，啪地又关上。引擎发动的声音响起，曲蔚然的嘴角微微上扬，露出了愉快的像是胜利了一样的微笑。

就在这时，救护车的后门忽然被拉开！刺眼的阳光"哗"地射进来，舒雅望转头看去，亮到恍惚的阳光下，一个人影冲进来，她的右手被紧紧拉住！

"跟我走！"他的声音很喘，像是用力跑了很久一样。

舒雅望终于看清他的脸，他还是那么漂亮精致，像是漫画里走出的美少年。

"夏木？"

舒雅望有些呆呆地叫他。

"走！"夏木又扯了她一把！

舒雅望摇摇头："不行，夏木，我不能……"

"闭嘴！跟我走就是了！"夏木这句话是吼出来的，对着舒雅望的耳朵吼的。舒雅望被吼得一愣，诧异地看他，他居然吼她？

夏木又猛地一拉，想将舒雅望拉走，可曲父却站起来，一把拉住夏木的胳膊："你这个臭小子！还敢出现在我们面前？老子今天就废了你！"

夏木冷冷地瞪他一眼："滚开！"

曲父怒极了，抬起手就想打他，可夏木比他更快一步，左手不知从什么地方摸出一把手枪，顶着曲父的脑袋说："滚！"

曲父吓得放开抓住他的手，退后两步动也不敢动，面对这个有前科的孩子，他可没胆子激怒他。

夏木抓着舒雅望的手一点儿也没有松开，拉着舒雅望面对着他们一步一步地后退，

曲蔚然奋力地抬起头，躺在床上愤怒地大吼："夏木，你敢带走她，我就让你坐一辈子牢！一辈子！"

夏木停下脚步，放开舒雅望的手，走过去，望着他的眼睛说："我宁愿坐一辈子牢，也不会让你再碰她一根头发，我只恨，当时怎么没有打死你。现在补你一枪也来得及，反正都是坐一辈子！"

夏木的眼神本来就很阴冷，说这话的时候又带着十足的恨意，在场的人没人怀疑他的话。当他手里的枪抵上曲蔚然的脑袋时，曲蔚然眼里有藏不住的恐慌，曲父吓得大叫："不能啊！不能！"

"夏木，住手。"舒雅望连忙从后面跑过来抓住他的手央求道，"我们走吧，快走吧。"

夏木冷冷地哼了一声，眼里的暴虐收敛了一些，抬脚将曲蔚然的营养液和呼吸器全部踢翻，然后拉着舒雅望就走。

曲蔚然在他身后叫嚣着："夏木！你等着！我不会放过你的，呼——呼——不会放过你的！呼——呼——"

"曲先生，曲先生，别激动，深呼吸，深呼吸！"

舒雅望转头望着身后的一片混乱，看着曲父铁青的脸和曲蔚然狼狈的样子，她忽然很想笑！

结果她也真的笑了。

夏木拦下一辆出租车，将舒雅望塞了进去，自己也坐了进去，关上车门，报了要去的地方，转头很蔑视地瞟了一眼救护车里的那些人。

车子开了一会儿，舒雅望看着夏木手里的枪，很是担心地说："夏木啊，你……你这又是从哪里弄来的枪啊？"

上一把，是夏木父亲的遗物，母亲自杀后，枪就落在夏木手里，他没告诉任何人，只是将枪藏了起来。

后来舒雅望一直想，夏木小时候总是把枪带着身边，是不是因为带着枪，让他有安全的感觉呢？

舒雅望舔舔嘴唇道："夏木，把枪给我好不好？我看到你拿枪就怕怕的。"

夏木转头望着她，摇摇手里的枪问："你说这把？"

舒雅望使劲点点头，捧着双手对着他。

夏木抿抿嘴角，像是在忍耐什么，忍了好一会儿，还是忍不住得意地笑了。

"呃？"舒雅望睁大眼睛看着他，他笑了？他真的笑了？虽然只是一下下，可是，夏木真的笑了，真漂亮……

少年的笑容带着得意与张扬，不似以前的冷漠与压抑，夏木用像小孩子恶作剧得逞的笑容望着舒雅望说："是假的。"

"啊！"

"真的早就给警察局收去了。爷爷和郑叔叔的枪我没偷到，就拿了橱柜里的玩具模型来，没想到……"夏木说到这儿，嘴角又上扬了一下，"没想到他们这么好骗！"

"真的是假的吗？"舒雅望有些不信，这家伙真真假假的，小时候他也说他手里的那把是假的，结果是真的。

"不信？"夏木有些不高兴地皱眉，然后举起枪对着舒雅望的脑袋，啪地开了一枪，舒雅望吓得紧紧闭上眼睛，一道水柱冲出来，将她的头发弄湿了一些。她猛地睁大眼睛，生气地瞪着他，他扭过头，使劲地抿着嘴唇。

"哼！"舒雅望生气地抢过水枪，对着夏木也要打他一枪，夏木伸手将她的手拉下来，然后用漂亮的眼睛望着舒雅望，认真地说："雅望，去把孩子打了吧。"

舒雅望愣住，傻傻地看着他。

就在这时，出租车和一辆军用吉普车擦道而过。这错过，是一生，还是一瞬？

"打掉？"舒雅望的眼神有些恍惚，把孩子打掉的话，夏木怎么办？经过这么一闹，曲家肯定更恨不得杀了夏木，如果自己再把孩子打掉的话，也许夏木真的会坐一辈子牢。

舒雅望抿了下嘴唇，低下头去，轻轻摇了摇头："不行，不可以。"

夏木沉沉地望着她问："是为了我？"

舒雅望张嘴，还没来得及说什么，夏木又继续说："那大可不必。"

"夏木？"舒雅望皱眉看他。

"也许你们都以为这样是为了我好，其实不是的。"夏木垂下眼睛，轻声说，"如果你真的生下孩子，那我才是坐一辈子的牢。"

夏木转头紧紧地望着舒雅望："一辈子的心牢，这一辈子都没办法安心。"

舒雅望鼻子微酸，轻轻回望着他说："夏木，我做这个决定并不是为了你……"

"别说了。"夏木扭过头，强硬地打断她，紧紧地握着她的手，眼神固执地看着她，"雅望听我的就好，一直以来我什么都听你的，只有这次，听我的就好。"

出租车缓缓停下，夏木付了钱，然后抓紧舒雅望的手，打开车门，强硬地将她拉下车来。舒雅望抬头一看，是S市最有名的妇产科医院，舒雅望害怕地想后退，却被夏木拉了回来。

"走吧。"夏木握紧她的手，又更紧了几分，他不容拒绝地拉着舒雅望往前走。

舒雅望犹豫着，她确实不想生这个孩子，一想到将来这个让自己受尽屈辱的证据每天要叫她妈妈的时候，她真的快崩溃了，她不想面对这个孩子，不想面对曲蔚然，她真的不想生……

也许，自私是人的本性，舒雅望在医院的那些日子，虽然绝望，却还偷偷地抱有一丝侥幸，也许自己不用生，也许还有转机，也许会有人来救她。

可是，是夏木来了，是他来了，是他说让她打掉，是他说，让她听他的，所以，她可以不生吧？

天！为什么她这么自私？

舒雅望猛地咬唇，停了下来，使劲地甩开夏木的手，眼圈通红地望着夏木吼："够了！"

"夏木，已经够了，别再这样了，我根本不值得你对我这么好。其实我心里无数次希望，能把肚子里的脏东西弄掉，其实我无数次地想从医院里逃走，其实我无数次地想不管你，我没有你想的这么伟大，我好坏，好自私，又好懦弱，我好讨厌这样的自己，真的好讨厌！"

舒雅望一边流泪，一边低着头说："我觉得自己好卑鄙，不但身体好脏，连心灵也好脏。”

夏木看着她，理所当然地说："卑鄙也好，自私也好，谁不是这样？我也是这样，我一点也不想看到雅望为别的男人生小孩，曲蔚然也好唐小天也好，我都不想看到。"

夏木上前一步，抓住舒雅望的肩膀，弯下腰来，眼睛与她平视，他的眼神很冷静，一点也不像一个十七岁的少年。

"所以现在，我们去把那个孩子打掉，不受欢迎的孩子，根本不需要出生。"

舒雅望闭上眼睛，使劲地点点头。

夏木放开她的肩膀，伸手握紧她的手，两人并肩往医院里走去。

医院的妇产科里，是一个中年妇女在坐诊，她瞟了一眼眼前的两人，冷声问："才一个半月，你是药流还是无痛人流？"

舒雅望低着头，舔舔有些干涩的嘴角说："呃……药流吧。"

医生瞟了一眼舒雅望说："无痛人流比较安全，也不会很痛。"

舒雅望当然知道无痛人流比较好，可是，她实在无法忍受躺在手术台上，让人用冰冷的机器……

舒雅望使劲地咬了下嘴唇，手上不自觉地用力，紧紧地握住夏木的手，夏木干净细长的手也用力地回握了她的。舒雅望抬起头，坚定地说："药流。"

"行，随便你，我提醒你一下啊，要是药流不干净还得清宫。"医生说完，见舒雅望了解地点点头后，便在病历上刷刷地写下几行药名递给舒雅望："去药房拿药。"

舒雅望和夏木同时站了起来，夏木手更快一步地拿起药单，很自然地牵着舒雅望走出去。舒雅望无意间看了一眼医生，只见她正用暧昧的眼神打量着他们。

舒雅望不知所措地将手抽了回来，夏木转头看她，她低着头没看他，夏木紧抿着嘴角没说话，轻轻地握了下手，笔直地走在前面。

两人拿完药，医生告诉舒雅望药要分三天吃，第三天的药要到医院吃。两人出了医院，没有回家，而是在夏木的提议下找了一家小旅社躲了起来。

当天晚上，舒雅望在夏木的面前，紧张地吃下了第一颗药。

当药吞下的时候，舒雅望说不清自己是什么感觉，很复杂。

凌晨的时候，药效开始发挥作用，她能明显地感觉到小腹隐隐的胀痛，像是有人用双手掐着她的子宫一样。深夜的时候，她开始出血，舒雅望痛苦地蜷缩在床上，额头开始冒汗，她用双手紧紧地抱着自己，翻来覆去地无法入睡。

"很疼吗？"夏木从对面的床上走过来，趴在她的床头问。

舒雅望转过身来看着他，微笑地摇摇头："不疼。"

刚开始的两天，疼痛的感觉并不是那么难以忍受，可当舒雅望吃下第三天的药时，终于体会到了什么叫痛如刀绞！

她痛到差点晕倒，她用力握着夏木的手一直握到手都抽筋，大量的鲜血从她身体排出时，她差一点虚脱。

当医生看完接血的痰盂，宣布不用清宫的时候，舒雅望深深地松了一口气。

她憔悴地望着夏木。夏木扶着她走了几步，又将她放到一边的凳子上，蹲下身去，将她背起来。

舒雅望俯在他身上，默默地睁着眼睛，双手紧紧地抱着他，忽然她低下头来，将脸埋在他的肩头叫他："夏木……"

夏木轻轻地"嗯"了一声。

"你要怎么办？夏木你要怎么办呢？"舒雅望的声音里带着深深的内疚和压抑的哭腔。

夏木没说话，背着她继续走，过了好一会儿，他才说："没事的，没事。"

可是，夏木说没事，就真的没事吗？

当夏木带走舒雅望之后，曲家爆发了，不管是曲蔚然还是曲父都陷入了疯狂的愤怒之中！曲父宣称，倾家荡产也要出这口气！

曲家再次将夏木告上法庭，并且还加了一条杀人未遂并企图杀人灭口的罪行，要求法院对夏木这种有暴力倾向的危险少年判以无期徒刑！

曲家再次利用媒体和网络对此事添油加醋地大肆报道，网民们又一次在网上掀起了千层浪，到处都有声讨夏木的帖子，这其中，大部分都是曲家花钱找人炒作的。

仅仅一个小时，夏家也对此事件做出了反击，采取高压政策，将网上的帖子全部删除，所有本省IP地址，只要打出"高官"、"持枪"、"杀人"、"夏木"、"军部子弟"等词语的帖子，都会被自动"和谐"。

曲家平静了一天之后，在深夜暗地花高价请了几百名在校大学生在第三日早晨八点，打出横幅，走上街头，举行示威游行！

公安部立刻召集警力对大学生进行驱散，有人在暗中煽风点火，两方发生冲突，差点造成踩踏伤亡事件！此事到此，再也压不住，就连中央领导都惊动了，指示S市法院立刻开审，本着公平、公正的原则处理此案！

公安部门取消了夏木取保候审的资格，立即对夏木实行拘捕，可夏家此时却交不出夏木，曲家蓄意挑拨，说夏家故意不交出夏木，完全是在藐视法律。

公安部在群众的压力和曲家的挑拨收买下，对夏家产生了强烈的不满，立刻将此事上报给中央军委，请求军委指示夏家协助调查此案。

原本就不平静的水面，又一次掀起了惊涛骇浪！

曲蔚然靠在床头，微笑地听着此事的进展，轻轻地点头道："干得不错，夏家即使再有势力又如何？在这个时代，一旦我们掌握了舆论，即使再大的官也没用，因为从古至今中国人最讲究的，就是名声。"

在一旁报告的助理说："少爷说得对。"

一直坐在一旁的曲父问："上次游行被抓的十几个大学生怎么样了？"

助理点头："曲总放心，已经给钱打发好了，不会供出我们的。"

曲蔚然笑："他们被抓也就是拘留十五天，十五天，一天一千，很划算啊，说不定，他们还希望多被拘留几天呢。"

曲父阴险地笑笑："现在，只要夏木一出现他就完了，最少也得判十年！"

"才十年？"曲蔚然的声音里有些不满，转头望着程律师问，"不能再多判一点吗？"

程律师点头："这是最低的，最高可以判无期徒刑，要不是他未成年，我们可以要求法院执行死刑。"

曲父有些犹豫地问："不过，因为……呃，如果夏家那边说，是因为我们家蔚然强奸了舒雅望，所以夏木才开枪杀人的，那夏木会减刑吗？"

程律师摇头："不会，这是两个案子，如果曲先生强奸了舒雅望，舒雅望可以单独提出诉讼，如果证据确凿，法院可以对曲先生做出判罚，但因为曲先生现在全身瘫痪，可以申请免刑、缓刑或者法外就医来免除刑事处罚，一般情况下法院也只会判罚金。"

曲蔚然笑道："也就是说，舒雅望即使告赢我，我也不用坐牢，她只是间接昭告全世界，她是我玩过的女人罢了。"

程律师点头："可以理解为这个意思。而夏木开枪袭击你，是你和夏木之间的问题，和舒雅望没有关系，即使有，也只是事件的起因而已，而杀人案件一般不问起因，只问结果，任何人都没有对他人处以私刑甚至是死刑的权利，不管是为什么，杀人就是杀人，法不容情，夏木除了未成年这点之外，任何理由都不能为他减刑。"

曲父松了一口气："听程律师这么一说，我就放心了。"

曲蔚然挑眉："舒家一定也知道这些，所以舒雅望才没告我。要是这样，我还真希望她告我呢。到时候，我还可以告诉大家，我玩的是一个处女！啧，一定有不少男人羡慕吧！"

"羡慕你个头！"曲父生气地拍着桌子吼，"你……你、你碰谁不好，非要碰一个身边有狼狗的！你看把你咬的！你现在，你现在都成什么样子了！我……我看得都心痛啊！"

曲蔚然倒是无所谓地撇撇嘴："我自己的身体我自己清楚，会好起来的。"

曲父叹气道："唉，这事一完，我就送你去美国，听说，那边有技术可以治好你。"

曲蔚然当然明白父亲说的治好是治好哪儿了，坦白说，弄成现在这副样子，曲蔚然也后悔当初强奸了舒雅望，可是一想到那个夜晚，她柔滑的肌肤、压抑的声音、滚落眼角的泪珠儿，他就热血沸腾。即使时间再次倒回，他还是会那样做，而且会做得更彻底一些。

即使想着如此邪恶的事，可曲蔚然的脸上还是带着一贯温文尔雅的笑容。

就在这时，房间的门被推开，吕培刚走进来望着他说："曲先生，有一位姓唐的先生想见你。"

曲蔚然的眼睛微微眯了起来，嘴角扬起玩味的笑容："终于回来了。"

他想了想道："请他进来吧。"

"蔚然？"曲父有些担心地望着他，这个唐小天他也知道，以前和他儿子一起在特种部队训练过，听说还是舒雅望的男朋友。儿子现在见他，他要是发起火来……

唐小天从门外走进来，英俊的脸上憔悴不堪，望向曲蔚然的眼神像利剑一般。曲蔚然转头望着曲父和程律师说："你们都出去吧，我要和我的老战友好好聊聊。"

"不行。"曲父有些不放心。

曲蔚然望着曲父笑："爸爸，不用担心，我太了解他了，他不会打一个连手都伸不直的人。你说对不对，小天？"

"那也不一定。"唐小天的话一字一字硬邦邦地从嘴里蹦出来。

曲蔚然笑了笑，冷下脸来说："你们出去。"

曲父拿他没办法，只能带着程律师走出去，但是吩咐吕培刚站在门口偷听，一有动静就冲进去。

吕培刚站在门外，耳朵贴着门板，静下心来听着里面的动静。

"还没见到雅望吧？"他听到曲蔚然像和老朋友聊天一样说，"一看你这样子就知道你一定还没见过她。"

"不许你叫她的名字！"唐小天的声音里满是即将爆发的怒气。

"不许我叫？"曲蔚然的声音里满是挑衅，"为什么不许？我可是和她有过最亲密关系的男人呢。"

一阵激烈的碰撞声后，是曲蔚然得意的笑声："我就说嘛，你啊，是不会打一个连手都伸不直的人的。"

"为什么要这样做！为什么！"唐小天的声音几近崩溃，"你答应我不碰她的！为什么这样做！"

"因为你！"曲蔚然的声音有些冷，"这一切都是你的错！"

曲蔚然继续说："没错，都是因为你，小天身边应该也有这样的人，就是那种吃瓜子的时候，总是喜欢把瓜子肉一粒一粒地剥出来，很宝贝地放在一边，想集合在一起一把吃掉的人。这个时候难道你没有想将他剥好的瓜子肉全部抢来吃掉的冲动吗？或者是那种捧着草莓蛋糕，小心翼翼地一口一口吃掉蛋糕的边缘，舍不得吃草莓的人。当他吃完蛋糕的时候，准备好好品尝一直珍惜的草莓时，你没有想把他的草莓抢走吃掉的冲动？"

曲蔚然的声音里带着残酷的笑意："在我眼里，舒雅望就是你手心里的瓜子肉，盘子里的草莓，我窥视了好久，终于把她吃掉了！"

"曲蔚然你这个浑蛋！"

"没错，我是浑蛋，我这个浑蛋还不是你招惹来的，舒雅望一切的不幸都是因为你，是你引狼入室，又怎么能怪狼吃掉了小红帽？"

"我杀了你！"混乱的声音响了起来，吕培刚大叫一声"来人"后马上打开房门冲了进去，房间里，唐小天死死地掐着曲蔚然的脖子，曲蔚然一脸痛苦地憋红了脸。

吕培刚慌忙跑过去掰唐小天的手，他的双眼瞪着曲蔚然，一副一定要杀死他的样子，他的手劲很大，怎么也掰不开，房间里又冲进来两名保镖，也帮着他掰着唐小天的手，一名保镖看曲蔚然的脸已经憋成了紫色，连忙掏出电击棒对着唐小天的腰部戳了一下，唐小天被电得全身一软，吕培刚连忙将他撞开，没让电流伤到曲蔚然，另外两名保镖连忙将他压制住。唐小天全身发麻，无力挣扎，嘴里却还不断说着："我要杀了你。"

曲蔚然捂着脖子咳嗽了两声，望着他说："不管是你，还是夏木，我不会再让人有这种机会了！"

两名保镖将唐小天往外拖，唐小天垂着头，被动地被两个保镖拖出去，在临出门前，他瞪着曲蔚然吼道："我居然把你这种人当兄弟，我真他妈的瞎了狗眼！"

他的眼神里有悲痛，有仇恨，更多的是深深的自责和懊悔。

曲蔚然捂着脖子，默默无语，脸上的表情很是淡漠。过了好一会儿，一直到再也听不到唐小天的声音时，他忽然低低地说了一句："当我遇到她的那天起，就不再是你的兄弟了。"

夏有乔木
雅望天堂 *1*

■ XIA YOU QIAO MU　YA WANG TIAN TANG ■

THE　7TH　ANNIVERSARY

第十三章

用什么赔给你

可是他现在，只是一个杀人未遂的逃犯！
等待他的未来，也许，只有监狱！

　　唐小天走后，曲蔚然安静地躺在床上，房间里一片寂静，吕培刚走过来轻声说道："曲先生，今天的按摩时间到了。"

　　曲蔚然半眯着眼睛，懒懒地"嗯"了一声。

　　吕培刚弯下腰来，从曲蔚然的右手开始按摩，这种恢复按摩对准穴位，每用力按一下，就有酸麻的刺痛感，可若不用力，又达不到医疗效果，吕培刚按摩的时候偷偷看了一眼曲蔚然，他的面色微微发白，俊美的眉目紧紧皱着，似乎在忍受按摩时带来的疼痛。他有些弄不懂这个男人，为了逞一时之快，将自己弄到这般田地，值得吗？将昔日的好友兄弟逼入地狱，他就没有一点点难过和内疚吗？

　　吕培刚机械地为他做着按摩，例行公事地问："曲先生，今天感觉好些吗？"

　　曲蔚然慢慢睁开眼睛，温温地笑起来："很酸啊。"

　　"酸？"吕培刚疑惑。

　　"全身的关节都很酸。"曲蔚然的笑容未变，仰头，望向窗外的天空，轻声道，"要下雨了吧。"

　　吕培刚随着他的视线望向窗外，晴空万里，艳阳高照，那里有要下雨的迹象呢？他转回头，望向曲蔚然，曲蔚然的眼神还是专注地看着窗外，好像在等着那场他说的大雨。

　　傍晚，曲蔚然沉沉睡去的时候，天空真的下起了淅淅沥沥的小雨，吕培刚打开窗户，望着窗外慌忙避雨的行人，愣愣地道："真的下雨了？"

　　雨越下越大，离曲家别墅外不远的车道上，一辆军用吉普车停在一边，车里一个人也没有，可仔细一看，却见一个高大的男人靠坐在吉普车的右边。他坐在冰冷肮脏的地面上，低着头，大雨早已将他的衣服全部打湿，雨水从他的短发上滑落，顺着他的额头滑落。他的脸颊上还有被人打伤的痕迹，他的嘴角像是在微微地颤抖，他的迷彩服被人拉扯得有些凌乱……他就那样坐在那里，僵硬地坐着，像是坐了千年、万年，无法移动一分一毫。

六月的雨总是越下越大，淅淅沥沥的小雨很快变成豆子一般的大雨，雨敲打着窗户发出清脆的响声，窗户里的女人仰着头眼神迷离地看着，她的手探向窗外，接着从天上落下的雨水，对面街道的影像店里放着不知名的英文歌，淡淡地飘散在雨中，悲凉的感觉，缓缓地蔓延着。

忽然间，女人的身体被人猛往后拉去，她后退两步，转头看去，只见一个俊美的少年满眼不高兴地抿着嘴说："不要碰冷水。"

女人温顺地低下头来，看着少年用毛巾轻柔地为她擦拭着手上的雨。少年的手很漂亮，白皙的皮肤包裹着修长的十指，干净的手心有着暖暖的温度，她眨了下眼，反过手去，轻轻握住他的手，少年停下动作，低着头看她。两人靠得很静，他呼出来的气息轻轻地吹着她头顶上的黑发，女人什么话也没说，就是这样握住他的手。

雨还在下着，天色从阴沉变得黑暗，冷冷的夜风从未关的窗户吹进来，吹动两人的发丝，女人微微瑟缩了下，少年拉开一只手，转身将窗户关上，将风声、雨声、所有喧哗的声音都关在窗外。

少年关完窗户，转身就用强硬的口吻对女人说："雅望，上床去。"

舒雅望一怔，脸微微有些红，羞恼地瞪他一眼，乖乖地爬上床坐好，将被子盖在身上，睁着眼睛看他。他刚从外面回来，外套还没脱掉，就动手解着塑料袋。塑料袋里装着他从超市买的大保温桶，保温桶的盖子打开，鸡汤的香味瞬间飘了出来。他将保温桶整个端给她，舒雅望伸出双手捧住，夏木又转身从塑料袋里拿出一个铁勺递给她：

"喝吧。"

舒雅望低头看着一大桶鸡汤，紧紧地皱眉，从吃药的那天起，一连四天都在喝鸡汤，真是喝得想吐啊，用勺子搅搅，长铁勺都碰不到底："太多了吧。"

夏木默默地盯着她，沉着脸道："喝掉！"

舒雅望撇了撇嘴，拿着铁勺，一勺一勺地舀着，夏木抿抿嘴唇，坐在一边看着。

舒雅望见他总是盯着她，有些不好意思地舀了一勺送到他的唇边问："喝吗？"

夏木微微犹豫了下，凑上前去喝了一口，舒雅望又舀了一勺送到他唇边，抿着嘴望着他讨好地笑："再来一口。"

夏木瞪她一眼，虽然不愿意，可看着她的笑容，却又无法拒绝，只得凑上前去喝掉。

舒雅望又想舀给他喝，夏木按住她的手瞪她："自己喝！"

舒雅望撇撇嘴，郁闷地一勺一勺地往嘴里舀，夏木看着她，轻轻抿了抿嘴。

房间里的电视正开着，电视里放着S市的都市新闻，新闻里的女主持人一条一条地播报着新闻，她用好听的声音说："今天是一年一度高考的第一天，我市的考生在高考前夕应该做哪些准备呢？下面我们请S市一中的……"

看着电视里的S市一中的考生们埋头认真地学习着，熟悉的学校，熟悉的教室，熟悉的校服，舒雅望停下喝汤的动作，看着电视，心突然被紧紧揪住，鼻子微酸地说："马上要高考了啊……"

夏木转头看了眼电视，眼神幽暗，轻轻点头嗯了一声。

舒雅望咬着嘴唇，自责与内疚的情绪将她压得连气也喘不过来，每每一想到夏木的将来，她就要疯了！

是的，夏木，今年高三，夏木，今年也高考。

可是他现在……他现在躲在一个小旅社里！

如果不是因为自己，他现在一定在教室里，然后参加高考，拿到名牌大学的录取通知书，他今后的一生都会过得光彩绚丽。

可是他现在……只是一个杀人未遂的逃犯！

等待他的未来，也许……只有监狱！

舒雅望死死地闭上眼睛，她不敢问，她不敢问夏木现在变成这样，他会不会后悔，会不会恨她；她不敢问，不敢问夏木，即使现在不恨，现在不后悔，那将来呢？

自己究竟要怎么赔他，怎么赔他的将来，他的人生，他最美好的青春年华？

"雅望？"夏木坐在床边轻声问，"你怎么又哭了？"

舒雅望低着头，使劲摇摇："没，我没哭。"

夏木伸手，用手指轻轻地刮下她的泪珠，沉默地看着她。

舒雅望想抬头对他笑一下，可是她做不到。

"雅望，别哭。"

她听到夏木轻声说："我受不了你哭，你一哭，我就想杀人。"

舒雅望猛地抬头，双眸愣愣地看着夏木。

夏木看着她，眼里写满认真……

还有，还有舒雅望不敢直视的感情，很纯净，很深刻，带着少年特有的狂热。

舒雅望沉默半响，忽然问："你就这么喜欢我吗？"

"嗯，很喜欢。"

"即使我……即使我结过婚，你还喜欢？"

"嗯，喜欢。"

舒雅望的双手紧紧握起来，她沉默了一下，忽然像做出了什么决定一样说："好。"

夏木疑惑地看她："好什么？"

舒雅望摇摇头，没说话，只是将脖子上的接吻鱼项链拿下来，将一只接吻鱼从项链上取下来，用床头的红绳穿过接吻鱼，将它挂在夏木的脖子上："送你。"

夏木摸着银色的接吻鱼，有些诧异地看着她问："送我？为什么？"

这不是他送她的吗？当时他叫她一直戴着，永远不要拿下来，现在，为什么要送他呢？

舒雅望将剩下的那只戴回脖子上，抬头望着他说："是生日礼物。"

"生日礼物？"

舒雅望笑："是十八岁生日礼物，提前六天送你，喜欢吗？"

夏木努努嘴："你真小气。"

居然拿他送她的东西分一半送他。

"我小气？那还我！"舒雅望作势要抢。

夏木侧身躲过，别扭地鼓着脸。

舒雅望缩回手，抱着保温桶，心里宛如一潭平静的湖水，不再汹涌，不再挣扎。窗外闪过一道刺眼的闪电，随后而来的响雷响彻天地，舒雅望怔怔地望着保温桶里的鸡汤，夏木啊，我终于找到可以赔你的东西了。

如果……如果你坐牢的话，不管多久，我等你出来。

如果那时，你还喜欢我的话，我就把自己赔给你。

六月的雨，好像一下就不会停一样，一直一直下着，远处，昏暗的街灯下，军用吉普车旁的那个早已湿透的男人终于缓缓站起身来，他打开车门，坐了进去，刚毅的脸上满是雨水，只是通红的双眼里却已然满是清明和执着……

可，执着的人又何止他一人呢？

当他站起来的那一秒，当他做出决定的那一秒，远方的那个人，也做出了决定。

一个坚守，一个放弃……

第二天清晨，雨停了，雨过后的大地有一种清新的泥土味，安静的城市渐渐喧闹起来，舒雅望在窗外的车鸣声中慢慢睁开眼，刚睁开的眼睛里有着一丝恍惚，她习惯性地看向另一边的床铺，床铺上的被子铺开，床上空无一人。

舒雅望疑惑地坐起来对着卫生间喊了一声："夏木？"

卫生间里安安静静，一点回声也没有。舒雅望靠在床头想，去哪儿了？难道又去买鸡汤了？掀开被子，刚想下床，就被枕头边上的信纸吸引住了视线。

舒雅望皱了皱眉，拿起信纸，垂下眼睛，她的表情从疑惑到震惊到不敢置信。信纸从她的手上飘落，她猛地掀开被子，冲下床去，穿着拖鞋、睡衣，披散着长发，双眼通红地跑出房间，

信纸被她甩落在空中。

雅望：

我有很多话想和你说，但又怕看见你哭我会走不了，所以还是写信好了。

雅望，我知道有些事情你不想听……可是，我还是想说。听我说最后一次好不好？这是最后一次，我以后，大概没有机会再同你说了。

雅望，我喜欢你。

不知道从什么时候开始，我就一直在注意你，大概是从你打我的那一次开始，也大概是从你教我画画的那一次开始。其实认真想想，你不够漂亮，不够体贴，不够聪明，甚至还不够喜欢我——

可是，雅望，我喜欢你。

喜欢了很久，很久。

雅望，我知道你喜欢唐小天。

虽然我一直不喜欢他，可是你一直喜欢他……比喜欢我，更多更多地喜欢他。

所以……如果你一直一直地喜欢他，那么，最后，我也至少能不讨厌他吧。

雅望，唐小天回来了，你去找他吧。

我记得小时候，唐叔叔说，他希望他的儿子能成为真正的男子汉，刚毅坚强正直果敢；他希望，他的儿子能成为他的骄傲。

我记得你当初在听到这一句话的时候，眼睛亮闪闪的，很漂亮。

那时，你对我说，你希望我也能成为你的骄傲。

我记得这句话。

一直记得，深埋心中。

那么，雅望，现在的我，有没有成为你的骄傲？

这些日子以来，虽然你一直瞒着我，但我怎么可能不知道局势的不利？

我必须去自首。

夏家没有只知道逃避的孬种，以前没有，以后也不会有。

我知道你一直觉得你害了我，但我真的不后悔，不论是判有期无期还是死刑，我不后悔——我只恨没有真正替你杀了那个畜生！

我离开得没有遗憾，我有我的骄傲，所以，不要为我伤心，也不需要内疚，这是我自己决定的路。

你在哭吗？

不要哭。

我曾经听过一句话：这世上最幸福的事，是两个人彼此相爱；而第二幸福的事，就是自己最爱的人，能够得到幸福。

最大的幸福我大约没有办法得到了，那么，你帮我完成第二幸福的事好不好？

雅望，我爱你。
所以，
你一定要幸福。

——夏木

舒雅望在街道上毫无方向地跑着，不知道该往哪儿走，不知道要怎么找到他，怎么阻止他！

"夏木——"

"夏木啊——"

舒雅望毫无方向地沿着街边一边跑一边大喊着，她的声音哭到哽咽，她全身害怕得不停颤抖，她无能为力，她找不到他！

当她在一个报亭边停下的时候，无神的视线忽然被红色的电话吸引住，她慌忙扑过去，拿起电话按了熟悉的电话号码！

电话响了两声，终于被接起。

舒雅望拿着电话，哭着叫了一声："爸……"

"雅望？"电话那头舒爸的声音很是焦急，"你在哪儿？在哪儿？夏木和你在一起吗？"

"爸……"舒雅望死死地咬着嘴唇说，"夏木……自首了。"

电话那头的人像是愣住了一样，忽然大发雷霆地骂道："你怎么能让他去自首！他现在去自首这一辈子就完了！夏司令也救不了他！你怎么能让夏木去自首！"

"爸。"泪水顺着尖瘦的脸颊滑落，舒雅望眼神坚定地看着前方说，"爸，我要告曲蔚然强奸。"

舒父静默了一会儿，郑重地问："你想清楚了？"

"嗯。"

其实夏木开枪的第二天，她就去公安机关做了证据保留，只是一连串的事情连续发生，让她没有下定决心去告他。

可是，她现在想清楚了，她要让人知道，他是一个什么样的人！她要让大家知道，夏木才不是那种持枪逞凶不顾后果的高干子弟！

是她的错，一切都是她的错，一开始她就不应该软弱，更不应该退让，不管告完后是什么结果，她不怕，也不后悔！

舒爸在电话那头说："雅望，回家吧，爸爸会帮你的。"

"嗯。"舒雅望挂了电话，又在电话旁站了好久，才转身离开。

夏木自首，舒雅望告曲蔚然强奸的事，很快就传到了曲家。当曲蔚然听到这个消息的时候，先是微微一愣，然后笑了，毫不害怕，甚至带着期待的笑容。

笑过后，他又有瞬间失神，谁也不能猜透他的想法。

离开庭还有三天，

舒雅望坐在自己房间的床上，房间里的门窗关得紧紧的，舒妈在房间外摇头叹气，舒爸一口一口地抽着烟。

舒妈打开家门，门外的唐小天站得笔直的，她鼻子一酸，摇摇头说："小天啊，回去吧，回去吧，孩子。"

唐小天望着紧闭的房门说："阿姨，我在这儿等她，她一天不出来，我就等一天，一年不出来，我就等一年。"

"你这又是何苦。"舒妈难过地摇头。

唐小天没说话，沉默地站在那儿，无言地等着，他怎么能走，他的雅望就在这里啊，就在房间里，就在离他很近的地方……

可是，为什么他觉得，他再也找不到她了呢？为什么他觉得，她已经丢了，他的雅望已经丢了……

离开庭还有两天，夏司令亲自去拘留所看了夏木，夏木还是很沉默，可是当他看见爷爷那苍老憔悴的面容之后，他居然安慰地对他微微一笑。

夏司愣了愣，眼里微微湿润，他轻轻点点头："你和你爸真像，特别是笑起来，真像。"

夏木低笑："那当然，我是爸爸的儿子。"

离开庭还有一天，吕培刚在收拾曲蔚然的房间时，在床头的被褥下面找到一张女孩的照片，那照片上的女孩只有十八九岁，她穿着橘色的棉袄，站在云南的丽江边上，单手抚着被风吹乱的长发，对着镜头嫣然浅笑。

2004年6月23日，夏木十八岁生日。

延后审理三个月的持枪杀人案，终于开庭了！

S市中级法院里，听审席坐得满满的，曲家的律师在法庭上控诉夏木的罪行，每一句都将夏木往死里逼，他将所有不利于夏木的罪证全部搬出，所谓的罪证确凿也不过如此吧。

舒雅望遥遥地看着站在被告席上的夏木，他的脸色有些憔悴，却依然俊秀逼人，他的脸上没有什么表情，只是冷冷地站在被告席上，好像律师说的不是他一样。

而原告席上的曲蔚然依旧穿着体面的西装，深邃的眼里带着微微的浅笑。

曲家的律师转身问坐在证人席上的人："舒雅望小姐，你说是因为我的当事人强奸了你，所以被告才持枪杀人的，对吗？"

"是。"

"根据你的供词和当日事发时的血液检测，你当天喝酒了？"

"是。"

曲家律师咄咄逼人地问："舒小姐，你是否是因为酒醉自愿与我的当事人发生性关系？为了帮被告人开脱，故意诬赖我的当事人呢？"

舒雅望抬起头狠狠地瞪着他，咬牙道："不是！我记得很清楚，酒里面被人放了迷药！"她说完后，转头狠狠地瞪着轮椅上的曲蔚然，"不信，你可以问你的当事人啊，我想他会很乐意承认的！"

曲蔚然歪头一笑："是啊，是我强迫她的，我记得她还是第一次，痛得直哭呢。"

舒雅望脸色变得苍白，咬紧的嘴唇溢出铁锈一般的鲜血味。听审席一片哗然，听审席上的唐小天激动地站起来，大吼地冲上前去。他英俊的脸庞被愤怒和仇恨充斥，唐叔叔和张靖宇使劲地按住他，他像是失去理智一般挣扎着。

"肃静！肃静！"法官使劲地用小木锤子敲着桌子！

可唐小天肃静不下来，他要疯了，他要疯狂了！他的眼里只剩下曲蔚然那恶心的笑容，他要上去撕烂他！是他！他这个恶魔！他毁了雅望，毁了夏木，也毁了他！

曲蔚然，你这个恶魔！

唐小天完全失去了理智，为了不妨碍继续审案，法官让人将他拉了出去，不允许他再进入法庭。

唐小天被人拖着向外走，舒雅望头也不敢回一下，她不敢看他，一直不敢看，就怕看见他如此伤心欲绝的样子，她偷偷低下头，拼命将眼泪逼回去，咬紧牙关继续坚持！

她不能哭，不能走，不能觉得丢人，这是夏木减刑的唯一希望！她深吸一口气，再次抬起头来。

唐小天被推出法庭外，他想冲进去，想冲进去杀了那个毁了一切的恶魔！可迎面而来的一拳将他打倒在地上，他的嘴唇被牙齿咬破，一丝鲜血流了下来。

唐叔叔站在他面前狠狠地看着他："冷静点！你不是夏木，你杀了人绝对会被枪毙！你还要舒家那孩子伤多少心！"

唐小天缓缓地坐起身子，低着头，没再说话，唐叔叔叹了一口气说："在这里，好好想想你现在真正应该做的。"

他说完，转身走了。

唐小天像是所有力气都用完了一样，疲惫地瘫坐在法院门口，阳光直直地照在他身上，他的身影被拉得很长。他轻轻握起拳头，该做什么？

他到底该做什么？

两个多小时以后，法庭的大门被打开，有人陆续从里面走出来，唐小天连忙站起来，抹了一把脸，拉过一个刚走出来的青年问："怎么判的？"

那青年人答道："那孩子判了六年，那个瘫痪的判了四年。"

"六年？"唐小天问。

"是啊，很少吧？我以为至少得判十几年呢。"那青年说完便和同伴离开了。

唐小天稍稍松了一口气，六年，比预计的要少了一半。

他拨开人群，往法庭里走去，一直到没什么人的时候，他才看见舒雅望。她安静地走在前面，她的父母跟在她左右，她看见了他，慌忙别过头，神色有一丝慌乱。他的心一痛，走上前一步，却又不敢太过靠近。

她抬手顺了一下刘海，然后抬头看他，他立刻又上前一步，她有些勉强地对着他笑了一下。

她说："小天。"

"我在。"他的心微微颤抖了一下，鼻子微微发酸。

她的眼里也有些湿润，咬咬嘴唇说："有什么事，我们明天再说好吗？"

"好。"他看着她，轻声答应，好像怕吓走了她一样。

舒雅望看着他轻轻笑了，那笑容一如从前，美得炫目。

他相信了她的话，一如从前那般相信她。

可是，第二天清晨出现在他家门口的那封信，那个戒指，却让他知道，那笑容，第一次骗了他。

她将戒指还给他，她用漂亮的字体在信里写着："小天，人们常说，百年修的同船渡，千年修得共枕眠，我想，我们的缘分未满千年……"

她走了，离开了，消失了，找不到了。

他终于，把她弄丢了……

第十四章

最初相爱的人，最终不能相守

现在你回来了，
可是，我等的已经不是你了。

当这个故事讲完的时候，已经凌晨三点了，房间里的灯火依然通明，舒雅望蜷缩在沙发上，无力地垂着头，眼神一片空洞迷茫。

好友竹子已经哭成了泪人，她紧紧地抱住舒雅望，不知道说什么才能安慰她，两人在明亮的灯光下坐了半晌，竹子忍不住问："后来呢，后来怎么样了？"

"后来？"舒雅望微微垂下眼睛，苦笑道："后来不就遇见你了吗。"

五年前，她买了一张北上的火车票，独自一人偷偷离开家，当火车开动的那一刻，她觉得自己一无所有。

就在那列火车上，她遇到了竹子。当时的舒雅望正望着窗外无声地落泪，然后觉得身后有人轻轻地戳着她的肩膀。

舒雅望没有理她，而那人却坚持不懈地戳着她的肩膀问："夏小姐？"

"我姓舒！"舒雅望瞪着泪眼看去，终于看清戳她的人竟是夏木那个年轻的班主任老师！

"呃……"老师被舒雅望一瞪，吓得有些无措地绞着手指，过了好半晌，才小心翼翼地凑过头去问："那个……你在哭吗？"

"没。"舒雅望扭着头否认。

"哦。"老师抓抓头发，干笑了一下问："那个，夏小姐……"

"跟你说了我姓舒姓舒！你烦死了！"舒雅望气得掀桌，她本来就心情郁闷，伤心至极，被这白痴老师一搅，居然气得大声哭起来！

老师无措地对着手指，一脸惊讶地看着她，委屈地咬咬嘴唇，她只是想问她要去哪儿而已……

一想到那次见面，舒雅望忍不住笑了起来，瞅了一眼竹子道："你以前真是呆得要命。"

竹子有些不好意思地笑笑:"你那时哭得好惨,都把我吓着了。"

那次,她到S市去当实习老师,实习结束后,她坐火车回家,在途中遇到了舒雅望,当时的她就像一个走失的孩子一般,哀伤迷茫得让人无法放任不管,所以她才会主动上前去和她打招呼。在得知她没有目的地之后,便邀请她和她一同去W市工作。

竹子抿了抿嘴唇,轻声感叹道:"时间过得真快啊,一晃六年过去了。"

舒雅望垂下眼,看不清她的表情,只听她缓声道:"是啊,六年了……"

她抬起头,望向窗外那片接近黎明的夜色,抬手轻轻握住颈间的接吻鱼项链,眯着眼睛轻声道:"夏木,就要出来了。"

夏木,一说到这个名字,舒雅望的心就沉沉地痛,这些年来,她总会梦到,梦到那个冷漠的男孩,那双空洞的眼睛;她总会梦到,他拿着枪站在血泊中,用那双空洞清冷的眼睛望着她说:"雅望,谁也不能欺负你。"

握着接吻鱼项链的手,不由自主地又紧了几分。

"那,唐小天呢?"竹子小心翼翼地问,"这六年来,你见过唐小天吗?"

舒雅望微微一怔,低下头来,长久地沉默着。

竹子看着她沉默,她也轻轻地叹了一口气,不再追问。

窗外的天色越来越亮,舒雅望的手机闹铃忽然响了起来,她回过神来,按掉闹铃,起身道:"时间不早了,我去上班。"

"去吧,路上小心点。记得吃早饭。"

"嗯。"

舒雅望出了家门,冬天的清晨有些冷,她拉高衣领,低着头踱步到公交车站牌,离上班的时间还早,站牌边只有寥寥的几个人,没等一会儿,她要搭的23路公交开了过来,上车,刷卡,车上的位子大多空着,她挑了个靠后的位子坐下，汽车缓缓开动，她坐在车上发呆。半小时后，车子停靠在离公司不远的车站。

舒雅望走下车，走进离车站不远的早餐店里，点了一份水饺。她坐在座位上等着，透过店面的玻璃窗，可以清楚地看见马路对面的人，她远远地望着，有些微微失神。三年前，她在那对面见过唐小天，那时，她离家三年，她没有告诉任何人自己去了哪儿。中途有一次，因为太想念母亲，所以忍不住给她打了电话，舒妈在电话里偷偷哭着，让她好好照顾自己，想开了就再回来。

舒雅望只能在电话这边连连点头，舒妈告诉她："你走了以后，小天还是天天给你写信，放假了，就天天来家里。他说他不嫌你，他等你回来。"

舒雅望紧紧地握着电话，咬着嘴唇低声道："让他别等我。别等。"

"雅望啊，小天给你写了好多信，我给你寄去好不好？"

"不，妈妈，别寄给我。"舒雅望连忙拒绝，她害怕看见唐小天的信，她怕自己会控制不住地想他，怕自己没办法坚持，怕自己背叛在牢里的夏木。

可是即使她拒绝，舒妈还是将大大的一箱子信寄给了她。她没敢拆，一封也没敢拆。她将它们包了一层又一层，深深地藏在床底下。

到底有多少次，她想打开它们呢？

她记不清了……真的记不清。

后来，后来有一天早上，她像往常一样上班，却在W市的街上看见了不可能看见的人。她看见那个穿着绿色军装的男人不顾马路上的车流，横冲直撞地向她跑来，她慌忙地转身躲起来。

她看见他在马路上到处张望着，寻找着，在茫茫人海中一直一直找着她。她看见他向她的方向走过来，她连忙躲起来，她以为他发现了她，可是，他没有，他只是找累了，只是靠着墙壁的另外一边。她蹲着身子，躲在墙壁后面，捂着嘴巴偷偷地哭。他靠着墙壁，咬着嘴唇，眼眶微红，一脸悲伤地看着人群。

舒雅望以为那次只是偶遇，他很快就会离开W市，可没想到，往后的每一天，她都看见他站在那里，四处凝望着，寻找着，等待着。

整整三个月，他每天早晨都去那儿等她，就连唐叔叔来了都没用。她看见唐叔叔又打了他，她像以前一样心痛，可这次，唐小天没有听父亲的话，没有离开，他还是固执地站在那儿等她。

舒雅望看着唐叔叔摇头叹气地离开，再也忍不住地走了出去。

她远远地看着他，唐小天像是感觉到了一般，一转头，便在人群中找到了她。

她一步一步地走到他面前，他像是不敢相信似的，一直盯着她看。她在他面前站定，他张开双臂猛地上前，死死地抱住她。

舒雅望没动，像从前一般顺从地任他抱着，她忍不住哭了，她想念他的拥抱，想念着。

唐小天也哭了，他们久久不能说出一句话，因为他们都知道，他们都不是原来的唐小天和舒雅望了；因为他们知道，他们不可能再在一起了；因为他们知道，她们的缘分到此为止了。

舒雅望轻声说：“小天，回去吧。”

“雅望，雅望，雅望。”唐小天哭着叫她的名字，声音中透着深深的无助和绝望，这个刚毅的男人，他的泪水打湿了她的肩头。舒雅望紧紧地咬着唇说：“回去吧，回去吧，求求你了。”

“雅望，跟我走吧，我会待在你身边，哪儿也不去，我会待在你身边，再也不让你等我，我会待在你身边，再也不会让任何人欺负你，让我待在你身边……”

舒雅望摇头，哭得很大声，哭着说：“晚了，真的晚了，小天，真的晚了，我不能和你在一起，我在等，我总是在等，我等你等了好久，最终还是没能等到你回来。”

舒雅望抬头望着他，泪流满面：“现在你回来了，可是，我等的已经不是你了。”

“不，不。”唐小天紧紧地抱着她，不愿意放手！

“小天，你以前说过，你从来不怕我走到更远的地方，看见更好的风景，或者是遇见更好的男人。我现在，已经走远了，走得很远了，我回不去了，再也回不到你身边了。”

舒雅望推开他，退后一步：“小天，我从来没有正式和你说过，我们分手吧。

“你别再等我，也别再找我，你这样，只会让我更痛苦……”

舒雅望说完，咬着嘴唇转身，一边痛哭一边飞快地向前跑……

唐小天没有追，他握紧双拳，看着她的背影，缓缓地蹲下身来，痛苦地捂住脸颊……

早餐店里热闹非凡，不时有人高声点餐，舒雅望的眼角已经湿润，一个肥胖的身影走近她，将一个汤碗端到舒雅望面前：“小姐，你的饺子。”

舒雅望从回忆中回过神来，深吸了一口气，礼貌地笑着：“谢谢。”

她再低下头，一口一口地吃着饺子，一不小心，泪珠儿闪着十字光芒落入碗里，激起一圈圈涟漪……

最初相爱的人，最终不得相守……

最初相爱的人，最后各奔东西……

最初相爱的人啊……

下一次遇见，

再也不能紧紧地拥抱你，

最初相爱的人啊……

下一次遇见，

再也不能深深地亲吻你。

最初相爱的人啊……

第十五章

爱也一辈子, 恨也一辈子

爱一辈子也好，恨一辈子也好，
终究是要让你记我一辈子。

"小舒，这次杏花公园的案子由你来设计。"公司晨会上，地化的老总一脸信任地将公司本年度最大的案子交给了舒雅望。

舒雅望郑重地点头："我会努力的。"

"各部门也都配合一下，行，没别的事散会吧！"老总手轻轻一挥，众人站起来，走出会议室。

舒雅望走在人群的中间，手里拿着会议记录本，实习生林雨晨跟在她边上笑："舒姐，这次让我给你打下手吧，我想跟你多学点东西。"

舒雅望径直往前走，没看他，也没多考虑，淡淡地点头答应："可以。"

林雨晨很开心地鞠躬："谢谢舒姐！我一定会努力的！"

舒雅望看着他超有活力的笑脸，神色温和了下来，想当初自己刚做这行的时候，也是充满干劲呢。

可她刚一转头，那温和的笑容又瞬间消失，舒雅望眼神冰冷，神色戒备地望着走廊的另一头。

林雨晨顺着她的眼神望去，只见昨天晚上碰见的那个男人正站在那儿，穿着体面，温文尔雅，嘴角噙着浅浅的微笑，温柔地望着舒雅望。

那人，昨天晚上好像说，他是舒姐的前夫吧？

林雨晨又转头望向舒雅望，只见她抬手撩了一下耳边的碎发，从容地走过去，冷淡地看着他问："找我？"

"当然。"除了找她，他还能找谁呢？

舒雅望回头望了一眼林雨晨，林雨晨对她点点头，识相地先行离开，走廊上只剩下他们两人。

舒雅望皱着眉头问："什么事？"

曲蔚然看着她笑："没事，只是我想你，想见你。"

对于他的甜言蜜语，舒雅望眼都没眨一下，嘲讽地看着他："见着了，你可以走了。"

"雅望啊，你怎么总是这么对我呢？"曲蔚然的俊脸上有些委屈，弯下腰来很温柔地靠近她道，"你这样我会很生气的。"

舒雅望没有后退，清冷的双眼直直地看着他："你以为你这么说我会害怕吗？曲蔚然，我告诉你，一无所有的我根本不怕你，想死的话，就再来招惹我。"

舒雅望说完，看都不看他一眼，直直地从他身边走过。

曲蔚然猛地转身，将她拉了回来，瞪着她道："舒雅望，你胆子变大了。"

舒雅望也不挣扎，皱着眉问："你够了没有！你到底要纠缠我到什么时候？我身上已没有你所嫉妒的幸福，我也不再是任何人的女朋友，我的日子过得支离破碎。"

舒雅望冷冷地望着他："你已经害得我一无所有了，你还想怎么样？你要我去死吗？是不是我死了你才会放过我？"舒雅望用没有被拉着的手捂着脸，疲惫地望着他问，"曲蔚然！你到底想要从我身上得到什么？"

曲蔚然紧紧地握住她的手，没说话。

舒雅望甩开他的手，愤怒地逼问他："你说啊！你到底想要什么！"

"你……可以爱我吗？"曲蔚然的眼神有些慌张，这个接近三十岁的男人，在告白的时候，难免有些心慌，"雅望，你可以爱我吗？"

舒雅望愣了一下，忽然笑了出来："曲蔚然，你真的很可笑，这是我六年来听过的最好笑的笑话。"

曲蔚然猛地变脸，瞬间丢开那翩翩君子的风度，他猛地将舒雅望按到墙壁上，瞪着她，冷冷地说："所以我才恨你。因为在你眼中，我总是这么可笑。"

曲蔚然轻笑着掩盖着眼里的那一抹伤痛："我就是这样的人，喜欢的就要得到，得不到就要毁掉，碰上我，你只能自认倒霉。"

舒雅望惨笑了一下，点头："对，我确实很倒霉。"

遇见他，是她生命中最大的劫。

"可是雅望啊，在毁掉你之后，我是如此地想念你。"曲蔚然也笑，笑容中带着淡淡的苦涩，"即使你没对我说过一句好话，没给过我一抹笑容，我还是想念你。"曲蔚然停顿了一下，继续道，"我不后悔我对你所做的一切。"

"爱一辈子也好，恨一辈子也好，终究是要让你记我一辈子。"

舒雅望一直没说话，她不知道要说什么，对于曲蔚然，她总是很无语，生气得无语，恨得无语，厌恶得无语，即使在他表白的现在，她还是很无语。

曲蔚然放开她，后退一步道："放心吧，我不会再来找你。"

说完这些，曲蔚然转身离开。

舒雅望看着他的背影，一直到他的背影消失在走廊的尽头，她才默默地转身离开。

她永远也不了解，曲蔚然到底在想什么，她也不想了解，她只想，要是，她从来没有遇见过他，那该有多好啊……

周末，舒雅望早早地起床，梳洗完毕之后拿出化妆品为自己化了一个淡雅的妆容，打开衣柜挑选了半天，挑了一套以白色为主的衣服穿在身上，对着镜子看了好久，抬手，将扎好的头发散落下来，海藻一般的长发披散下来，自然的大波浪卷让她显得更有风情。她对着镜子抿了抿嘴唇，仔细地打量着自己，和六年前的容貌相比，现在的自已似乎更有成熟的女人韵味，只是少了一抹清纯明亮的气质。

舒雅望望着镜子长长地吐了一口气，真的是的，自己居然有些紧张。

拿起包走出房间，竹子正在客厅吃着早饭，抬头瞟了一眼舒雅望，有些吃惊地问："咦，打扮这么漂亮去干吗？"

舒雅望拉开大门并未回头，微笑地走出去："我去接夏木。"

"呃？夏木今天出狱吗？"竹子大声的望着门口问。

"嗯，我跟公司请了假，过几天回来。"舒雅望说完，关了房门，不理竹子在房间的叫喊声，直接打车到了汽车站，又买了车票到S市，下了车又转车到了S市的监狱。

监狱的大铁门紧紧地关着，舒雅望到那里的时候已经是下午两点了，她低头看了看手表，确定自己没迟到后，稍稍松了一口气。监狱的外面很空旷，没有什么遮挡物，荒凉的土地上枯黄的野草随风颤抖，她披散的头发被风吹得飘起来，不得不时地用手撩开被长发遮住的视线。

过了一会儿，一直盯着的监狱大门发出刺耳的声音，舒雅望连忙放下手，紧张地上前两步，仔细地看过去，只见大门下面的小铁门被打开来，一只长腿迈了出来，一个瘦削修长的身影从门内的阴影中走了出来。他走了两步，站在阳光下，轻轻抬起头，眯着眼睛望向湛蓝的天空。

舒雅望远远地看着他，他穿着宝蓝色的羽绒服，牛仔裤，戴着一顶黑色的棒球帽，远远的看不清样子，舒雅望情不自禁地走近了几步。

他像是发现了她的目光，眨了下眼，转过头来，望向她的方向。她终于看清了他的样子，是他……

是夏木！

她停下脚步，看着他牵动嘴角，温柔地望着他浅浅微笑。

他看见她的笑容，脸上冰冷的表情渐渐柔和了下来，轻轻地抿起嘴角，阳光下，两个人隔着远远的距离，遥遥地看着对方，相视而笑。

也不知是谁先上前的，两人的距离越来越近，近到只有一步距离的地方停下。舒雅望抬头望着他，夏木长高了，也越发英俊了，可气质却没怎么变，他瘦削的俊脸上依然面无表情波澜不惊，他的双眼还是那么深邃幽暗，他的双眼下方依然挂着万年不变的黑眼圈，

舒雅望仔细地看着他，认真地打量他，她的嘴角一直带着欣喜的笑容，可是通红的双眼里，却忍不住往下落泪。

夏木抬手为她擦去眼泪，舒雅望伸出双手将他的手拉下来，紧紧地握在手中，她低下头来看着，他的手变得结实而又粗糙，她磨蹭着他的手心，难受得哭出声来，他的手……

他那双漂亮细致得像是艺术品一样的手……

如今，满是伤痕和老茧，粗糙得和工地上的民工的手一样。

他到底吃了多少苦？

到底受了多少罪？

舒雅望使劲地搓着他的手，像是这样就能将他手中的老茧磨平一样。

夏木叹了口气，抽回手，一把拉过她，紧紧地抱住，轻声道："别哭，明知道我最怕你哭。"

舒雅望抬手回抱住他，使劲地在他怀里点点头，哽咽地说："我不哭，我不哭。"

舒雅望抱着夏木哭了好一会儿，终于平静了下来，她在夏木的怀里使劲地蹭了蹭，将脸上的泪水蹭干，扬起头来，露出一个大大的笑容："夏木，欢迎你回来。"

夏木抿抿嘴唇："嗯。"

回程的路上，夏木靠在舒雅望的肩膀上沉沉地睡着了，舒雅望握

着他的手，心疼地看着他，他在监狱里一定没睡好吧，看啊，他的黑眼圈又严重了。

他在监狱里一定没吃好吧，看啊，他的脸颊上连一点肉也没有……

舒雅望咬着嘴唇，忍着泪水，她多想叫醒他，紧紧地拥抱他，告诉他，苦难已经结束，从此以后，她会陪着他，过他想要的生活，做他想做的事，她再也不会让他吃苦，再也不会让他受伤。

手机在这时候响了，舒雅望连忙接起来，唯恐吵到了熟睡中的夏木。

"雅望，接到夏木了吗？"电话那边是舒爸洪亮的声音。

"嗯，接到了。"

"他怎么样？"

"还不错，挺精神的。"

"那就好，好好照顾他。"

"放心吧，爸爸，我知道的。"

"好，那我挂了，早点带他回来。"

舒雅望又和舒爸说了几句才挂了电话，转头看夏木，只见他已经醒了，却靠着她的肩膀一动不动。

"吵到你了？"

"没有。"其实他一直就没睡着，只是他喜欢这样靠着她。记得小时候他经常这样靠在她身边，可随着年龄的增长，他再也没有做过这样的举动，这种亲近的感觉，真的让他好怀念，好喜欢。

舒雅望见他没有起来的打算，她也没动，就这样任他靠着。她转头看向窗外，外面的风景不停地倒退着，这六年发生了很多事，夏木的爷爷两年前查出肝癌，辗转去了美国治疗，本来夏木这次出狱他坚持要回来，只是前不久做了手术，不能坐飞机，而夏木拒绝了别人过来接他，当然，除了她。

在夏木心里，除了他的爷爷，也就只有她才是亲人了吧。

火车缓缓地在S市停下，两人走出火车站就看见一辆黑色的高级轿车停在那里，驾驶座的车门打开，郑叔叔走下轿车，有些激动地走上前来，拍着夏木的肩膀说："夏木。"

"郑叔叔。"夏木和舒雅望同时叫了一声。

"嗯。"郑叔叔眼睛有些红，他转过头，连忙拉开车门，"没忘记你郑叔叔，知道回家了，要叔叔来接。"

舒雅望笑着说："叔叔乱说话，我们怎么可能忘了你呢。"

夏木将两人的行李放进后备厢，牵着舒雅望坐进车子："叔叔，麻烦你了。"

"麻烦什么，我就是你们夏家的司机。"郑叔叔一边发动汽车一边说，"你爷爷不在国内，叔叔都好久没开车了。"

舒雅望轻笑："叔叔你太夸张了。"

夏木却问："爷爷身体到底怎么样了？"每次他打电话给他，他都说很好，马上就能回国了，可是他等到现在，也没见爷爷回来，反而要他过去。

郑叔叔连忙道："没事，美国那边说手术很成功，就是要休养几个月。"

夏木放下心来："那就好。"

车子开了十几分钟，到达军区大院的时候已经凌晨两点多了，郑叔叔将车子停稳，转身叫醒后座上相依而眠的两个人。

舒雅望睁开眼睛，看向车窗外，虽然天色早就黑了下来，可是窗外的景色是那样熟悉，门口花圃里的那排龙柏好像从来没有长高过，院子里高大的梧桐已经被冬风吹落了叶子，修剪精致的腊梅树上乳白色的花苞幽幽待放，一切的一切是那么熟悉，就好像昨天她才从这里出去一样，闭上眼睛，她能清楚地记起年少时发生在这院子里的每一件事。

"雅望？"夏木拉了下她的手。

舒雅望睁开眼睛，轻笑："我们到家了。"

"嗯。"夏木点了一下头，望着她说，"到家了。"

"快进去吧。"郑叔叔连忙招手让他们进去。

三人还没走到门边，房门就被打开，一直在夏家帮佣的梅阿姨端出一个火盆子放在门口让夏木从上面跨过去，又端来一碗猪脚面让夏木吃完，然后拿着空碗对着夏木欣慰地说："这才好，这样霉运就都走了，少爷再洗个热水澡，把身上这套衣服都烧掉，以后一定能大吉大利。"

郑叔叔诧异地问："还要烧衣服？"

梅阿姨坚决地点头："不把霉气挡在家门外怎么行，衣服一定要烧。"

"梅阿姨说得对，要烧。"舒雅望点头赞成。

夏木没意见，烧就烧吧，反正他的衣服多的是。

梅阿姨热心地赶着夏木去洗澡，夏木回头望了一眼舒雅望，想说什么，却又忍了下来。

夏木洗完澡出来，看着空无一人的客厅，心里的失落有些难以忍受。

他垂着眼，走上三楼，自己房间的门虚掩着，房间里的灯光从门缝里射出来。夏木眼睛微亮，连忙走过去，轻轻地打开房门，舒雅望正躺在他的床铺上，似乎因为辗转坐了三天的车，她已经很累了，睡得有些沉。

夏木的表情微微柔和了些，他轻手轻脚地走了过去，缓缓地在她身边蹲下。书桌上的台灯没有关，昏黄的灯光照着她柔美的侧脸，乌黑的发丝在枕头上铺散开来，夏木就那样看着她，一如从前那样，连碰也不舍得碰，只是蹲在一边，静静地看着她，好像这样就已经足够。

　　忽然，她脖子上的银色项链吸引了他的注意，他抬起右手，缓慢地将项链微微扯出衣领，一只漂亮的银色接吻鱼跃入眼底，夏木微微一愣，左手轻轻抚上自己的脖子，那里也有一只银色的小鱼，正紧紧地贴着他的皮肤。

　　这对小鱼，是他十七岁那年，在这张床上，亲手给她戴上的，他让她一直带着，也是他第一次和她告白，一转眼，已经过去这么久了。

　　那次，他吻了她吧？

　　他已经记不清那晚的事，只记得那悸动的感觉。他像着迷一样，她总是轻易地就能让他意乱神迷，他俯下身来，缓缓地靠近她，每一次他这样靠近她，心就会跳得很快，就连呼吸都觉得困难……

　　就在这时，舒雅望的睫毛颤动了一下，轻轻地睁开眼睛，定定地看着他。他们靠得很近，连对方的呼吸都能感觉到，舒雅望眨了眨眼，夏木连忙退开，抿抿嘴角，有些尴尬地问："你一直戴着它？"

　　舒雅望看了一眼脖子上的银色项链，点了点头："嗯。"

　　夏木歪着头轻声问："为什么？"

　　舒雅望坐起身来，她理了下头发疑惑地说："不是你叫我一直戴着吗？"

　　"哦。"夏木有一些失望地垂下眼睛。原来她只是遵守约定，并没有别的意思啊。

　　"你的呢？"

　　"嗯？"

　　"这个啊。"舒雅望摇了摇脖子上的小鱼，笑着问，"你的那只还戴着吗？"

　　"当然戴着。"夏木从衣领中拉出一条有些老旧的红绳子，绳子的末端吊着一只银色的接吻鱼。这小鱼他贴身戴了六年了，每天晚上难以入睡的时候，他就用手捂着它，将它捂在胸口的上方，只有那样，他才会觉得平静。

舒雅望靠近他，伸手过去，拉过红绳，将小鱼放在手心中，看着小鱼说："小鱼，小鱼，有没有想我？"

她又摇了摇自己脖子上的银色小鱼，继续说："我很想你呢。"

夏木抿着嘴角看她，眼里是满满的笑意，舒雅望继续摇着两只小鱼说："啊，这么久没见，亲一个吧。"

只见舒雅望轻轻凑过来，夏木微愣地看着她，他的呼吸都停住了。在他以为她会吻他的时候，她拉着脖子上的两只小鱼，让它们嘴对嘴地亲了一下，夏木有些失望地别开脸。

舒雅望笑着看他，凑过身去，闭上眼睛在他的额头上落下一个轻柔的吻，然后退开身，柔柔地望着他说："晚安，夏木。"

夏木愣住，一直到舒雅望离开房间他才回过神来，他抬手轻轻捂着舒雅望刚才亲吻过的地方，有些怀疑地想，刚才，是不是做梦了？在梦中，他的天使亲吻了他。

他轻轻地抿起嘴角，有些欣喜地扑在床上，床铺柔软得让他仿佛置身于云端，趴在枕头上，深深地吸了一口气，他能闻见，她留下的清香，那是让他魂牵梦绕的味道。他轻轻合上眼睛，沉沉地睡去，他觉得很快乐，很温暖，很安心。

第二天清晨，舒雅望和夏木一起回到自己家，舒妈早早地就在阳台上张望着了，两人刚到楼下，舒妈就打开家门，跑下去迎他们。舒妈看见舒雅望的身影，三步并作两步地跑过去抱住她，一边抱着一边哭着捶打她："你这个狠心的丫头，六年都不回家，你不要你妈了？你这个坏丫头。"

"妈，我不是回来了嘛。"舒雅望安慰地拍着母亲的背，"别哭了。"

舒妈擦着眼泪："你不知道妈多想你，天天担心你在外面受苦，吃饭的时候也想着你是不是没吃好，天气冷了也想着你是不是没穿暖……"

　　"孩子回来了就好了，别念叨了，快回家吧。"舒爸站在家门口望着下面，"夏木，快过来给大伯看看。"

　　夏木从挡在楼道中间的舒氏母女身边挤过去，走到舒爸面前叫了一声："舒伯伯。"

　　舒爸拍拍已经比他还高的夏木，感慨地说："不错，长高了啊，壮实了，样子也俊了，比小时候好，小时候长得和女孩子似的。"

　　夏木眯着眼睛，抿着嘴角，面色温和，舒爸转头对着舒妈叫："快去弄点吃的，给俩孩子接接风。"

　　"好好，妈不说了，宝贝回家去，妈去给你做好吃的。"舒妈紧紧地牵着舒雅望上楼，生怕她跑掉一样。

　　舒雅望笑："妈，别忙了，我不饿。"

　　舒妈僵着脸将舒雅望推进家门："你回屋坐着，都多久没吃妈妈做的饭了？给我坐着。"

　　"好好好，我坐着。"舒雅望笑着坐到沙发上，夏木坐在她左边，舒爸坐在她右边。舒雅望看着父亲，比起六年前，父亲老了很多，也许人到了这个年纪就是老得快，舒雅望特别想伸手去抚平父亲额头上的皱纹，想像小时候一样抱着父亲撒娇，甜甜地叫他爸爸。

　　可最后，她也只是坐近了一些，舔舔嘴角，轻声的叫了声："爸。"

　　舒爸拉开外套，掏出一根烟，点上，转头望着自己的女儿柔声问："昨晚几点回来的？"

　　"昨天晚上凌晨三点多到的，我看太晚了，就没让他来打搅你们。"

　　舒爸抽了口烟，又望着夏木说："昨天要不是省里开会，我也要去接你的，这几年，苦了你啊。"

　　夏木摇摇头："没事，其实监狱里没你们想的那么苦。"

　　舒雅望抿抿嘴唇，没接话，心里酸酸的。

舒爸抽着烟问，还想说什么，却被从厨房端菜出来的舒妈打断："来来来，一边吃饭一边聊啊。"

三人起身坐定，舒妈坐在舒雅望边上不时地给她夹菜，舒雅望看着碗里堆得和小山一样的菜，失笑道："妈，我又不是客人。"

"你不是客人，你比客人还难请，每年过年叫你回家你都不回来。"舒妈说着说着又要掉眼泪。

"妈，我错了还不行。"舒雅望心疼地给母亲擦眼泪。

舒妈撇过头揪着围裙自己把眼泪擦干净，抬眼瞪着她："现在夏木也出来了，你以后得好好的，w市的工作也别干了，赶快回家来吧。"

舒雅望摇头："那可不行，我过两天就得回去了，工作我干得正顺手呢。"

"你想死啊？你都多大了，还瞎折腾，赶紧回来把婚结了，安心在家待着。"

舒雅望很囧地问："我跟谁结啊？"

舒妈道："唐小天啊！"

夏木的动作停顿了一下，抬眼看着她，舒雅望没敢看他，转头望着舒妈沉声道："你提他干什么？"

"什么提他干什么？人家一直等着你呢，你要是还喜欢他，妈就给你说去，这种一心一意对你的好男人没处找了。"

舒雅望低头扒着饭，没说话。

"你说话啊。"舒妈催促道。

舒雅望抬头看了眼夏木，夏木也正默默地看着她，她抿了抿嘴唇道："妈，我和他没可能的。"

舒妈急了："为什么呀？"

舒雅望偷瞟了一眼夏木，夏木正端着碗面无表情地吃着饭，但是舒雅望却能看出来，他并没有表面上那么平静。舒雅望皱着眉，语气有些焦躁："没可能就是没可能，哪有那么多为什么。"

舒妈还想再劝，却被舒爸打断："好了，孩子刚回来，让她安安静静地吃顿饭。"

舒妈叹了口气，没再说话，只是一直给舒雅望夹菜，舒雅望吃了口饭，很小心地望了一眼夏木，他正垂着眼默默地吃着饭。

本来热闹的饭桌，因为这个话题，变得沉默了，只有舒爸偶尔的提问声和夏木简短的回答声。

吃过饭，夏木起身告辞，舒雅望送他出去，两人沉默地走在熟悉的军区大院里。舒雅望转头看着夏木，夏木低着头走着，俊脸上一如既往地没有表情。

她知道，他有些不高兴了，舒雅望抿了下嘴唇，随便找着话题："你以后有什么打算啊？"

夏木淡淡地回答："爷爷让我去美国读书，我还没考虑好要不要去。"

"有什么好考虑的，当然要去，美国的学校很好啊。"

夏木沉默地停下来，转过头，直直地望着她的眼睛问："你希望我去？"

舒雅望奇怪地抬头看他，他的样子好像有些生气，每次他一生气，就会像这样眼睛一眨不眨地看着她，让她怀疑自己说错了什么。

可是舒雅望不觉得自己说错了，她习惯性地将双手插在上衣口袋里，认真地看着他说："我当然希望你去，为什么不呢？你可以在美国接受最好的教育，得到最高的学历，这样不好吗？"

夏木狠狠地别过头，咬了咬唇，沉声道："你说得对，是我误会了。"

"误会什么？"

夏木摇头："没什么？你回去吧，就这么点路别送我了。"

舒雅望叹气，他总是这样，生气的时候也不告诉她为什么，如果她现在回去，他一定会难过吧。

舒雅望摇了摇头笑着对他说："没事，我想多走走，这条路以前一天要走三四趟，一点儿也不觉得远，现在怎么觉得还蛮远的。"

"太久没走了所以觉得远吧。"夏木抬眼，淡淡地说。

"也许是吧。"

两人不再说话，一前一后，一步一步地往前走。不远处有一个四岔路口，她插在口袋里的手微微握紧，这条路，这么多年了一点儿也没变，往前，是夏木家，往后走，通向她家和大院门口，往左，通向大院的操场，而往右……是唐小天的家。

舒雅望停住脚步，转头望向右边，那条路的两边种满了梧桐树，记忆中，梧桐树的枝叶总是那么茂密，灿烂的阳光会从叶缝中穿透，旋转斑驳地落在地面上；梧桐树的尽头，会有个俊朗的男孩将自行车骑得飞快，在风将他过分宽大的校服吹得兜起来；他会在这里转弯，在前面不远处的楼房那儿停在，他刹车的声音总是很大，楼上的女孩听到刹车声就会将头探出窗外，男孩这时会抬起头，对着楼上的女孩露出明朗的笑容，大声叫着她的名字："雅望——舒雅望。"

舒雅望闭上眼睛，使劲将自己脑海中的声音抹掉，可那声音好像就在耳边，低低沉沉，一声一声地叫着她。

"雅望。"

她睁开眼睛，神色有些迷茫。夏木站在离她几步远的地方看着她问："怎么不走了？"

舒雅望回过神来，尴尬地笑一下，快步追上前去："来了。"

夏木转过身，眼神不经意地看向右边，又看了看她，低下头沉声问："既然想着他，为什么不回去找他？"

"呃？"舒雅望愣住，连忙否认，"我没有想着他啊。"

"撒谎。"夏木有些狼狈地转过脸，她刚才的样子早已将她出卖了，"你刚才明明在想着他。"

　　舒雅望低下头，夏木看她不说话，双手紧紧地握住，有些后悔提到那个人，他明明知道的啊，知道她是那么爱他，怎么可能不想他？

　　他太贪心了吧？贪心地想要她完完全全只爱他一个人，越贪心越不满，越伤害……最终，她会痛苦的吧？

　　夏木转过身想走，可舒雅望却紧紧地拉住他。他背对着她，听见她在他身后说："夏木，我们结婚吧。"

　　夏木停住脚步，有些不敢相信地转身，舒雅望吐了一口气，扬起嘴角走上前去："我承认，我还记着他，我可能不能很快地就将他从我记忆中全部抹除，可是只要和你在一起，我会忘记他，我一定会忘记他的，我会将你满满地装进心里，我会只爱你一个人，只想着你，只对你一个人好。所以，夏木，我们结婚好不好？"

　　夏木没想到她会说结婚，他连想都没敢想过。他不敢相信地问："可是，你刚才让我去美国？"

　　"是我刚才没表达清楚。"舒雅望轻笑着握住他的手，"我的意思是，我们一起去美国吧，我会陪着你，不会让你一个人。"

　　舒雅望的手很温暖，当她抚上他冰冷的手时，好像瞬间便将他全身的寒冰化去一样。夏木的双手微微颤抖着，他很激动，可是他不知道要怎么表达他的激动，他怕他随便做些什么就会将她吓跑，从这场美梦中惊醒。

　　舒雅望放开他的手，走上前去，温柔地抱住他，将头靠在他的胸口："夏木，如果你爱我，就答应我吧。"

　　夏木再也压抑不住了，他用力地回抱住她，将她紧紧地揉进怀里，他的脸埋在她的发间，他的嘴唇靠在她的耳边，他在她的耳边深情地呢喃着："我爱你，我爱你，雅望，我一直爱你。"

　　舒雅望在他怀里，微侧的脸庞正对着右边，幽幽的眼神望向梧桐树的尽头。她转过脸来，将脸埋入夏木的怀中，闭上眼睛说："我知道。"

第十六章

男人的眼泪

一个等了，却等得太早；
一个回来了，却回来得太晚。
怪只怪那缘分太浅，未满千年。

　　夜里，舒雅望在房间上网，舒妈推门，端着一杯热牛奶进来，舒雅望接过牛奶对着母亲微笑："谢谢妈。"

　　舒妈坐到她旁边的床上，静静地瞅着她，舒雅望喝了一口牛奶，转头问："看着我干吗？"

　　"我看我闺女不行吗？"

　　舒雅望笑："你看你看。好看吗？"

　　舒妈笑，抬手摸了摸舒雅望的头发："好看，我闺女能不好看吗。"

　　舒雅望摇着头笑，也就只有在母亲眼里，她才是最好看的。

　　舒妈问："你真要跟夏木结婚？跟他去美国？"

　　"嗯，真的。"

　　舒妈沉默了一会儿："你真心想跟他去吗？"

　　"嗯，真心。"

　　舒妈叹了一口气："我知道你这孩子从小就这样，做了决定就不会改了，只是这婚姻大事你要想清楚啊，夏木那孩子现在是喜欢你，可他比你小四岁，等他到你这个岁数了，你就老了，万一到时候他变心了……"

　　"妈，"舒雅望好笑地打断她，"在这点上你一点儿也不用担心，夏木不是这样的人。"

　　"好吧，不说这个，那他现在大学也没上，什么也没有，你得等他多久他才能养家啊？再说去了美国你也没工作，他也没工作，你们两个用一分钱还得找他家里要，这日子你过得了吗？"

　　"妈，你到底怎么了？为什么要说这样的话？"舒雅望皱眉，"你不喜欢夏木？"

舒妈抱怨地哼了哼："我怎么敢不喜欢，自从他来了之后，我敢说他一句不好，你和你爸都能把我吃了……"

"妈！"舒雅望无奈地再次打断她。

"反正你爸欠他们家一条命，你又欠他们家一份情，你要拿自己去还我也阻止不了你，妈就是舍不得姓唐的那孩子。那孩子多好，对你一心一意啊，妈一直想他当我们家的女婿，妈知道你心里也还惦记着他……"

"妈，你别再说唐小天了。"舒雅望扭过头，不想再听。

舒妈叹了一口气："你看你，妈说两句都不给说，要是以后在大院里遇上了，你怎么办？转身就跑？"

"不会遇上的，他现在在云南，根本不可能回来，等到他回来，我早就已经到美国了。"舒雅望低下头，双手轻轻握起，轻声道，"我和他的缘分早就到头了。"

"雅望啊，你真的想好了？"舒妈握住她的手，还是不赞成女儿的决定，在她心里，只有唐小天才能给女儿幸福，她希望女儿能嫁一个会照顾他、体贴她、让她依靠的好丈夫，而夏木在她眼里，只是一个需要女儿照顾的孩子。

舒雅望长长地舒了一口气，抬头，笑着望着母亲："妈，我想好了，这个决定我反复考虑了六年了，不会错的，夏木表面上虽然很冷漠，但他真的是个很温柔的人，他真的很好，真的很爱我，我一定会幸福的。"

"妈妈说不过你，你自己觉得好就好吧。"舒妈摇摇头，站起身来走了出去，"早点睡，别玩太晚。"

"知道了。"舒雅望点头答应，静默了一会儿，捧起桌上已经冷掉的牛奶一口一口地喝着，电脑屏幕微弱的光芒照亮她的脸颊，她的嘴角微微上翘，带着淡淡的笑容，有些僵硬，有些固执。

有些话不能说得太满，舒雅望说她和唐小天不会再见面，可事实上，第二天她一出家门就遇见了他，就在离家不远的十字路口。舒雅望愣住了，完全没有反应，只是呆呆地看着他，唐小天穿着一身笔挺的07式新款军装，修长挺拔，丰神俊朗，轻易就能让人意乱心迷。

唐小天也没想到会遇见她，他紧紧地看着她，目光近似贪婪，他有多久没见过她了？

很久很久，久到自己都不愿意去计算……

唐小天情不自禁地上前一步，伸手握住她的手，舒雅望清醒过来，微微用力将手挣开，不着痕迹地后退一步。

唐小天有些尴尬地收回手，舒雅望低下头懊恼地咬了咬嘴唇，将手插进大衣口袋，抬头，带着有些僵硬的微笑问："你怎么这个时间回来了？"

唐小天望着她说："部队里有些事要回来办。"

舒雅望点点头："哦。"

"你呢？"唐小天看着她问，"你怎么回来了？"

"我陪夏木回来的。"

"哦，这样啊。"

舒雅望看着地面，没有说话，唐小天也不知道说些什么，两人就这样相对无语地站着。

明明那么想见面的两人，可见面了却连对方的脸都不敢看。

"啊，对了，张靖宇约我明天见面，你要不要一起来？"唐小天用有些期待的眼神看着她，"靖宇他说……很想你。"

舒雅望的手在大衣口袋里紧紧握住："不了，我明天就回W市了，公司还有很多事情要处理。"

"那，今天也可以，我打电话和他说。"唐小天说着就要给张靖宇打电话，舒雅望抬手拉住他，无奈地抬起头，悲哀地看着唐小天，"小天，算了吧。"

"为什么算了？"唐小天也悲哀地看着她，"为什么你要和我算了？”

舒雅望低下头，快速地说："我要和夏木去美国，然后和他结婚。"

舒雅望说这些话的时候一直低着头，不管过了多久，她都没办法面对唐小天，没办法看着他受伤害，可最可笑的是，每次伤害他的人，都是她自己！

唐小天半天没说话，过了好一会儿，他依然盯着她："你决定了？"

"嗯。"舒雅望紧紧地盯着地面，无法抬头看他。

"挺好的，去美国对夏木来说，是个好决定。"唐小天的眼睛有些红，他勉强笑着点点头，"我还有些事，先走了。"

"嗯。"

唐小天低着头，从她身边走过，她听见他轻声说："再见，雅望。"

舒雅望死死地看着前方，眼泪就这样刷地掉下来："再见，小天。"

在擦身而过的瞬间，他们好像都想起，十八岁那年夏天，在这个路口，那空中飞舞的红花，那年少时的承诺……

女孩说："我会等你回来。"

男孩说："我一定会回来。"

可到最后……

一个等了，却等得太早；

一个回来了，却回来得太晚。

怪只怪那缘分太浅，未满千年。

舒雅望咬着嘴唇，低着头往前走，前方忽然出现一双运动鞋。她抬起脸，泪水将视线模糊，她眨了一下眼，泪珠滑落，然后看清了眼前的人。

"夏木······"

夏木看着她，嘴唇动了动，想说什么，终究还是忍了回去，一个大步走上前去，抓过舒雅望，用衣袖粗鲁地将她脸上的眼泪擦掉，然后一把抓起她的手说："回W市。"

舒雅望懊恼地皱眉，偷偷地看着他的脸色，想道歉，却又不知道从何道歉起，只能任他拉着快步往前走。

夏木冷着脸拉着舒雅望往前走，转弯的时候，他忍不住回头看了一眼，只见唐小天站在原地，一脸悲伤地看着他们。他们的目光相遇，唐小天的目光里有着恳求，他希望他能好好对她，夏木却躲开他的视线，他讨厌他，不管是从前，还是现在，一直讨厌，永远讨厌！

因为他爱的人，是那么地爱他，即使将她牢牢地牵在手里，他还是觉得，那么地不安，他很怕，她会甩开他的手，跑回他的身边，所以，他只能紧紧地拉着她离开这里。

唐小天望着他们转过弯道，再也见不着踪影，苦笑着低下头，转身慢慢地走着，掏出口袋里的手机，拨了个号码，接通后，他笑着说："靖宇，出来喝酒吧。"

电话那头的男人很爽快地答应："好，老地方见。"

唐小天走到车库取车，还是那辆父亲退休之后给他的老式越野车。他打开车门坐了进去，发动车子，漠然地望着前方，熟悉的道路不断地后退，唐小天开着开着，停了下来，愣了半晌，忽然伏在方向盘上号啕大哭。

他知道他是男子汉，他不可以这样哭，他知道他是军人，他不可以这样哭，可是，她要走了，她真的要走了，离开家，离开军区大院，离开S市，离开中国，走得远远的，远到他再也见不到她，再也见不到了······

见过唐小天的当天晚上，夏木就拉着舒雅望去了W市，一路上夏木都沉着一张俊脸。舒雅望有些慌，却不知道说什么，一直到下了飞机，夏木的脸色才稍见缓和。

到达W市的时候已经半夜十二点了，舒雅望提起精神，笑着将夏木拉回到自己住的地方。门一打开，舒雅望愣住了，屋子里很凌乱，沙发上到处丢着女生换下来的衣服，泡沫地板上满是从超市买回来的零食，茶几上放着没吃完的饭菜和没洗的碗筷。

舒雅望叹了一口气，摇头道："竹子这家伙，我一不在就把房间弄成这样。"

夏木没说什么，只是抬脚向房间里走去。舒雅望连忙拉住他，怎么能让夏木待在这么脏乱的环境呢，她转身从厨房里搬出凳子，用抹布将上面的灰尘抹去，然后拉着他坐下，温和地笑道："你先坐这儿，我收拾一下。"

夏木拉住她，低着头，沉默良久之后，抬起头望向她，轻声问："你一定要这样小心翼翼地照顾我吗？"

"呃？"

"雅望，我已经长大了。"夏木将她的手紧紧地握在手心，紧盯着她的眼睛，用低沉悦耳的声音说，"我不想，再当那个被你捧在手心呵护的男孩。"

舒雅望愣住，她没想那么多，她只是想让他在最干净最舒适的环境里，她不想他有一点点不适的感觉。这样做，会让他不高兴吗？

舒雅望不知道说什么，只能无措地看着他。夏木站起身来，将她拉过来，按在椅子上，让她坐下，然后转身开始收拾房间。沾满油迹的碗盘被他抬手端到厨房水池里；餐桌上的白色垃圾饭盒被他丢进垃圾筐里。舒雅望有好几次想站起来去帮他，可都被他默默地瞪了回去。

她又急又好笑地看着他在房间里来回打扫着，当他向竹子那一堆脏衣服"进攻"的时候，舒雅望再也忍不住地站起来，一把拉住他：

"夏木。"

夏木转身看她。

舒雅望微笑着说："你别收拾了。你说让我别小心翼翼地照顾你，你也一样啊。收拾房间这种事，本来就应该女生来做的。"

夏木摇头，语气还是像往日一般平淡："没有什么应该，你在我身边，什么都不需要做。"

舒雅望微愣，低头笑了一下，她不知道说什么好，只是心中忍不住感觉甜蜜，那种往外冒的甜蜜让她连心都颤抖了，她知道，这并不是什么甜言蜜语，因为夏木不会说甜言蜜语。正因为这样，这句话，才更让她感动和心动。

舒雅望感动得说不出话来，只能上前一步，紧紧地抱住他，很用力地拥抱着他，想将自己的心情传达给他，想告诉他，夏木啊，她也是，她也舍不得他做任何事，舍不得他有一点点不开心。

夏木抬手，也紧紧地抱住她，将俊美的脸庞埋在她的肩膀上，闻着她熟悉的发香。

他们相拥了很久，从站着拥抱，到最后站累了，他抱着她坐在黑色的皮沙发上。两人静静地相拥，他修长的手指轻轻地绕着她的发丝，她温顺地靠在他的怀里，听着他的心跳。

他眷恋她的味道，她的温度，舍不得放手。

她迷恋他的怀抱，他的温柔，舍不得离开。

他们偶尔会交谈，她会轻声地问："夏木，你还记得学校后面那片桃花林吗？"

夏木会说："记得。"

她说："你知道吗？你站在桃花中间的样子特别好看。"

夏木问：你喜欢？

她轻声说："嗯，喜欢。"

当她说喜欢的时候，他的嘴角又轻轻地抿了起来，深邃漂亮的眼睛里满是闪闪的亮光，与平日的淡漠很不相同。

两人都睁着眼睛，望着窗外。窗外是明亮的星空，月色很美，很迷人。

第二天清晨，当舒雅望睁开眼睛的时候，竹子正凑在她面前，那戴着眼镜的眼睛里，满满的都是贼贼的笑意，舒雅望伸手打开她的脸，嘟囔道："干吗笑那么贱？"

竹子望着上方挑眉，舒雅望转头一看，发现自己枕在夏木的腿上睡着了，夏木是倚着沙发睡的，他的眼里一片清明，看样子已经醒了很久了。

舒雅望坐起来，看着夏木笑："醒了？"

"嗯。"

舒雅望有些不好意思起来，也不知为什么，好像经过昨天晚上，有什么地方不一样了，似乎他们彼此贴近了很多。

"夏木，你还记得我不？"竹子笑着问。

夏木点头："袁老师。"

竹子眯着眼睛笑，好像被夏木记得是天大的喜事一样："哈哈，不愧是我的学生，记性这么好。"

"你别臭美了。"舒雅望指着凌乱的屋子道，"你把房间搞这么乱，还不赶快给我收拾。"

"我本来是想收拾来着，不过现在又不想收拾了。"竹子无赖地笑道，"为了让你们俩能更甜蜜地共度二人世界，我决定搬出去住。"

竹子双手合十，发出清脆的响声，点头笑道："当然，为了感谢我，你们得替我收拾屋子。"

舒雅望摇头："你想得美，要走可以，先把房间收拾干净。"

竹子耍无赖："那我不走了。"

"随便，我无所谓。"

就在两个女人吵吵闹闹的时候，夏木已经起身，开始收拾房间了。

竹子哈哈大笑道："哇，夏木等不及赶我走呢。"

夏木的动作微微一顿，脸上淡漠的表情未变，只是有些僵硬，他闷了一会儿，想解释什么，犹豫了一下，又没说。

竹子指着夏木笑："看，默认了。"

舒雅望拍了竹子一下："你别欺负夏木不喜欢说话。"

"看，心疼了。哇哈哈哈哈！"

"行了啦，房间我来收拾，你快走吧。"

"哦，雅望也等不及我走了。"

舒雅望举拳："忍耐是有限度的！"

竹子哈哈大笑地跑进房间，拿了几样东西，又哈哈大笑地走出来，走之前还对着舒雅望贱贱地眨了两下眼。

那像一阵风一样的家伙走了之后，房间里变得有些安静，舒雅望顺了一下长发，想接过夏木手上的扫把，可被夏木躲过了："我来扫。"

舒雅望见他这么固执，也就不和他争了，笑着说："那你好好打扫，我去做早饭给你吃，好不好？"

夏木望着她点头。

舒雅望揉揉眼睛，很欢快地走进厨房，打开冰箱，看了看里面的食物，除了成堆的泡面之外，还有一些米、鸡蛋、杂菜和牛肉罐头，以及火腿肠。

舒雅望想好做什么之后，就将米舀出来，洗干净，再兑上水，放在电饭锅上煮，然后拿了几个鸡蛋开始煎起荷包蛋来。就在她忙来忙去的时候，客厅里的夏木已经停下了动作，他的目光随着她的动作打转，如墨的眼珠里倒映出她的样子，她低头的样子，她被油烟呛着轻轻咳嗽的样子，她翻动锅铲的样子……

晨光轻轻地洒进着温暖的小屋，厨房里的舒雅望正为早饭而忙碌着，而夏木，不知什么时候已经走到厨房门边，靠着门墙，静静地看着她，嘴角轻轻扬起的弧度，透露着他那淡淡的幸福。

舒雅望有些奇怪地转身问："你站在这儿看我干什么？"

夏木没说话，她伸手推了他一下："你别站这儿，身上都有油烟味了。"

他没动，还是沉默地望着她。

舒雅望无奈地笑了，笑容里带着温柔，带着宠溺，她轻声问："饿了？马上就能吃了。"

说完，她转身想走，他却一把拉住她，然后，闭上眼睛，在她嘴角落下一个轻柔的吻。

她满脸通红地愣住，一直到锅里的煳味将她唤醒。她慌忙转身，拿起锅铲，手忙脚乱地将已经糊了的鸡蛋装进盘子里，一边装还一边忍不住偷看他，当看见他微微抿起的嘴角时，她也忍不住眯起眼睛，轻轻地笑了。

夏木要就读的美国学校那边还有些手续没有办好，所以暂时还不能过去。舒雅望想，既然这样，那她就把自己手头上的工作做完再辞职也不晚。

因为夏木没有地方住，舒雅望也舍不得夏木离开，于是，两人便别别扭扭地生活在一起了。夏木每天接送舒雅望上班，暂别时两人都是依依不舍的眼神，偶尔回头相望一眼，然后满足地微笑。下班后回到家，就是两个人的温暖空间，他们时常依偎在沙发上，捧着杯子，开着电视，闲闲地聊着天。舒雅望经常下厨，每次都会煮满满一大桌菜，一脸笑容地看着夏木一口一口地全部吃下去。

每天晚上舒雅望都会给夏木晚安吻，每天早上，夏木都会温柔地叫醒赖床的舒雅望，然后开始平静的一天。

她经常会坐在书房的大转椅上，满面笑容地和他说着她的设计，公园的湖边种一排柳树，还要建一个漂亮的八角亭；公园的中心要铺上翠绿的草坪；游乐场建在公园的南边；北边要建一个华丽的喷泉广场，喷泉不远处的花圃里要建一个鸽笼，在里面要养很多很多的白鸽，当人们走过去的时候，白鸽会飞起来，会有天使一般的羽毛从天空飘落……

舒雅望每次说着她的设计时，眼睛总是亮亮的，那时的她像极了当初那个可爱的女孩。

有一次，舒雅望坐在大转椅上，一脸开心地问："夏木，你喜欢什么花？"

夏木放下手中的书，想了想道："桃花。"

"桃花？"舒雅望皱着眉，有些苦恼地说，"可这是杏花公园耶！"

夏木不忍看她失望，浅浅地笑着："杏花我也喜欢。"

舒雅望看着电脑屏幕想了一会儿，眼睛一亮，似乎有了主意，她开心地亲吻着夏木的脸颊，一脸神秘地说："等公园建好了，你一定要去看哦！"

"好。"

舒雅望笑："一定会让你大吃一惊的！"

夏木看着她灵动的双眼，满面的笑容，心里满满的爱意忽然就这么爆发了，俯下身去，吻住了她柔嫩的嘴唇。她吃了一惊，有些僵硬地站着，睫毛一颤一颤的，嘴唇瞬间变得滚烫，脸一直红到耳根。夏木的眼睛里染上一丝笑意，闭上眼睛，缓缓地加深了这个吻。

过了一会儿，他才离开她的嘴唇，舒雅望垂着眼睛，有些不好意思看他，她的眼角带着一丝醉人的羞涩，夏木的嘴唇轻轻抿起，他抱紧她，用好听的声音在她耳边说："到时，一起去看吧。"

舒雅望红着脸，轻轻点头。

夏木抿着嘴唇，浅浅地笑着，将她又拥紧了些。

两人无声地拥抱着，谁也没有先动。舒雅望睁着眼睛，安静地靠在夏木怀里，双手轻轻地抱着他，她垂下眼，忽然出声："夏木……"

夏木轻声应她："嗯？"

舒雅望张张嘴巴，她好想问他，夏木，你幸福吗？和我在一起，觉得幸福吗？

可最后，她咬了咬嘴唇，还是没问，轻笑着说："我就想叫叫你的名字。"

夏木又简短地应了她："嗯。"

舒雅望失声笑了，夏木还是这样，一点儿也没变，总是嗯，嗯，嗯的，不喜欢多说一个字。

可就是这样一个淡漠冰冷的少年，让她无时无刻不希望，他能得到幸福。

生活就这样平静地过下去，平静的生活，简单而恬淡，夏木有时候觉得，就这样过一辈子的话，那就是幸福了吧。

可有一天，夏木在帮舒雅望找忘记带到单位的资料时，从书房的抽屉里翻出了一个纸箱子。箱子的外表有些破旧，夏木也没多想，打开箱子一看，是满满一箱子的信。那些连一封都不曾打开过，他随便翻看了一下，同样的信封，同样的笔迹，同一个人。夏木盖上箱子，有些狼狈地别转过头，心沉沉地下坠。

他想把箱子放回去，却又忍不住拿起一封，看着上面的字。这字迹他很熟悉，记得以前，舒雅望每天早上第一件事就是下楼看信箱，信箱里总是有她的信在等着她，她总是一脸笑容地拿出来，捧着信蹦蹦跳跳地上楼，回到房间，将信看上好几遍才舍得放手。那时，她也有一个箱子，漂亮的粉红色箱子，她将他的每一封信，细心地编上号码，小心地放入箱子。

她没事的时候总是喜欢将箱子里的信全部拿出来，一封一封地数着，一遍一遍地数着，而他，总是站在门外，沉默地看着她数，那时的她，真的离他好远，她脸上的笑容、眼里的神采、心里的情意，总是透过那些信，飞向很远很远的地方，飞向那个叫唐小天的男子。

夏木坐了下来，将箱子里的信全部拿出，一封一封地数着，他不知道他为什么要这么做，只是有些茫然地数着，那些信杂乱无章地散落在桌上，就如他现在的心情。

就在这时，竹子正好回到家中，书房的门没有关，她笔直地走过去，看见夏木，很亲热地笑着："夏木，你在家啊？"

夏木有些茫然地抬头看她。

竹子走近，看见夏木手里的箱子，忽然吃惊道："啊！这些信……"

夏木将信放下，转头问："怎么？"

竹子嘟着嘴巴，抓着头奇怪地说："这信你没来之前，雅望叫我帮忙扔掉的啊，奇怪，我明明扔到楼下的垃圾车里了啊，怎么又跑回家里来了啊？"

夏木的身子猛然一顿，眼睛忽然微微地湿润起来，呆滞地望着她。

"你在数啊？不用数了，一千零八十九封，雅望几乎天天都数，光数又不看，真是奇怪的人……"竹子低头拨弄了下桌子上的信，忽然感觉有些不对，抬眼就看见了那样的夏木，像是掉入了绝望的深渊，那浓浓的忧伤，像是快要哭了。

竹子不知所措地退后一步，小心地问："夏木，你怎么了？"

夏木没理她，竹子有些心虚地看着他，自己好像说错什么了……

"没事的话，我先走了。"她硬着头皮回到房间里，拿了自己东西，慌张地逃离。

舒雅望在公司等了夏木半天，还是不见夏木过来，有些不安地给他打电话，可他居然连电话也没接。舒雅望很担心他是不是出了事，急忙和公司请了假，跑回家去。

打开房门，看见夏木好好地坐在书房里，这才放下心来，皱着眉问："你怎么了？人也不去，电话也不接，想急死我啊？"

夏木低着头没说话，舒雅望奇怪地走上前去："夏木？"

当她看见书桌上的那些信时，连忙跑过去想将信收起来，她慌张地解释："那个，这些……这些是……这些是我准备丢掉的。"

"丢掉了，再偷偷地去捡回来？"

舒雅望停下动作，咬着嘴唇，笑着装傻："你在说什么啊……"

夏木难过地说："你还是爱唐小天，舒雅望还是爱唐小天啊。"

舒雅望使劲地看着他说："不……不是。我，我喜欢……你。"

"你在说谎！"夏木望进她的眼里，一字一句里满是伤痛，"你爱他，你永远都爱他，你只爱他！我知道，不爱唐小天的舒雅望，就不是舒雅望了。"

"夏木！"舒雅望大声叫他的名字，眼泪落下来，她上前一步，紧紧地握住夏木的手说，"夏木，我喜欢你，真心喜欢你，我想和你一起生活，想给你幸福，我真心这么想的。"

"那么雅望，你的幸福呢？"夏木看着她，轻轻地问，"我可以给你幸福吗？"

"可以！"舒雅望固执地望着他："你可以。"

夏木没说话，紧紧地皱着眉头，一脸难过。

"夏木……"舒雅望急了，按着他的双臂，看着他说，"够了，已经够了，我们都吃够了苦头，所以让我们在一起，嗯？这些日子不是很好吗？我们难道不是很幸福吗？你为什么要这样？你为什么不相信我？我真心想和你在一起！你为什么不相信我呢？"

舒雅望难过地哭了出来，夏木走上前去，轻轻抱住了舒雅望，眼神渐渐暗下："别哭，不要哭。雅望，别哭，知道了，我们在一起，我们在一起。"

舒雅望紧紧地回抱住他，在他怀里使劲地哭着："对不起，对不起，你别生我的气，我一定会丢掉的，这次真的会把它们丢掉。"

夏木没说话，他知道，她能狠下心来丢掉这箱信，可她真的能丢掉心里的那个人吗？

她真的能吗？

这样勉强和自己在一起，她真的会幸福吗？

第二天，没有人唤醒沉睡中的舒雅望，夏木还是离开了，就连舒雅望脖子上的接吻鱼项链也不见了。舒雅望慌张地寻找他，只看见桌子上放着一封信，信上写着：放爱自由——夏木。

舒雅望拿着信纸不停地说："为什么要走？为什么不相信我？为什么？"

舒雅望拿着信纸颓然地跌坐在地上，这次她没有哭。

她不哭了，再也不哭了，因为那个对她说，你一哭，我就想杀人的男孩已经离开她了。

竹子回来的时候看到的就是这样的舒雅望，沉默地坐在客厅的角落里，无声无息到她从她面前走过都没注意到她，等她从房间拿完东西出来的时候才看见她。竹子吓了一跳，拍拍胸口道："你干吗呢？坐在那儿和鬼一样，想吓死人啊？"眼神四处瞟了一圈，疑惑地问，"夏木呢？"

舒雅望沉默半晌，然后说："他走了。"

"走了？为什么？"

"他说放我自由。"舒雅望闭上眼，痛苦地将双手插进头发中，紧紧握住，"自由？什么才是自由？我根本不需要他放我自由。"

竹子叹了口气，走过去，蹲在她身边很认真地望着她问："雅望啊，你是因为内疚，是因为想补偿夏木，所以才和他在一起的吗？"

"我……"

"不要急着否认，你好好想想，你是真心爱夏木吗？比爱唐小天还爱吗？"

舒雅望使劲地闭了下眼睛，死死地皱着眉头。

"雅望，如果你不够爱他，那就放他走吧，其实，你也应该放他自由。"竹子看着舒雅望。舒雅望茫然地看着她，长发顺着脸颊散乱地垂下来。

"难道你不认为，夏木他应该得到一份真诚而完整的爱吗？"

"对，他应该得到。"舒雅望的眼泪一滴一滴地掉下来，"他本来就应该得到光明的前程，梦一般的爱情，温暖的家庭，他的人生应该是最美好的……"

"雅望……"

"我知道我应该放他走，可是……"舒雅望低下头，喃喃地道，"可是，我爱他呀，为什么你们都不相信？

"我真的爱他呀。我真的想和他在一起。想每天早上一睁眼就能看到他，想每天晚上都能和他说晚安，想给他一个温暖的家，我想让他幸福……我爱夏木！真的爱他……"

她怎么可能不爱他呢？从她看见他拿着枪站在血泊中的时候，从他打开救护车将自己救出来的时候，从他告诉她可以打掉那个孩子的时候，她的心，早就一点一滴地被他的爱渗透了，蚕食了，吞并了，她早就在不知道什么时候爱上他了。

对，她是内疚，她怎么可能不内疚？她毁掉了他六年光阴。

对，她是想补偿他，可她有千万种办法可以补偿他，可她却选择和他在一起。如果不是因为爱他，她绝对不会这么做的，因为她也知道，骄傲的夏木，是不会接受这种愧疚一般的爱。

她是忘不掉唐小天，唐小天对她来说是生命里重要的人，她真的忘不掉，可是那种爱他的感觉，她已经渐渐忘记了，也许再过一段时间，她就可以完全忘记他，坦然地面对他了。

是她不好，是她表达得不够清楚，是她做了让他误会的事，她真是活该。

"那你去找他！和他说清楚。"

"他不相信，他不相信我。"

"那你就说到他相信为止，雅望，你不是说要给他幸福吗？那就去啊！"

舒雅望抬起头来："对！我要去找他，要和他说清楚，再也不会让他偷偷跑掉了，不管他去哪儿，我都要跟着他。"

"加油！支持你。"竹子握拳，给她加油打气。

舒雅望给郑叔叔打了电话，求他告诉她夏木的下落，郑叔叔一开始不愿意说，舒雅望求了半天，郑叔叔才告诉她，夏木现在住在W市的一家五星级宾馆里，将搭乘明天早上十点的飞机去美国。

舒雅望挂了电话，穿上外套，冲出门去！

她想清楚了。

这次，她不会再犹豫，

她会紧紧牵住他的手，

她会看着他的眼睛，认真地对他说"我爱你"，一直说到他相信为止。

第十七章

这一生，你不来，我不老

有的时候，一旦错过便是一生。
再次遇见，可有来生？

晚上，霓虹灯在城市中闪烁着，空气微凉。夏木漠然地站在天桥上喝着啤酒，看着车流从天桥下穿过。他喜欢这样，在夜晚的霓虹灯下，一个人安静地站在街头看着马路上的车水马龙，这样会让他觉得很平静，平静到就像时间也停止了一样。

他抬手，喝了一口啤酒，微微地有些苦涩。

离开她才十一个小时，他已经开始后悔了……

清晨的时候，他看着她的睡脸，他真的不想走，一步也不想离开，他在她床头站了一个多小时，他想着，她要是醒了，他就不走了。

他转身离开的时候，多么希望她能睁开眼睛叫住他，留下他。

原来，自己是个这么不干脆的男人。

夏木苦笑了一下，又喝了一口啤酒，皱起眉头想，是他太贪心了，记得小时候，他只要能留在她身边就好，只要能每天看见她就好。

可现在呢？他不停地想要更多，温柔的笑容，甜蜜的亲吻，这些都不能满足他了，他想要她的心，她的灵魂，想要她完完全全属于自己。

明明知道那是不可能的，却还是去强求。

夏木垂下眼睛，喝完易拉罐里的最后一口酒，将瓶子捏得哗哗作响。他直起身子，走下天桥，将空瓶扔进垃圾箱里，双手插在口袋里，垂着头往前走着。

夜风吹散了他的酒意，他很清醒，可他不愿意这样清醒。前方不远处的一个高档酒吧的彩灯吸引住了他，他没有多想，转身走了进去。酒吧里的灯光很暖昧，三三两两的男男女女围着桌子，坐在沙发上轻声耳语，夏木挑了一个角落坐下，点了几罐啤酒，沉默地坐在那。

离他不远处的一张桌子坐着五个人，两男三女，一个女人正对着夏木坐着。他一来女人就着迷地盯着他的脸看，她身边的男伴不满地推了她一下："看什么呢？"

女人说："那个男人好俊俏。"

"哪个？"男人不爽地顺着她的目光看去，然后又不爽地收回视线，"哼，不就是一个小白脸吗？"

女人着迷地说："他要是小白脸，我愿意倾家荡产去包他！"

坐在他侧面的男人好笑地转头看去，好奇是什么样的男人，能只一眼就将女人迷到愿意为他倾家荡产。

可当他看清楚时，他的笑容忽然僵住，低下头来，无框眼镜的玻璃片反射着白光，让人看不清他的眼神。他握紧双拳站起身来，沉着脸，全身散发着恐怖阴冷的气息，单手插入裤袋，拿出手机，最后转头瞥了一眼酒吧里的夏木，然后缓缓消失在黑暗之中。

夏木喝完几瓶啤酒，又在酒吧里坐了一会儿，当酒吧的摇滚音乐响起来的时候，他皱着眉头走出酒吧。

出了门，已经深夜十二点多了，喧嚣的城市已经安静下来，马路上也没有行人。夏木走了几步，忽然感到猛地一阵冷风从身后向他袭来，他伸手去挡，"咔"一声，是铁棍敲在骨头上的声音，夏木感觉到一阵钻心的剧痛。

还没等夏木反应过来，又是一阵银色的闪光，夏木抱着手臂，侧身躲过，他猛地向后退了两步，看清了面前的情况，四个高大的男人拿着铁棍将他围在中间，一步一步地向他逼近。不远处的角落里，一个穿着西装的男人手里的烟正慢慢地燃烧着，他踩着优雅的步子走过来，嘴角扬着邪恶的笑容："夏木啊，今天我们要好好算算旧账。"

　　夏木站在包围圈中冷冷地看他："曲蔚然，你还没死。"

　　曲蔚然摇摇手指："你不死，我怎么可能会死？"

　　夏木对他的伤害他一辈子也不会忘记！他想报仇想得快疯了！他当初如何废了他，他现在就要如何回报他！

　　曲蔚然冷笑着将他手里的烟蒂丢在地上，用脚踩灭，狰狞地命令道："给我废了他。"

　　拿着铁棍的男人们听到命令，一窝蜂地向夏木袭去，一瞬间，夏木被铁棍打中好几下，鲜血从他的嘴里流出，疼痛使他闷哼出声。一根铁棍狠狠地打在他胸口上，他喷出一口血水来，接着又是一棍下来，猛地击中他的头部，他眼前一花，被打得半跪下来，流淌着的鲜血流过眼睛，世界变成一片血红色，他睁着眼睛，看着远处的曲蔚然。他正冷笑着看着他，那眼神，像是在享受一般："慢慢享受吧，夏木，从明天开始，你也是个废人了。"

　　又是一棍打来，夏木吐出一口血，忽然他猛地伸出手，硬是抢过一根铁棍，站起身来，从四人的包围圈中打出一个缺口，向曲蔚然冲过去！

　　他的身后跟着三个拿铁棍的男人，他们的铁棍不时地打在夏木单薄的背脊上，一个男人眼看追不上他，便将手里的铁棍对着夏木猛丢出去，铁棍正好砸在夏木头上，夏木脚下跟跄着向前冲了两步，鲜血一瞬间流满他的半边面颊，可是他却没有停下来，他像一只被逼到绝境的野兽，挥舞着利爪，凶猛地向曲蔚然扑去。曲蔚然有些慌张，君子面具再也戴不住了，他慌张地向后退。夏木的铁棒向他挥过来，他转身就跑，可刚跑出两步，一道刺眼的光线射过来，刺耳的刹车声加上沉重的撞击声，曲蔚然只觉得自己的身子飞了出去……

　　夏木停下脚步，冷冷地看着。他身后的四个人见到这种场面，慌忙扔掉了手中的铁棍，仓皇而逃。

　　夏木的额头不停地冒出鲜血，他拿着铁棍，冷冷地看着躺在地上睁着眼睛费力喘气的男人，这是第二次，第二次他看着濒死的他。

可就如第一次一样，他不后悔，一点儿也不。

曲蔚然也看着夏木，他的呼吸越来越困难，这是他第二次将要死在他手上。他记得第一次的时候，那天他在主持一个会议，会议的内容已经记不清了，他坐在上位浅笑着藐视着那些极力讨好他的人，是的，藐视。当父亲的第一个儿子没死的时候，那些人到底有谁正眼看过他？当他们帮着正室的大公子欺辱他的时候，也许没有想到，有一天，他能坐上继承人这个位子吧？

他微微地扬起嘴角，愉快微笑。会议室里的人都低着头，大气也不敢出。就在他刁难一个公司元老时，会议室的大门被推开了，一个一脸杀气的男孩冲了进来，他一眼就认出了他，因为他有一张让人很难忘记的脸庞。

那男孩的眼神很凶，像是要扑上来，准备将他撕成碎片一样！

可他不怕，甚至有些得意。他喜欢这样，喜欢别人极度憎恨他。男孩向他冲过来，他甚至准备开口调侃他：怎么，你真的想杀了我？

他甚至想，他要是想动手，那就给他打两拳好了，应该不会痛，也不会痒。

可没想到的是，那男孩并没给他开口的机会，抬手就拿出一把手枪，黑洞洞的枪口对着他。他那时的眼神和现在的一样，那像野兽一般的眼神，阴冷的，残忍的，想置他于死地的。

当子弹穿过他身体的时候，他并不觉得有多疼，只是没想到，没想到，他真的会毫不犹豫地开枪。

当年，他没死在他手上，却没想，今天还是……

忽然他笑了，笑得很苦，他说："看来……我命中……注定……要……要死在……你……手上……呵呵呵呵呵呵……"

曲蔚然笑着笑着，缓缓地闭上眼睛，其实，他不怕死，他只怕死了之后，连一个会为他流泪的人都没有。

听说，人将死的时候，眼前会闪现这一生最快乐的时光。

可为什么，当他闭上眼睛，却什么也看不见……

为什么？他什么也看不见？

站着笔直的夏木冷冷地看着他，看着他闭上眼睛，看着他再无声息，看着看着，他转过身，一步一步地向前走着。手中的铁棍慢慢松开，掉在地上。额头的鲜血不停地流着，他蹒跚地往前迈步，他忽然很想见她，想回到她身边，他要回到她身边，回去，他离不开她。

他的脚步踉跄了一下，猛地跌倒在地上；他的嘴里不时地呕出大量鲜血，他俊秀的脸上已经满是鲜血；他的手脚微微地抽搐着，挣扎着想爬起来，却又无力地倒下；他清冷空洞的眼睛睁得很大很大，他的呼吸越来越困难，渐渐地，他不动了，他的眼神涣散，瞳孔开始放大，他像是一只濒死的鱼，嘴巴一张一合的，混合着血液，呢喃着："雅望，雅望……雅望。"

他的声音渐渐弱了下来，他的眼睛轻轻合上……

眼前，像是电影里的黑白镜头一样，一幕一幕地放着。

那熟悉的军区大院，那二十分钟的上学路，那灿烂的艳阳天，那三层楼的别墅，那次初见，那一个深爱的人。

他觉得自己好像又回到了那年夏天，那次初见，他扶着古木栏杆，顺着楼梯向下走，她听到声响，抬起头来，望向他，扬起嘴角，柔柔微笑，清雅淡丽。

于是，他也笑了，缓缓地牵动嘴角，轻轻地望着她，笑了。

她说："你好，我叫舒雅望，你可以叫我雅望姐姐。"

那是她对他说的第一句话，可他从未叫过她姐姐，从未……

深夜。

安静的城市里。

昏黄的路灯下。

鲜血遍地，触目惊心。

离事发地不远处的五星酒店里，一个清秀的女子满眼坚定地站在大厅里等待着，等他回来，等他站到她面前，然后紧紧地抱住他，告诉他："夏木，我爱你，很爱你，没有假装，没有勉强，就是爱你。"

她想，当他听到这些话的时候，一定会笑吧，那珍贵又温柔的笑容，她会再一次看见吧。

那大厅的玻璃门开了又关，关了又开，陌生的面孔从她眼前来来往往地走过，她等得急了，就走到酒店外面张望。两辆救护车从她面前开过，警笛声鸣得她心乱，她皱了皱眉头，莫名地心慌。

二十二岁那年的记忆像是压抑不住似的往脑子里冒，她全身止不住地微微颤抖，她用力地深呼吸了几下，告诉自己不要乱想，没事的，没事的。

她坐立不安地在酒店门口来回踱步，紧紧地望着远方的马路，她等了很久很久，直到遥远的天际漫出淡淡的灰白。她终于等到了，那是一通电话，是个陌生的号码。她看着震动着的手机，不知道为什么，她不敢去接，可最后，她还是接了，电话里的声音是冰冷的，说出的话，是可怕的。

"你好，这里是W市人民医院，你的朋友夏木，于今夜一点送入我院救治，因脑部被硬物击打多次，抢救无效，于凌晨四点十六分确认死亡。"

舒雅望拿着电话，呆呆地听着，完全没有反应，只是一直维持着拿电话的姿势。她不哭，也不闹，她没听见，她什么也没听见，她只是等得太累了，所以她做梦了，梦到一个神经病给她打电话，说夏木死了。

夏木怎么可能死呢？

她有多少话要和他说呀，她有多少情要和他诉呀，她要给他天下第一的幸福，要给他天下第二大幸福，要给他一切的一切，倾尽全力，像他爱她一样地爱他……

"舒小姐，请你现在来一趟医院，有些手续……"

舒雅望慌忙挂了电话，取下电池，她不要听，她不相信！

她慌张地跑回家里，紧紧地关上房门，拒绝接听任何电话，不理睬任何人的敲门声，她不想听到任何人在她面前说起夏木！

竹子摇着她的肩膀让她冷静，让她面对，让她想哭就哭。

她拒绝，她尖叫着将她赶出去，她不要听，她不要冷静不要坚强不要哭！夏木没死！

没死没死没死没死！

可，即使她不相信，即使她不想听，事实就是事实，夏木死了，真的死了，他躺在冰冷的太平间里，满身伤痕。

两天后，舒爸将躲在W市出租屋里的舒雅望拉出来，让她去送夏木一程。舒雅望尖叫着，抗拒着，她不要去，她才不要去，哪儿都不要去，她就待在家里，待在他们曾经幸福依偎着的地方，只要她在这儿等着，他就一定会回来。

她不相信夏木死了，绝不！他只是生她气了，他走了，去美国了，他还会回来的，因为她在这儿，所以他一定会回来的，她知道的，他爱她，他离不开她。

就像她离不开他一样。

舒爸一巴掌打在她脸上，老泪纵横地吼："你不去看看那孩子，你让他怎么闭眼啊？"

舒雅望捂着脸颊，跪坐在地上，愣愣地坐着，面无表情。她咬着嘴唇，微微颤抖着，眼泪像是开了闸的洪水，拼命地涌出来，然后她再也压抑不住，跪在地上号啕大哭起来。

舒雅望被舒爸扶着，来到市医院的太平间，她在那里再次看见了夏木。

舒雅望流着泪，踉跄地走过去，轻轻弯下腰来，仔细地看着他。那一生罕有笑容的孩子，在死后，嘴角居然带着一抹漂亮的笑容。他像是睡着了，做着一个美丽的梦，梦里有他经历过的最快乐的事，梦里有他最爱的人，他流连在那儿，不愿醒来。

抬手，轻轻地抚着他脸上的伤痕，磨蹭着他嘴角的笑容，她看着他，说不出话来，眼泪一滴一滴地落下。她看见他脖子上的接吻鱼项链，终于再也忍不住哭出了声音，她哆嗦地伸出手，将他脖子上的接吻鱼项链摘了下来，取下一只小鱼，牢牢地握在手心里，将项链再次给他戴好，眼泪急速地往下掉着。

她握着手中的鱼儿说："夏木，我会戴着它，一直戴着它，戴着它到老，戴带着它进坟墓，戴着它到下辈子。

"你也要戴着它，一直戴着它，戴到下辈子。

"下辈子我们一定会遇到的。

"那时候，我一定会等你。

"那时候，你不来我不老。

"那时候，你一定不要把我丢掉。"

她拉起他的手，轻轻地钩上他的小拇指，望着他，哭着说："约定了，约定了哦。"

冰冷的太平间里，女子紧紧地钩着已经没有温度手指，轻声哭泣着，悲伤像是没有尽头一般笼罩着她。

两天后，夏木的葬礼在S市举行，那天天很蓝，云很淡，天气出奇地好。

那天，来的人并不多，夏木的亲友本来就不多。

那天，所有的人，都低着头，沉沉地哭泣着。

那天，舒雅望一个人在墓碑前站了很久，直到所有人都离开，直到老天终于开眼了，下起了渐渐沥沥的小雨。

，望着墓碑上的男子，静静出神。过了好久，她才发现有人在她身后为她撑起了伞，她愣愣地转头看去，只见唐小天站在她边上，静静地陪她站着。

舒雅望转头，问："你也来了？"

唐小天看着夏木的墓碑，眼睛微微地红了："我来送送他。"

舒雅望点点头："夏木会高兴的，他以前不喜欢你，是因为我喜欢你，现在我爱的人是他了，他应该不会讨厌你的。"

唐小天苦笑一下，蹲下身来，将手里的鲜花放在夏木的面前，雨滴打在透明的包装纸上，发出沉闷的响声。望着夏木说："你小子终于成功地抢走雅望了，这下开心了吧？"

照片里俊美的男子，眼神是一贯的淡漠，唐小天看着他，忽然低头道："对不起，夏木。"

"一直想和你说，对不起。"一切都是他的错，要不是他认识了曲蔚然，夏木也不会死，雅望也不会吃那多苦，就连曲蔚然，他也不会死。

舒雅望望着他的背影，抬手在他的肩膀上轻轻拍了一下，想说什么，最终又没有说出口。

过了一会儿，天色渐渐暗下来，唐小天站起身来问："你以后，有什么打算？"

舒雅望低着头说："我会去美国照顾夏爷爷。"

唐小天问："去多久？"

"不知道。"舒雅望摇头，抬头笑着问，"你不会等我吧？"

"我不会等你，因为我知道，你永远也不会回来了。"他太了解她，她的心已经完全从他这儿离开了，永远也不会再回到他身边。

"嗯。"

唐小天揉了揉舒雅望的头顶："雅望，好好的，要坚强。"

"放心吧。"舒雅望点头，"我会的。"

"那。"唐小天停顿了一下继续道，"我先走了。"

"嗯。"

唐小天将雨伞递给舒雅望，她接过伞，他转身，快步地从墓地离开，这次，他没有回头，她也没有。

时间一晃，又是五年，舒雅望从国际机场走出来，郑叔叔亲切地为她打开黑色的轿车车门，舒雅望坐了进去，

郑叔叔扬声问："雅望，老司令身体还好吧？"

"嗯。爷爷身体硬朗得很。"

"哦，那就好。"郑叔叔放心地笑笑。郑叔叔又问了好多问题，舒雅望都一一回答了，郑叔叔又说了很多军区大院里的事，一件一件，一桩一桩地说着。

舒雅望靠着车椅静静地听着，阳光照在她脖上的接吻鱼项链上，很是耀眼。

一直沉默的舒雅望忽然说："郑叔叔，开去Ｗ市的杏花公园吧。"

她忽然很想去自己设计的公园看看，那时他答应她，会带她一起去看的，可惜他没机会看了，而自己，也一直没去过。

五月了，正是桃花盛开的季节，舒雅望下了车，走进公园，看着满园的桃花开得正热闹。

她忽然轻轻的地笑了，脑子里忽然想起多年前她和他的对话……

她问："你喜欢什么花？"

他说："桃花。"

"呃……可这是杏花公园。"记得当时自己很苦恼，要怎么在杏花公园里种满桃花呢？后来，为了给他一个惊喜，让他开心，她还是想尽办法，将公园设计成了桃花公园。

舒雅望漫步在公园里，公园很漂亮，像天堂一样，桃花和杏花交错地开着，不时有风吹过，花瓣落了满地。她走过喷泉广场，广场上的孩子们追逐着白鸽笑得灿烂，一个十几岁的女孩牵着一个七八岁的漂亮小男孩，从她身边跑过。她忍不住回头望向他们，美丽的白鸽飞起来，天使一般的羽毛从天空飘落，女孩的裙角飞扬，笑容灿烂。她停下来，抬手接住空中飘落的羽毛，坏心眼地在小男孩的脖子上挠着，小男孩捂着脖子，生气地瞪她，她笑呵呵地继续挠他，小男孩抬手还击，女孩转身就跑，两人在广场中央追逐着，单纯明亮的笑声传得很高很远。

舒雅望出神地望着他们，忽然想起她和夏木刚认识的时候，也是这样，她总欺负他，而他气鼓鼓地扑上来咬她，那时的他，真是可爱极了。

舒雅望转过头来，默默苦笑一下。

如果能守着童年的幸福，一天一天地慢慢长大，那该有多好啊。

公园里到处开着桃花，姹紫嫣红色彩斑斓，她沿着湖边慢慢地走着，远远地看见一座精致的八角亭，她走了过去，抬起头。

果不其然，那亭子的牌匾上写着：夏有乔木，雅望天堂。

舒雅望看着这牌匾久久不能言语，她的心紧紧地抽痛了一下。为什么？为什么他不能来看一眼，她为他设计的天堂？为什么他不能陪她来看一眼……只要一眼，他就能明白，她真的爱他，好爱好爱他，就像她自己说的，真心地想和他在一起。

为什么他不能来看一眼呢？

这美丽的天堂，没有他，又如何能称之为天堂？

"雅望。"

绚丽的桃花丛中，好像传来夏木清冷的声音。舒雅望猛地转头看去，像是看见了他站在桃花丛中望着她轻轻地抿起嘴角，就像从前那般。

舒雅望的鼻子微酸，眼泪唰地滑落。

郑叔叔紧张地上前问："雅望，你怎么了？"

舒雅望咬咬嘴唇，轻声道："不知道为什么，忽然很想他。"

如果当年她能早点看清楚，如果当年他愿意相信她，如果当年他没有离开……

可，终究没有如果……

有的时候，一旦错过便是一生。

再次遇见，可有来生？

夏有乔木
雅望天堂 *1*

番外

一个人的天荒地老

我用了十年的时间去忘记一个人，
结果只令她的轮廓在我脑中更加鲜活。

记得那年，张靖宇很慌张地打电话告诉我，夏木死了。

我拿着电话沉默良久，心下一片悲凉，鼻子微酸，眼泪差点掉出来。

我的眼前忽然浮现第一次见到夏木时的情景。那孩子，有着一双淡漠到有些阴沉的眼睛，精致到完美的脸庞。

那孩子，就像是不被上天眷顾似的，他的一生，如此短暂，如此坎坷，却又如此绚丽，像一道烟火，在漆黑的夜空，美丽地绽放了，在人们还未来得及惊叹的时候，转瞬，他又消失了。

他走了，也带走了她。

当我在墓地看见她跪在墓碑前，她纤细的手指轻轻抚过他的照片，每一寸，每一缕，眼泪不停地滑落脸颊，她说："夏木，下辈子，我们一定要在一起。"

她说："下辈子我一定等你。"

我默默地站在她身后，双手微微握起。不知道什么时候，天空忽然下起了淅淅沥沥的小雨，我撑起伞，为她遮挡。原来，我能为她做的只有这些吗？

她抬起头，望着我，熟悉的脸庞憔悴得让我心疼，我多想好好抱抱她，像从前一样，紧紧地抱着她。

我伸出手，却只是轻轻地揉了揉她的头顶，我说："雅望，好好的，要坚强。"

她点头。

我说："那……我先走了。"

她说："嗯。"

这次，我没有回头，我告诉自己，不要回头，不要挽留，不要让她为难，不要让她更痛苦。

也许，有一天，她会忘记这伤痛。

也许，有一天，她会回来。

也许，有一天……

不会有这一天，我知道，永远也不会有这一天。

所以我告诉她，我不会等你。

我说，我不会等。

有什么东西从我的眼角静静地滑落下来。

为什么，为什么她不能得到幸福？

为什么，夏木会死？

为什么？

夏木，你这个卑鄙的小子！你赢了，你赢了今生，赢了来世！你赢走了我的雅望！

可你为什么不好好对她？

你这个坏小子！

为什么不能让她幸福？

我在下山的路上，缓缓蹲下来，痛苦地紧紧揪住头发。

雅望……

雅望……

我转头，遥遥地看着山顶上那跪在雨中的身影，心痛得快要崩溃了。

往后的几年，我开始走自己一个人的路。升学，工作，应付各式各样的压力，离开家乡到很远的地方。

我对自己说，就算是最完美的爱情也会在时间的打磨中褪色，我可以忘记她，我要忘记她，可是，十年了……

她的身影，为何总是如此清晰地出现在我的梦里？为什么，我总是梦到，梦到她牵着小小的夏木，微笑着向我走来？

那天，我去了她设计的杏花公园，看见了那牌匾，我转头笑了，转身走过广场，广场上的白鸽在身边飞舞，落下了像天使一样的羽毛。

我忽然记起她的梦想。她要打造一个像天堂一样的公园。她说，有我在的地方才是天堂。

我低着头笑了，为什么这么多年了，她的话，她的笑容，还能这么清晰地浮现在我脑中呢？

头顶是六月的蓝天白云和热情得过分却照不到心里的阳光，我坐在公园的长凳上和自己打赌，我到底要用多少年的时间才能忘记她。

也许是明天，也许是明天的明天，也许更久。

也许是我离开这个世界的那一刻。

因为是籽月，
"夏木" 才之所以是 "夏木"

THE 7TH ANNIVERSARY

见到籽月是看完"夏木"很久以后。

我很难相信这样一个蹦蹦跳跳简简单单的小姑娘是写出那样极致故事的作者。当然，在这个时候已经很多人开始叫她大神和后妈了。

而她显然名副其实。

她是一个很邻家的姑娘，她的责编曾经跟我说，籽月是极少数几个让她觉得亲切没有距离的女孩。

关注过她微博的人都知道，她的生活就跟你我一样。

高兴了就大笑，遇到郁闷的事就痛快地发泄。她没有那么高高在上，也没有那么遥远疏离，好像就是你的小学同学一样。

纵然多年未见，曾经年少的记忆早已磨灭，但是在相逢的那一刻，仍然可以亲昵地叫出对方的小名，中间不会横亘无法跨越的时光。

于是我又知道，可能正是这样，她的文字才闪闪发光让人发狂。

因为她如此人间烟火，所以比别的作者都会体验生活本身，也珍视生活本身。

我每年都要看无数的故事，从中筛选。一年成百上千。

很多故事，看过了，就忘记了。那些看过了觉得好的，再回思，作者所思所述也早已模糊。

而我少数几个印象深刻的故事，都已经大红。

籽月的每个故事却都让我印象深刻。

我记得夏木说，雅望，别哭。我受不了你哭，你一哭，我就想杀人。

我记得曲蔚然因为害怕失去夏彤，而掐住了她的脖子，心里面却疼到不行。这个沉默少言的少年别扭地表达着心底的爱。

我记得李洛书因为拿到黎初遥的一把瓜子而哭，说你第一次给我和初晨的一样多。

我见过很多厉害的作者，没有几个把这些生活的小细节写得这么鲜活，每个小细节都透露出人物浓重的悲喜，让这哀伤透了骨髓，融化在生活的每一处。

我曾经跟一个作者说，情节只是骨架，即便设置得再好对于读者仍如镜花水月，只有把每个细节写好，故事才会有血有肉真正让人感动。而要想写好故事，绝不能忽略细节的美。

籽月的魔力就在于，她用种种美好得足以哀伤的细节堆砌成易碎的城堡，让所有人为这样的城堡竣工而欢腾，但又摧毁于旦夕间，再也追不回来。

曾经我觉得籽月竟是这样的天赋异禀，多少人刻苦研习做尽功课，她唾手可得。

认识她以后，我觉得，可能因为这个人是籽月，"夏木"才之所以是"夏木"，成了传奇。

那一年，应该是三四年前吧。

我在图书部的编辑手上看到一篇稿子，一篇让我欣喜若狂的稿子——没有什么比一个编辑发现一篇好稿子更让人兴奋。

我对自己说，我要让更多的人看到它的美好。

后来这个故事果然大受欢迎，成了轰动多时不可绕过的话题，可我没想到，我还会因此收获更多。

感谢上帝，也感谢她，感谢我们还在一起。

——莫峻（大鱼文化创始人及CEO、畅销书作家）

图书在版编目（CIP）数据

夏有乔木　雅望天堂1 / 籽月著. —石家庄 ：花山
文艺出版社，2013.12（2017.6重印）
ISBN 978-7-5511-1507-0

Ⅰ．①夏… Ⅱ．①籽… Ⅲ．①长篇小说－中国－当代
Ⅳ．①I247.5

中国版本图书馆CIP数据核字（2013）第258232号

书　　名：	夏有乔木 雅望天堂1	
著　　者：	籽　月	
策　　划：	张采鑫	
责任编辑：	董　舸	
特约编辑：	杜莉萍	
美术编辑：	许宝坤	
责任校对：	齐　欣	
封面设计：	刘　艳	
内文设计：	孙欣瑞	
出版发行：	花山文艺出版社（邮政编码：050061）	
	（河北省石家庄市友谊北大街330号）	
销售热线：	0311-88643221/29/35/26	
传　　真：	0311-88643225	
印　　刷：	长沙鸿发印务实业有限公司	
经　　销：	新华书店	
开　　本：	880×1230　1/32	
印　　张：	9.5	
字　　数：	270 千字	
版　　次：	2013年12月第1版	
	2017年6月第2次印刷	
书　　号：	ISBN 978-7-5511-1507-0	
定　　价：	32.00元	